शकुन्तला

स्मृति जाल

शकुन्तला

स्मृति जाल

नमिता गोखले

अनुवाद

सुचिता मीतल

वाणी प्रकाशन

वाणी प्रकाशन

4695, 21-ए, दरियागंज, नयी दिल्ली 110 002

शाखा

अशोक राजपथ, पटना 800 004

फ़ोन : +91 11 23273167 फ़ैक्स : +91 11 23275710

www.vaniprakashan.in
vaniprakashan@gmail.com
editorial@vaniprakashan.in
sales@vaniprakashan.in

SHAKUNTALA
SMRITI JAAL

by Namita Gokhale
Translated by Suchita Mittal

ISBN : 978-93-5229-076-5
Novel

वाणी प्रकाशन से

प्रथम संस्करण

मूल्य : ₹ 395

एस.के. ऑफ़सेट, दिल्ली-110 095 में मुद्रित

वाणी प्रकाशन का लोगो मक़बूल फ़िदा हुसेन की कूची से

१

काशी, शिव की नगरी। यहाँ मृत्यु का वास है, जीवन का उपहास उड़ाती मृत्यु। लोग यहाँ प्राण त्याग जीवन-मृत्यु के चक्र से बचने आते हैं। इन घाटों पर शिव मृतकों के बीच घूमते हैं, उनके कानों में तारक मन्त्र पढ़ कर उन्हें मुक्ति देते हैं।

बनारस की वह पहली छवि मैं कभी भूल नहीं पायी : घाटों पर लपलपाती चिताओं की अग्नि, लहरों पर टूटती उनकी परछाइयाँ। उनके प्रकाश से धूमिल पड़ गया चन्द्रमा। जिह्वा लपलपाती आकाश की ओर लपकती ज्वाला। चिताओं के प्रकाश और चरमराहट के पीछे अँधेरे में डूबा नगर। शकुन्तला ने यहीं प्राण त्यागे थे, इस पवित्र नदी के तट पर। उस जन्म का स्मृति जाल मुझे मुक्त नहीं होने देता।

वर्षा ऋतु के अन्तिम बादल आकाश के किनारों पर छाये हुए हैं। पवन के झोंकों के साथ वर्षा की हल्की, क्लान्त-सी बौछार आती है, मेरे चेहरे पर नम राख छितर जाती है, राख मेरे केशों में भर जाती है। बिखरी हुई स्मृतियों की यह अग्नि-शय्या—इसे कैसे नकार दूँ मैं? वह मुझे नहीं त्यागेगी, वह शकुन्तला। मैं उसकी पीड़ा और उसके प्रेमों का यह बोझ उठाये फिरती हूँ, जिसे मैं अभी तक समझ नहीं पायी हूँ।

सदैव की भांति वही पथरीली दीवार पर दीये की काँपती-थरथराती लौ की प्रकाश-क्रीड़ा। बाहर पत्थरों और चट्टानों से टकराती नदी की लहरें, रेतीला तट जहाँ एक मछुआरा अलाव जलाए प्रतीक्षारत बैठा है। शकुन्तला अपने प्रियतम के समीप लेटी है। दोनों की श्वासों की लय जैसे परस्पर गुँथ जाती है। उस पुरुष की देह से मिट्टी और चन्दन की गन्ध उठती है। उसके वक्ष के एक-एक रोम को वह पहचानती है, कैसे उनमें घूँघर पड़ते हैं और कैसे उसके अंक में आते ही वे सपाट हो जाते

हैं। उसका मुखड़ा अन्धकार में छिपा है, लेकिन वह जानती है उसके नेत्र शान्त और सतर्क हैं। उसके अंग-अंग को वह पहचानती है। इस पहचान में प्रेम है, समझ है। इसमें वेदना है।

जब वह उससे लिपटी हुई थी, तब उस पुरुष ने उसके कान में क्या कहा था? मुझे तो बस अहाते में मोरों की पिऊ, पिऊ और अशान्त नदी के बहने की प्रतिध्वनि ही सुनाई देती है। एक कौआ निरन्तर काँव-काँव कर रहा था, उसकी विचार-शृंखला को तोड़ता, उसे कुछ बताता।

जल पर प्रकाश का प्रतिबिम्ब पड़ रहा है, मेरी आँखें चुँधिया गयीं। मैं जैसे किसी और ही काल में पहुँच गयी थी, तब भी गंगा ऐसे ही दमकती थी। सूरज चढ़ आने के बाद भी नदी का जल शीतल है। शकुन्तला को लगा जैसे जल ने आतुरता से आकर उसके घुटनों को जकड़ लिया है, अधीर बालक की तरह उससे लिपट गया है, उसे खींचे ले जा रहा है। पीछे कुछ हलचल-सी हुई, मद्धम-सी छपाक और मृदु हास्य। वह पलट कर देखती है, जल के समीप एक अश्व खड़ा है, उसके उन्नत मस्तक पर एक बड़ा-सा श्वेत चिह्न है। उसकी लगाम थामे खड़ा है एक पुरुष—सुन्दर, बलिष्ठ पुरुष, एक पथिक जिसके नेत्रों में अदमनीय उल्लास झलक रहा है।

और फिर स्वर्ण शिखर पर लहराता-फरफराता लाल ध्वज। दोपहर की बयार उस शाश्वत नगरी की भूलभुलैयों और भवनों से होकर बहती है। नदी के पार, पहले रेत और फिर जंगल हैं। मन्दिरों की घंटियाँ बिना थमे मानो आर्तनाद करती गूँजती हैं। उसके गर्भ में एक घाव है, रक्त की धारा बह रही है। शकुन्तला की श्वास टूट रही है।

स्मृतियों से पीड़ित, पहचान लिए जाने के भय से व्याकुल, वह काशी में परित्यक्ता-सी पड़ी है, लहरों की तटस्थ झिलमिल जैसे उसका उपहास कर रही है। एक श्वान मार्ग के दूसरी ओर से लँगड़ाता हुआ आता है और उत्सुकता से उसे तकता है। उसकी पीड़ा को महसूस कर वह सखा की भाँति उसके समीप बैठ जाता है। भगवा वस्त्रधारी संन्यासियों का एक समूह वहाँ से निकलता है, पाँच संन्यासी। क्या उनमें संन्यासी गुरेश्वर भी है? गुरेश्वर की शान्त दृष्टि उसकी दृष्टि से टकरायी, उनमें भय नहीं है, बस एक नकारने का भाव है। उसमें, उसके भाई में दया नहीं है।

स्वप्न में मैं सियार को देखती हूँ, उसकी आँखें जल प्रवाह में कुछ खोज रही हैं, हमले के लिए प्रतीक्षारत-सी। काली, उसके वक्ष पर

मुंडमाला सजी है, वह उसके साथ चल रही है। काली, इच्छाओं की संहारक, स्वप्नों के अवशेषों का भोज करने वाली। यद्यपि वह लगती निर्मम है, पर अत्यन्त ममतामयी है, उसके समीप पीड़ा नहीं है, कोई आशा-आकांक्षा नहीं है। पर शकुन्तला इस सान्त्वना से बच निकली और धारा के विपरीत संघर्ष करती उस जीवन की ओर चल पड़ी, जिसे वह बिना विचारे त्याग आयी थी।

इन छायाचित्रों के मध्य एक जीवन छिपा है।

हम किसलिए जीते हैं? किसलिए मृत्यु को प्राप्त होते हैं? स्वयं से भागने के लिए? क्या जीवन-क्षुधा स्वयं अपना आहार बन जाती है? क्या नदी का जल कभी अपनी पिपासा मिटा सकेगा?

गंगा किनारे एक पंडे से मैं पूछती हूँ कि ये स्मृतियाँ क्यों मेरे पीछे पड़ी हैं। वह क्लान्त है, कुछ उकताया सा। रुपये और सिक्के उसके फटे आसन के नीचे से निकले पड़ रहे हैं। सहस्रों वर्षों से उसके पूर्वज इस नगरी की इन्हीं सीढ़ियों पर बैठते रहे हैं और मेरे जैसे तीर्थयात्रियों का विवरण दर्ज करते आये हैं। शीत ऋतु का आरम्भ है, पर उसने मात्र एक धोती पहन रखी है। नग्न वक्ष पर मात्र एक जनेऊ पड़ा है। उसका वक्ष ढलक गया है और बड़े-बड़े नेत्र दृष्टिविहीन हैं।

"तुम पहले भी यहाँ आयी हो, बहन," उसने कहा, "इसी नदी के तट पर, इन्हीं सीढ़ियों पर।" अपने प्रकाशविहीन नेत्रों से नदी के बहाव को देखते हुए उसने अपनी काँखें खुजाईं। "अतीत जीवित रहता है। हम सब अपने साथ अपने अपूर्ण कर्मों के अवशेष लेकर आते हैं, ऋणों का बोझ़ जिन्हें हमें इस जन्म में उतारना होता है। तुम और नहीं भाग सकतीं, बहन। इस जीवन का सामना करो। स्वीकार करने में ही मुक्ति है।"

सन्ध्या की आरती का समय है। आरती के दीयों की आभा गंगा में बिम्बित हो रही है। घड़ियाल और शंखों की ध्वनि के बीच, मैं घंटियों का रुदन सुनती हूँ। अनवरत रुदन। यहाँ तक कि उनकी प्रतिध्वनि भी अनवरत थी।

कहते हैं भगवान शंकर संहारक हैं, स्मृहर्ता, स्मृतियों के विनाशक। उनकी ही नगरी में मैंने प्राण त्यागे, किन्तु मैं तो कुछ नहीं भूली। अभी तक मुझे याद है कि कैसे शकुन्तला की देह भूखी थी, और कैसे देह को भोगती, उसे चूस कर फेंकती वह वीभत्स हो गयी थी। धूमकेतु की तरह, उस जीवन का अवशिष्ट जन्म-जन्मान्तरों से मेरा पीछा कर रहा है।

1

बलखाती, पतित-पावनी गंगा आषाढ़ माह पार कर गयी। पहाड़ियाँ दूर तक फैले मैदानों को तकती हैं। काँपता नीला-हरा आकाश कमल की पंखुड़ी के रंग का सा हो गया है। ग्रीष्म ऋतु की शान्त धुन्ध में बिजली की पहली गूँज छुपी है।

माँ को घर के कामों में लगा छोड़ कर मैं जंगल में खेलने भाग आयी हूँ। लम्बी घास पर लेट कर आकाश में मँडराते गिद्धों और उकाबों को देखती हूँ, और फिर बादल गिनने में लग जाती हूँ, सबको कोई आकृति और नाम देती हूँ। आकाश में दुन्दुभि बजाता हाथी और एक गदबदा-सा खरगोश मुझे दीख पड़ता है।

बादल छा जाते हैं, और नियति के अपशगुन की भाँति एक अन्धकारपूर्ण समूह बना लेते हैं। मेरा संसार छोटा होने लगता है, आकाश दूर हो जाता है, सब जैसे बच भागते हैं। निराशा का अथाह बोझ मुझे सुन्न कर देता है। व्यक्ति पर यह तब हावी होता है जब सब कुछ समाप्त सा होता लगता है। मैं बदली में डूब जाती हूँ। दुख की आँधी मुझे साथ उड़ा ले जाती है। मैं कहीं गहरे छुपे, अनजाने क्रोध के प्रचंड वेग से संघर्ष करती हूँ। कड़कती बिजली मेरे भयों का उपहास उड़ाती है। वर्षा, गड़गड़ाहट, बिजली, ये सब क्या मेरे दुख, मेरी हताशा को जानते हैं?

फिर वर्षा थम गयी। नम, दबी घास स मिट्टी की सुगन्ध का भपारा फूट निकला। झींगुरों ने अपना उत्तेजक, क्रुद्ध गान छेड़ दिया। तीव्र बौछार ने नीले कीड़ों की समूहबद्ध पंक्ति को डुबो दिया। पहाड़ों में इन्हें इन्द्रगोपा कहते हैं। मेढकों की टरटराहट और मोरों की तीव्र पुकार ने मेरे कानों को बींध दिया। अपने चारों ओर की नमी, थम गयी वर्षा की कोंचती स्मृति से घबरा कर मैंने रोना बन्द कर दिया। भावनाओं को

निरन्तर रौंदे जाने से थक कर मैं रीत गयी थी, मृतप्राय हो गयी थी। मेरा मलमल का घाघरा भीग कर कीचड़ में लिथड़ गया था, और जब किसी तरह घर पहुँची तो माँ ने मेरे मुँह पर तीन-चार चाँटे जड़ दिये।

"दुष्ट, निर्लज्ज लड़की!" वे चिल्लाईं। "तू क्या मुझे सताने, यातना देने के लिए ही जन्मी है?"

शुष्क नेत्रों से मैं उन्हें जैसे दूर से देखती रही : झुर्री पड़ा धँसा चेहरा, काँपता मुँह, फटे, सफेद होंठ, उनके किनारों पर थूक की हल्की सी परत जम गयी थी। मुझे उन पर दया आयी, कुछ-कुछ घिन भी।

एक बार पुनः, भावनाओं का बोझ मेरे भीतर टूटने लगा। मैं अनबहे आँसुओं से काँप उठी। माँ ने अचकचे भाव से मुझे सीने से लगाना चाहा, वे जानती थीं कि मैं उन्हें परे कर दूँगी। पूरी रात मैं बाँज की लकड़ी की पुरानी देहरी पर बैठी रही, अकेली अपने क्रोध और दुख से जूझती। मेरे रोने-धोने के बीच किसी पल पूर्व से प्रभात की सुनहरी किरणें फूट पड़ीं, और तब मैं पीछे के कमरे में अपनी छोटी-सी पुआल पर सोने चली गयी।

कालिदास के महाकाव्य की नायिका के नाम पर मेरा नाम शकुन्तला रखा गया था, यद्यपि उसकी शकुन्तला मेरी भाँति मनुष्य नहीं थी। मेरी नामराशि वह दिव्य थी, अमरत्व प्राप्त अप्सरा मेनका की पुत्री। मेनका, जिसने ऋषि विश्वामित्र की तपस्या भंग करके उनका वीर्य चुरा लिया था। उस शकुन्तला को उसकी माँ मेनका ने त्यागा, जन्मदाता पिता विश्वामित्र ने त्यागा और बाद में उसके पति दुष्यन्त ने त्यागा—सम्भवतः वह अपने भीतर त्यागे जाने का संस्कार वहन कर रही थी। कुछ लोग इस नाम को अभागा कह सकते हैं।

मेरी माँ ने मेरा नाम शकुन्तला रखा था। मैंने कभी इसका कारण नहीं पूछा। वे कोई दिव्यात्मा या अप्सरा नहीं थीं, न ही विदुषी रसिका थीं, बल्कि एक मामूली-सी पहाड़ी स्त्री थीं, जिन्हें जड़ी-बूटियों द्वारा चिकित्सा करने का व्यसन था। मैं चार वर्ष की थी तभी मेरे पिता चल बसे थे। हमारे अरक्षित जीवन में उनकी अनुपस्थिति सदैव उपस्थित रही। मुझे अपनी माँ की पहली याद उनके चिकित्सा में रत होने, हमारे उपवनों में लगन से जड़ी-बूटियाँ छाँटते रहने की ही है। मेरे पिता वैद्य थे। माँ ने जो थोड़ा-बहुत जड़ी-बूटियों का ज्ञान पाया, वह उन्हीं की देन थी। आमलक का तेज कसैलापन, अश्वगन्धा की खट्टी गन्ध बचपन की इन्हीं स्मृतियों में स्वयमेव जुड़ गये थे।

हमारी दोनों गायों का चारा-सानी भी माँ करतीं। उनके हाथों और कपड़ों में बसी पहाड़ी जड़ी-बूटियों की गन्ध में दूध और गोबर की गन्ध भी समा गयी थी। मुझे गायों से, उनके भले नेत्रों और लाल खुरदुरी जिह्वा से स्नेह था, लेकिन उन्हें दुहने में मुझे भय लगता कि मैं भी माँ के समान गन्धाने लगूँगी। माँ मुझे वक्ष से लगातीं, तो मिलीजुली गन्धों का एक भभका-सा आता, और मैं उनके बेध्यानी में भरे आलिंगनों से चुपचाप निकल भागती और घर के बाहर उद्यान में खेलने लग जाती।

सादा-सा उद्यान था हमारा। हमने पुष्प कम ही लगाये थे, किन्तु पोदीना, तुलसी, कान्ताकारी और अन्य उपयोगी जड़ियाँ बहुतायत से लगायी हुई थीं। माँ उन्हें स्वयं ही रोपतीं, उनका ध्यान रखतीं, उसी क्रम में जिसे उन्होंने यत्नपूर्वक सीखा था, समझा था और बाद में अपने अनुभव से सुधारा था। पटुआ को अमावस्या की चन्द्रविहीन अर्द्धरात्रि में ही रोपा जाता है, श्यामा तुलसी की पत्तियों को सूर्य देव के दिन अर्थात रविवार को नहीं तोड़ा जाता। उन्होंने ज्ञान की अपनी यह थाती मुझे सौंपनी चाही, किन्तु मैंने इस प्रबलता से इन प्रयासों का विरोध किया कि मुझे स्वयं पर आश्चर्य हुआ। माँ की हर बात से मुझे घृणा थी, उनके उलझे केशों, लँगड़ाती चाल और उनके कटे-फटे गन्दे पाँवों, सबसे। मैं उनके समान कभी नहीं बनना चाहती थी।

महाकाव्य की शकुन्तला की भाँति मैं भी पर्वतों में पली-बढ़ी थी। हमारी ओर के पहाड़ी लोग वनवासी कहलाते हैं। जीवन पथ कठिन था, सुख-साधन कम थे और नगरवासियों की तुलना में हमारा रहन-सहन अत्यधिक भिन्न था। नहाने आदि के लिए जल नहीं था, हमें बहुत दूर पहाड़ी के नीचे से जल भर कर लाना होता था। हमारा घर सदैव ठंडा, सीलनभरा और नम रहता था। मैं पुआल के बिस्तर पर सोती थी और प्रायः मकड़ी या कनखजूरे के रेंगने से जग जाती थी।

हमारे घर में एक विचित्र-सी बासी लप्सी, धुएँ और निराशा की मिश्रित-सी गन्ध बसी रहती थी। फिर भी मैंने अपने लिए क्रीड़ाएँ खोज ली थीं। दिन भर मैं पहाड़ियों में विचरती, जहाँ हिरन, साँभर, चीते और तेंदुए भी स्वच्छन्द विचरण करते थे। माँ मुझे वनभंजिकाओं से डरातीं, वनों में वास करने वाली प्रेतात्माएँ जो बालिकाओं को लुभा कर अपने वश में कर लेती हैं। किन्तु मुझे तो वनों से लगाव था और सायंकाल जब परछाइयाँ लम्बी पड़ने लगतीं, वृक्ष भूतों की तरह फुसफुसाने, सरसराने लगते, तब मैं बहुत बेमन से घर की ओर जाती। यद्यपि मैं सदैव चौकस रहती थी और पगडंडियों व खुले मैदानों में ही घूमने का

प्रयास करती थी। मुझे विश्वास था कि मैं स्वयं को संकटों से बचा सकती हूँ। मेरे मन में एक व्याकुलता थी, जी चाहता था कि पक्षियों की भाँति उड़ती फिरूँ, मेघों की भाँति दूर देशों को चली जाऊँ, अथाह नीले नभ की थाह लूँ। माँ से कहती, तो वे दीर्घ श्वास लेतीं। ''याद रखना, शकुन्तला,'' वे कहतीं, ''पक्षी साँझ ढले अपने बसेरों में लौट आते हैं, किन्तु दूर देशों को निकल जाने वाले मेघ आँसुओं से रोते हैं।''

वन के पार, पहाड़ी के छोर पर एक सँकरा प्रपात था। अल्हड़ छोटी-सी नदी तीव्र गति से गिरती थी, क्रोध में फुंकारती, ग्रीष्म में नीलाभ और वर्षा ऋतु के आने पर मटमैली हो जाती। मैंने स्वयं के लिए एक क्रीड़ा खोज ली थी। प्रपात के साथ-साथ जल के बहाव के विपरीत दिशा में मैं दौड़ती चली जाती, जब तक कि चक्कर खाकर भूमि पर ढेर ना हो जाती। इस क्रीड़ा में छिपे आसन्न संकट का भाव मुझे उद्वेलित करता था। मैं भली प्रकार जानती थी कि दूसरी ओर गिरी तो मेरा क्या हश्र होगा। वर्षा ऋतु के आगमन पर जब धरती जल और कीचड़ में डूब जाती, तो मुझे अपनी इस क्रीड़ा को रोकना पड़ता। यह नदी का रक्त-मास होता है, जब मनुष्यों को इसके समीप जाने की मनाही होती है और मछुआरे भी घर पर ही समय व्यतीत करते हैं। इस ऋतु में निकलने वाले जोंक से मुझे भय लगता था, यद्यपि माँ इनका प्रयोग अपनी वैद्यकी में करती थीं, किन्तु रक्त देख कर मुझे मतली आती। उस वर्ष भूमि धँस जाने से एक गड़रिया प्रपात में गिर गया। वर्षा समाप्त होने पर लोगों ने उसके क्षत-विक्षत शव को नीचे से निकाला। इसके बाद मैंने अपनी क्रीड़ा पर विराम लगा दिया और अपना अधिकांश समय गृह में ही व्यतीत करने लगी। माँ को इस पर आश्चर्य हुआ और सन्तोष भी।

मेरा एक भाई भी था, मुझसे बस एक वर्ष बड़ा। उसके पैदा होने पर एक विद्वान ज्योतिषी ने भविष्यवाणी की कि वह महान साधु होगा। उसका जन्म का नाम गोविन्द था, गौवों का रक्षक। वह सहमा-सा भीरू बालक था, रात्रि में अपने नादान भयों से व्याकुल होकर वह मुझे जगा देता और मैं उसे स्वयं से चिपटा कर उसके काल्पनिक प्रेतों को दूर भगाती। ''मुझे मृत्यु की आहट सुनाई दे रही है,'' वह धीरे से कहता, यद्यपि मुझे पता था कि वह ध्वनि कठफोड़वे की है। निद्रा में डूबी मैं अँधेरी रसोई में जाती और उसके लिए मोदक या लड्डुका ढूँढ़ लाती, लोरी सुना कर बहलाती। कालान्तर में जब वह धर्म-कर्म वाला विख्यात साधु हो गया, तब क्या उसे वे लम्बी रातें स्मरण रही होंगी,

जब वह भी चिन्ताओं और शंकाओं में जकड़ा होता था? सम्भवतः स्मरण तो रही होंगी, किन्तु तब तक वह ज्योतिषी की भविष्यवाणी पर खरा उतर चुका था।

मेरा एक भाई और भी हुआ था। जब मेरे पिता ने प्राण त्यागे, तब माँ उनके वंश बीज को अपने गर्भ में धारण कर चुकी थीं। उन्होंने इस बालक को ग्यारह माह तक अपने गर्भ में रखा। वह हम सबसे और अन्य बालकों से भिन्न था। वह न हँसता था, न बात करता था, अपनी फटी-फटी आँखों से शून्य में न जाने किन अदृश्य वस्तुओं को ताकता रहता था। उसकी दायीं टाँग बायीं की अपेक्षा भारी थी। जब पहले पहल उसने घिसटना सीखा, तो भारी पाँव को अपने पीछे-पीछे घसीटता था। मुझे अपने भाई की चिन्ता होती थी : क्या वह कभी वृक्षों और पहाड़ियों पर चढ़ सकेगा? अपने जीवन की तीसरी ग्रीष्म देखने से पहले बेचारे को किसी श्वान-प्रेत ने अलर्करोग से जकड़ दिया। उसका शरीर धनुष-सा मुड़ जाता, वह बुरी तरह छटपटाता, मुँह से ढेरों झाग बह निकलते, मैं उसे गोद में ले लेती। माँ ने जड़ी-बूटियों से उसका उपचार करने के बहुतेरे प्रयास किये, मन्त्र पढ़े, प्रार्थनाएँ कीं, किन्तु सब व्यर्थ रहा। चलना सीखने से पहले ही वह मर गया।

कपड़े में लपेट कर हम उसे नदी पर ले गये। एक पत्थर से बाँध कर हमने उसे जल में प्रवाहित कर दिया। माँ बहुत रोयीं, गुरेश्वर तो सम्भवतः अभी से इतने गहरे अवसाद में रहने लगा था कि मृत्यु को ही मुक्ति समझने लगा था। कभी-कभी स्वप्न में मैं अपने नन्हे भाई को नदी के शीतल, निश्चल तल में लेटा देखती हूँ।

गोविन्द, उसकी स्मृति अब मुझे गुरेश्वर नाम से ही है, उसमें वह सब कुछ था जो मुझमें नहीं था। अपने चारित्रिक दृढ़ विश्वास के कारण वह जानता था कि उसकी नियति में साधु बनना लिखा है, कि उसका जन्म सच्चे धर्म के द्वारा संसार में व्याप्त अराजकता को समाप्त करने के लिए हुआ था। मेरे भाई को अहंकारी कहा जा सकता था। उसका दृढ़ विश्वास था कि देवता उसका सम्मान करते थे, उसके परामर्श की अपेक्षा करते और उनके अनुसार कार्य करते थे। अन्ततः वह ब्राह्मण था, सप्त-ऋषियों का वंशज। वह ध्रुव तारे के समान अविचल था। उसके सभी कार्य-कलाप व इच्छाएँ बिना किसी त्रुटि के बस एक दिशा को जाते थे और वह थी अपने पूर्वजों की मर्यादा को बचाना और उसे संरक्षित करना।

ब्राह्मणों के लिए सर्वत्र ये परीक्षा की घड़ी थी। गुरेश्वर रट्टू तोते

के समान अपने प्रथम गुरु मन्दिर के पुरोहित की बात दोहराते हुए कहता कि बुद्ध के कपटपूर्ण विश्वास ने प्राचीन धर्म की सच्ची राह को आत्मसात कर लिया था। सर्वत्र अराजकता फैली हुई थी। नृप, व्यापारी और साधारण जन नवीन मार्ग की इस मिथ्या शुचिता से वशीभूत हो गये थे। ऐसा मेरे भाई का दावा था। मुझे तो इस अराजकता में कोई त्रुटि नहीं दिखती थी, बल्कि ये स्वाभाविक जीवन-स्थिति ही प्रतीत होती थी। निश्चय ही अपने विचार मैंने स्वयं तक सीमित रखे क्योंकि अन्यों की दृष्टि में उनका कोई मोल नहीं था। माँ मुझे यह बताने का कोई अवसर नहीं चूकती थीं कि विदुषी बनने के स्वप्न न देखूँ, क्योंकि शास्त्र स्त्रियों के लिए निषिद्ध थे।

माँ को निरन्तर अपने पुत्र की ही चिन्ता रहती कि कैसे वे उसकी उचित शिक्षा-दीक्षा का प्रबन्ध करें, जिससे वह अपनी योग्यता के अनुरूप कुछ बनने का अवसर पा सके। उन्होंने पर्वतों में ही स्थित एक गुरुकुल में उसको प्रवेश दिला दिया। वहाँ के ऋषि ख्यातिलब्ध विद्वान थे। उनके पास गिनेचुने ही शिष्य थे और उनका मेरे भाई को शिष्य रूप में स्वीकार करना हमारे लिए अत्यन्त गौरव की बात थी।

गर्मियों में वर्षा आने से पहले स्थान-स्थान पर भटक कर जड़ी-बूटियों को खोज कर लाने वाले व्यापारी और वैद्यों का एक मेला लगता था। उस वर्ष माँ ने मुझे भी अपने साथ उसमें ले जाने का निर्णय लिया। हम घंटों पहाड़ी पर सीधी चढ़ाई चढ़ते रहे, गन्तव्य पर पहुँचने से पहले एक रात्रि हमने एक धर्मशाला में शरण ली।

मेले का आयोजन एक शिव मन्दिर के प्रांगण में हुआ था। ऊँचे देवदार के गगनचुम्बी वृक्षों की शाखाओं पर अनेक ध्वज व चिह्न लटके हुए थे। वृक्षों के नीचे हरी नर्म घास थी। नीले धब्बों से भरा चेहरा लिए एक नट भाँति-भाँति के खेल दिखा रहा था और भीड़ कोलाहल करके उसका मनोबल बढ़ाती खड़ी थी। बीन और बिगुलों की ध्वनियाँ वातावरण में उत्साह का संचार कर रही थीं।

माँ ने मुझे एक गुड़िया ले दी थी। कपड़े और लकड़ी की बनी, मोती की आँखें और मुँह पर एक खिंची-सी मुस्कुराहट थी। माँ जड़ी-बूटियों की दुकानों की ओर बढ़ गयीं, तो मैं बाँह में गुड़िया को झुलाती मेले में घूमने लगी। बांज के एक वृक्ष के नीचे, उलझी जटाजूटधारी एक पुरुष अपनी मैली-कुचैली ग्रीवा में एक निश्चल, धब्बेदार, मोटा-सा साँप लपेटे बैठा था। उसका सामान उसके सामने सजा था। अपने पाँव से धूल में

अनचीन्ही-सी आकृतियाँ उकेरते हुए मैं उत्सुकता से उसकी दुकान के आसपास मँडराने लगी। सर्प प्रश्नसूचक नेत्रों से मेरी गतिविधियों को परख रहा था। मैं दुकान के थोड़ा और निकट खिसकी। वहाँ विचित्र-सी वस्तुएँ बिक्री के लिए रखी थीं : चिड़ियों के अंडे, उलूक पक्षी के पंख, कौवे की चोंचें, चील के पंजे। एक काले वस्त्र पर वानरमुंडों के समीप ही छिपकलियों की पूँछों का ढेर भी था।

एक सुन्दर पीली तितली उड़ती हुई उस पुरुष की उलझी जटाओं में जा बैठी। वह पुरुष सम्भवतः सो गया था या फिर ध्यानमग्न था। पर उसकी राख पुती ग्रीवा में पड़े सतर्क सर्प ने फुफकारते हुए उस तितली को लील लिया।

उस पुरुष ने अचानक अपने नेत्र खोले। "कभी सपेरे को देखा है?" उसने मुझसे प्रश्न किया। मैंने भय से मस्तक हिला दिया।

"आओ, मैं तुम्हें दिखाऊँ", उसने कहा और मुझे मन्दिर के पीछे झाड़ियों में ले गया। भय और किसी अनहोनी की आशंका में मेरा हृदय तीव्रता से धड़कने लगा। उसने मुझे पकड़ा और मेरे हाथ अपने अधोवस्त्र के भीतर खींच ले गया। मेरे हाथों में कोई लिजलिजी-सी वस्तु आ गयी थी।

अपनी नन्ही मुट्ठियों से मैंने उस पर आघात किया। उसकी पकड़ ढीली हुई और मैं भाग खड़ी हुई। एक बार पलट कर देखा कि कहीं वह मेरा पीछा तो नहीं कर रहा। किन्तु वह शान्त भाव से वृक्ष के नीचे जा बैठा था। सर्प उसकी ग्रीवा में लिपटा था।

मैं माँ की खोज में भटक रही थी। वे बड़ा-सा पंख लगी पगड़ी पहने हूण-प्रदेश के एक व्यापारी से मोलभाव में लगी थीं। उन पर दृष्टि पड़ते ही मैं दौड़ पड़ी, पर नटों की कलाबाजियों के लिए लगाई रस्सी में फँस कर मुँह के बल गिर पड़ी। लाज-शर्म छोड़ मैं उच्च स्वर में रो पड़ी, आँसू थम ही नहीं रहे थे। गुड़िया की मुस्कुराहट ज्यों की त्यों थी। लोग मेरे चारों ओर जमा हो गये। "ये गुम हो गयी है," किसी ने कहा, "बालिका गुम हो गयी है!" एक विक्रेता ने मुझे एक लड्डुका थमा दिया, रोते-रोते खाने से मेरा गला फँस रहा था, मेरा विलाप और बढ़ गया।

माँ अभी भी मोलभाव में लगी थीं। नट अपने हुरकी ढोल बजा-बजाकर मधुर स्वर में घोषणा कर रहे थे कि एक बालिका गुम हो गयी है और अपने माता-पिता को खोज रही है; किन्तु फिर भी माँ को मेरी अनुपस्थिति का भान नहीं हुआ। अन्ततः उन्होंने अपनी खरीदारी निबटायी और तब मेरे विलाप की ओर उनका ध्यान गया।

उनके मस्तक पर परेशानी और चिढ़न भरी आड़ी-तिरछी रेखाओं का महीन जाल उभर आया। मैं रोते हुए उनकी ओर दौड़ी। किन्तु मेरी लज्जा को और नग्न करते हुए उन्होंने सबके सामने मेरा कान मरोड़ा और बाहर घसीटती ले गयीं।

मैं उनको उस पुरुष और सर्प के विषय में कुछ न बता पायी, ना वह जो मेरे साथ घटा था। हम वापसी के लम्बे मार्ग पर चल पड़े। साँझ घिर आयी किन्तु उस धर्मशाला का कहीं कोई अता-पता ना था जहाँ हम गत रात ठहरे थे।

"सम्भवतः हम भटक गये हैं," माँ ने हथियार डाल दिये। मेलास्थल से निकलने के बाद ये उनके पहले बोल थे। हम दिशा पूछने के लिए रुके। एक बरगद के वृक्ष के नीचे कुछ ग्रामवासी जमा थे। वृक्ष के नीचे एक भगवा वस्त्रधारी महिला पद्मासन में बैठी प्रवचन दे रही थी। उसका सिर केशविहीन था, इस कारण वह विचित्र-सी लग रही थी; किन्तु वह बदसूरत नहीं थी। अस्त होते सूर्य की किरणों ने उसके चारों ओर एक प्रभामंडल बना दिया था। हम वहीं बैठने और सुनने के लिए बाध्य थे।

"मैं आपको गौतम के विषय में बताती हूँ, वही गौतम जिन्हें प्रायः लोग बुद्ध कहते हैं।" वह कह रही थी, "शुद्धोदन और माया के पुत्र। उन्होंने संसार की बुराइयों को तो त्याग दिया था, किन्तु स्त्रियों के संसार को उन्होंने नहीं त्यागा था। उनका दयाभाव समस्त प्राणिमात्र के लिए समान था। महानमन की धर्मपत्नी धम्म के मार्ग को ग्रहण करने वाली प्रथम स्त्री थीं।"

सूर्य अस्त हो गया था, भिक्षुओं ने बरगद के वृक्ष के चारों ओर दिये व धूप-बत्ती जला दिये।

"भद्र जनों, क्या आप जानने के इच्छुक हैं कि महामना बुद्ध ने अपने अनुयायियों को सांसारिक मोहमाया से कैसे मुक्त किया?" उसने प्रश्न किया। समस्त जनों ने एक स्वर में उत्तर दिया, "हाँ, हम जानने के इच्छुक हैं।" माँ को भी सम्भवतः इस प्रवचन में रस आ रहा था; किन्तु उनके मस्तक पर पड़ा रेखाओं का जाल ढीला नहीं पड़ा।

"मैं आपको राजकन्या रत्नावली के विषय में बताती हूँ, जिसने व्यापारियों के एक समूह के द्वारा भगवान बुद्ध को सन्देश भेज कर उनसे स्वयं को धम्म की शिक्षा देने का आग्रह किया था। भगवन ने उसकी प्रार्थना का प्रत्युत्तर दिया। उन्होंने उसके लिए एक चित्र भेजा जिस पर पंच निषेध, द्वादश निदान और तीन शरण उकेरे हुए थे।

उन्होंने सत्य और असत्य व्यवहार का भी निर्देश दिया था। बुद्ध ने जो अन्तिम उपदेश लिखा था वह था–"उठो। नवजीवन आरम्भ करो।"

श्रोता तन्मयता से सुन रहे थे। "महात्मा बुद्ध ने क्या कहा था?" भिक्षुणी ने प्रश्न किया। "उठो। नवजीवन आरम्भ करो।" सबने समवेत स्वर में कहा। वह रात्रि हमने संघ के अन्य सदस्यों के साथ एक शहतूत के वृक्ष के नीचे सोकर बिताई। कोई स्वप्न देखते हुए मैं अचानक जाग गयी, एक पल को तो समझ नहीं आया कि कहाँ हूँ। संघ के भिक्षु खर्राटे भर रहे थे। बरगद के नीचे एक दीपक टिमटिमा रहा था। मैं भिक्षुणी के शब्दों पर विचार करने लगी। "उठो, नवजीवन आरम्भ करो।" इसका क्या अर्थ है? बिना मृत्यु और पुनर्जन्म को प्राप्त किये नवजीवन कैसे आरम्भ हो सकता है?

2

अगले दिन हम तड़के ही निकल पड़े और अपराह्न तक घर पहुँच गये। पहुँच कर पाया कि मेरा भाई भी गुरुकुल से लौट आया है। वे महान गुरु अत्यन्त क्रोधी स्वभाव के थे और अपने शिष्यों से आवश्यकता से अधिक आशा रखते थे। मेरा भाई उनकी कसौटी पर खरा नहीं उतरा, अतः उन्होंने उसे रीता लौटा दिया। अपनी असफलता पर वह लज्जित था, इस हताशा में दिन भर गाँव के बाहर खेतों में घूमता रहता। फिर माँ ने उसके लिए एक नये शिक्षक का प्रबन्ध कर दिया। समीप के ही गाँव में वास करने वाले एक विद्वान से माँ ने उसे व्याकरण की शिक्षा देने और धर्मग्रन्थों की व्याख्या सिखाने की प्रार्थना की। प्रातः का सम्पूर्ण समय मेरा भाई अपने गुरु के साथ व्यतीत करता, एकरस भाव से वह क्रम-पाठ, पद-पाठ सीखता, ज्ञान-पाठ की व्याकरण समझता तथा ब्राह्मणों के लिए सर्वोपरि ज्ञान की शाखाओं से जूझता।

मैं अनमने ढंग से दैनिक क्रियाकलापों में लगी रहती। घर के कामों को छोड़ मैं छुप कर भाई के पाठ सुनती। उसके गुरु उत्तम काव्य के प्रशंसक थे। प्रायः संस्कृत व्याकरण की पेचीदगियों और ब्रह्मसूत्र की गम्भीर गुत्थियों के बीच हमें काव्य और नाट्यशास्त्र की झलकियाँ सुनने को मिल जातीं। उन्हीं से मैंने मगध के यशस्वी कवि कालिदास के विषय में सुना था।

एक बार जब मेरा भाई संस्कृत के कुछ दुरूह सूत्र कंठस्थ कर रहा था, तो उसके गुरु ने मुझे द्वार पर लटके देख कर अपने समीप बुला लिया। "तुम्हारा क्या नाम है, बालिके?" उन्होंने आत्मीयता से मुझसे पूछा। मैंने अपना नाम बताया, तो आनन्दमिश्रित हैरानी से उनके नेत्र

विस्फारित रह गये। "शकुन्तला!" उन्होंने कहा, "महानतम काव्य *अभिज्ञानशाकुन्तलम्* की नायिका! आह, अपने रचयिता कालिदास की अनुपम कृति..." नेत्र बन्द कर वे अपना सिर इस प्रकार हिलाने लगे जैसे कि उन्हें कोई दौरा पड़ गया हो। मैं मुग्ध-सी उन्हें देखती रही। उनके घुँघराले बाल सफेद थे और मुखमंडल स्निग्ध। गुरेश्वर के गुरु अपनी तन्द्रा से बाहर निकले, तो देखा कि मैं उन्हें आश्चर्य से तक रही हूँ। उन्होंने मुझे आश्वस्त करने के भाव से अपनी पलकें पटपटायीं, मेरे तकने से वे तनिक भी विचलित नहीं हुए थे।

"तुम्हें कालिदास के नाटक की कथा ज्ञात है?" उन्होंने पूछा। मैं चुप रही, शिक्षित दिखने की मेरी इच्छा का सीधा टकराव मेरी उत्सुकता से था। मेरी चुप्पी पर ध्यान न देते हुए वे मुझे अत्यन्त रूपवती और गुणवन्ती शकुन्तला के विषय में बताने लगे। शकुन्तला अपने दत्तक पिता के साथ उनके आश्रम में रहती थी। वह वन में आखेट करने आये राजा दुष्यन्त के प्रेम के वशीभूत हो गयी। दुष्यन्त ने उससे गन्धर्व विवाह कर लिया और स्मृति चिह्न के रूप में अपनी मुद्रिका दे कर अपने राजप्रासाद लौट गये। किन्तु शकुन्तला से उनकी मुद्रिका गुम हो गयी और उसके गर्भवती होने पर भी उसके नृप पति ने उसे त्याग दिया और अपने राजदरबार से निकाल दिया।

तभी माँ ने किसी निकृष्ट से कार्य के लिए मुझे भीतर बुला लिया। मेरे लौटने तक गुरेश्वर भी अपना व्याकरण का पाठ कंठस्थ करके आ चुका था। उसके गुरु मुझे शेष कहानी अंशों में ही सुना सके। प्रेमकथा का सुखद अन्त शकुन्तला की दिव्य माँ मेनका द्वारा मध्यस्थ बन कर सारी उलझनें सुलझाने से हुआ। मैंने उनसे प्रार्थना की कि सम्पूर्ण कथा मुझे पुनः सुनाएँ, किन्तु उन्हें इसके लिए अवकाश न मिला।

माँ के दायित्वों में एक मेरा कन्यादान करना भी था, किन्तु अपनी प्रथम सन्तान के दायित्वों से ही उन्हें समय न मिलता था। मैं तो उनकी दृष्टि में गौण थी। मैं विवाह करने को उत्सुक थी। अपनी स्थिति के भँवर से पार पाने का मुझे यही एक मार्ग सूझ पड़ता था। अविवाहित कन्या वर्ण व गोत्रहीना होती है। यद्यपि मैं ब्राह्मण माता-पिता की सन्तान थी, किन्तु विवाह पश्चात ही मैं अपने पति के वर्ण व गोत्र को धारण कर सकती थी। तब तक मेरी नियति थी माँ की सहायता करना या जब गुरेश्वर अपने गुरु के साथ संस्कृत, दर्शन या तर्क शास्त्र के अध्ययन में रत होता, तो उसकी छाया बने रहना।

ग्रीष्म के एक दिन जब मैं अपने भाई और उसके गुरु के साथ बैठी पढ़ रही थी, तो किसी ने भीतर झाँका और मुग्ध भाव से हमें अध्ययन में रत देखता रहा। बाद में मेरे पति सृजन ने बताया कि कैसे एक बार उन्होंने एक छोटी-सी बालिका को अपने भाई के गुरु के निर्देशों को समझने के प्रयास में रत देखा था और तभी तय कर लिया था कि एक दिन उसके बड़े हो जाने पर वे उससे ब्याह करेंगे।

गोविन्द के उपनयन संस्कार का समय आ गया था। मेरे भाई के भावी गुरु और उनके शिष्यों ने संस्कार प्रारम्भ किया। संन्यासियों ने घी में डूबी सुगन्धित चन्दन की लकड़ियाँ अग्नि को समर्पित कीं। गोविन्द ने अपने सर्वश्रेष्ठ वस्त्र धारण किये थे, इन्हें माँ ने विशेष तौर पर इसी अवसर के लिए बनवाया था। गाँव के नाई ने उसके केश उतार कर खोपड़ी चिकनी कर दी, बस एक धर्मसम्मत शिखा छोड़ दी। फिर उसके गुरु उसे एक काले, चिकने पत्थर के पास ले गये। गोविन्द उस पर चढ़ा, पहले दायाँ पैर रख कर, संन्यासी मन्त्रोच्चार करते रहे। ''धर्म की जिस अटल-अचल चट्टान पर तुम खड़े हो, ईश्वर की कृपा से तुम उचित और सत्य मार्ग को जानो,'' वे कह रहे थे।

गोविन्द का जन्म का नाम छिन गया, और इसी के साथ इससे जुड़े संस्कार और स्मृतियाँ भी छिन गयीं। वह द्विज गुरेश्वर बन गया था, उसे बायें कन्धे से दायीं बाँह के नीचे जाता यज्ञोपवीत पहना दिया गया। पुजारी ने उसके कान में गायत्री मन्त्र कहा, और फिर सबने गायत्री मन्त्र का सस्वर उच्चारण आरम्भ कर दिया। अम्मा ने अपने सूती उत्तरीय से मेरे कान बन्द कर दिये। ''तुम ये मन्त्र नहीं सुन सकतीं, अन्यथा...'' उन्होंने कहा।

''अन्यथा क्या?'' मैंने चुनौती दी।

''अन्यथा तुम्हारी मूँछें निकल आयेंगी और कोई तुमसे ब्याह नहीं करेगा।''

उपनयन संस्कार के बाद गुरेश्वर को सुन्दर वस्त्रों के स्थान पर संसार को त्यागने के सूचक मोटे भगवा वस्त्र धारण करवा दिये गये। मेरा भाई अब स्नातक हो गया था, सत्य का अन्वेषक। संन्यासियों को अनेक उपहार और नवजात बछड़ा भेंट किया गया। गुरेश्वर ने गाँव के वृद्धजनों और अपने गुरु को प्रणाम करके आशीर्वाद लिया। एक शुष्क से मुँह वाले संन्यासी ने उसके कन्धों पर एक हिरन की खाल

रख दी, और उसके हाथ में पलाश की लकड़ी का एक कमंडल थमा दिया, जिसे उसने अपने मस्तक से लगाया। "त्याग का जीवन तुम्हारे सम्मुख है," उसके गुरु ने अस्वाभाविक से उच्च स्वर में घोषणा की। "आजीविका के लिए भिक्षा माँगो।"

यह गुरेश्वर के लिए संकेत था कि वह माँ के समक्ष झुके और भोजन की भिक्षा माँगे। उसके कमंडल में कच्चे चावल भरते हुए माँ की धँसी हुई आँखें आँसुओं से भर गयी थीं। फिर वह मेरे पास आया, अपनी बहन से भिक्षा माँगने। माँ ने मुझे पहले ही बता रखा था, मेरे पास फल और गुड़ की पोटली तैयार थी। मुँडे सिर और शिखा में गुरेश्वर इतना गम्भीर, इतना भोंदू लग रहा था कि बरबस मेरी हँसी फूट पड़ी। माँ ने लपक कर मेरी बाँह में चिंहुटी काटी। भोजन आरम्भ हुआ, गाँव के सभी लोगों को मिष्टान्न और भाँति-भाँति के व्यंजन परोसे गये। प्रस्थान को तत्पर होते गुरेश्वर की दृष्टि मेरे नेत्रों से टकरायी, उससे झाँकती अवहेलना ने मुझे चुप कर दिया। और फिर हम अकेले रह गये, मैं और माँ।

वह वर्ष विचित्र था। ग्रीष्म के दिनों में वनों में आग लगी। आग की धधकती लपटें उस हरे-भरे वन को लीले जा रही थीं, जहाँ मैं भ्रमण के लिए जाया करती थी। "अग्निदेव क्रोधित हैं," माँ भयभीत हो गयी थीं। "गाँववाले उन्हें प्रसन्न करना भूल गये हैं। प्राचीन परम्पराएँ, अग्नि को बलि देना आदि उन्होंने त्याग दिया है। बुद्ध का धम्म अच्छा है, पर अच्छे होने मात्र से ही तो प्रकृति से नहीं लड़ा जा सकता। देवताओं के प्रति हमें अपनी कृतज्ञता तो दिखानी ही चाहिए।"

आग की फसल को घूरते हुए वे अपने दिन व्यतीत कर देती थीं, निरन्तर घर के बाहर टँगी पताकाओं को देख वायु की दिशा का अनुमान लगाती रहतीं। रात्रि में आकाश सिन्दूरी हो जाता था और जब सुबह की बयार गाँव की ओर आती अग्निदेव की क्रुद्ध साँसों को शीतल करती, तब तक वृक्ष चटकते-फटते रहते।

वन के धधकते वक्ष से साँप निकल कर भागते और चिन्ताकुल होकर समीप के खेतों की शरण लेते। एक झुलसा हुआ खरगोश हमारे घर भाग आया था। मैंने पूरे मनोयोग से इसकी परिचर्या की, पर वह उसी दिन मर गया। चारों ओर आग, भुनते मांस और अकथनीय संकट की गन्ध मँडरा रही थी। मैंने माँ को कभी किसी बात से भयभीत होते

नहीं देखा था, किन्तु अब मैं उनके चेहरे और मूक प्रार्थनाओं में भय की परछाइयाँ देखती, मैं बहुत डर गयी थी।

फिर एक शाम, इन्द्रदेव का वज्र अपनी भयानक गड़गड़ाहट और कड़कती बिजली के साथ आया और उसने अग्निदेव को शान्त कर दिया। वर्षा हुई, लपटें बुझ गयीं, वृक्षों के जले सूखे ठूँठ बिना किसी मलाल के पानी में भीगते रहे। राख से हरियाली के अंकुर फूटने लगे थे।

इसके तुरन्त बाद टिड्डी दल आ गये, झुंड के झुंड, बरसाती बादलों के समान घने झुंड। आकाश में अँधेरा छाते ही आरम्भ हो जाने वाली भिनभिनाहट के हम आदी हो गये थे, इस भिनभिनाहट में व्यस्त सी गूँज घुली होती थी। लगता था जैसे टिड्डी दल किसी गुप्त उद्देश्य से प्रेरित हों, जिसे मैं समझ न पा रही हूँ। दिन भर मैं उनकी उड़ान के लक्ष्य को समझने में बिता देती थी। वर्षाऋतु का यह काल नम और चिपचिपा था, पर टिड्डियों से भरी यह ठहरी हुई हवा अत्यन्त कष्टकारी थी। वे सारा उपवन खा गयीं। मेरी माँ की बरसों की लगन, परिश्रम को नष्ट करके वे आमलक, कान्ताकारी, तुलसी, यहाँ तक कि पटुआ के झाड़ भी खा गयीं, जिन्हें ग्रीष्म की दावानल से बचाने के लिए माँ ने दिन-रात एक कर दिये थे। दावानल से उबरे वन अब नवजात कोंपलों से भी लुटे-पिटे ऐसे नग्न खड़े थे जैसे पतझड़ की पवन ने उन्हें झकझोर दिया हो। वृक्षों के कंकाल स्वप्न में मेरा उपहास करते।

माँ ने समझौता कर लिया। टिड्डियों पर क्रोध करना निरर्थक था, वे तो हमारे भीतर गहरी बसी लाचारी के ही प्रतीक थे। अन्ततः ईश्वर ने कृपा की और ये बिन बुलाये अतिथि मरने लगे। धरती पर गिर-गिर कर उनके ढेर लग गये। बरसाती पोखर मृत टिड्डियों से पट गये, पर आकाश निर्मल हो गया। दावानल के बाद पक्षी नहीं बचे थे, पर फिर हमने एक काला पहाड़ी कौआ देखा, और फिर एक और। फिर ऊँचे वनों से मृत कीटों का भोज करने भालू उतरने लगे। माँ ने दिन-रात किसी भी समय मेरे घर से निकलने पर रोक लगा दी, क्योंकि लोग कहते थे कि भालू लड़कियों को उठा ले जाते हैं और अपनी पत्नी बना लेते हैं। रात्रि में हम उनकी गुर्राहट और टिड्डियों के शवों पर झगड़ा करने के स्वर सुनते, मैं भय से अकड़ी अपनी पुआल पर पड़ी रहती, सोचती रहती कि आतंक के ये साये कब दूर होंगे।

एक सुबह गुरेश्वर के गुरु अप्रत्याशित ढंग से आ धमके, उनकी बाँह पर फूहड़पन से एक पट्टी बँधी थी। कोई घाव भर नहीं रहा था,

वे माँ की सहायता लेने आये थे। उन्हें देख कर मैं आश्वस्त हुई, उनके खिचड़ी केश दिलासा देते प्रतीत हुए। वे पुरुष थे, वे हमें आसपास घट रही भयानक बातों से बचाएँगे।

माँ ने उनके घाव को खोला, उसमें रक्त, वस्त्र के रेशे और कीड़े रेंग रहे थे। माँ ने मुझे दिखाया कैसे पटुए की सूखी पत्तियों को भिगोते हैं, फिर उबाल कर छानते हैं। घाव को एकाग्रचित्त से पोंछते हुए उनका टूटा दाँत होंठ पर आ जमा था। पहले उन्होंने घाव को जलते लकड़ी के कोयले से जलाया, गुरु जी पीड़ा से कराह उठे। फिर एक दिन और एक रात के लिए इसे खुला छोड़ दिया, माँ गुरु जी को जड़ी-बूटियाँ देती रहीं, जिससे उनकी आँखें टिमटिमा उठतीं और पीड़ा मन्द पड़ जाती। जब वे उठे, तो हमने उनके घाव को धोया और मरहमपट्टी की, हम मनोयोग से उनका ध्यान रखते थे। घर में एक बार पुनः पुरुष की उपस्थिति भली लग रही थी।

वे कई दिन रुके। मुझे पढ़ाते, कहानियाँ सुनाते वे अपना समय व्यतीत करते। घर के अन्तहीन कार्यों से बचाये इन अमूल्य पलों में मैं उनकी बातें सुनती। मेरे भाई के गुरु जी ने मुझे कालिदास के *ऋतुसंहार* के पद सुनाये :

अभीक्ष्णमुच्चौर्ध्वनता पयोमुचा
घनान्धकारीकृतशर्वरीष्वपि।
तडित्प्रभादर्शितमार्गभूमयः
प्रयान्ति रागादभिसारिकाः स्त्रियः।।

(रात्रि के अन्धकार को बादलों ने गहरा दिया है, कड़कती, गरजती बिजली चमक रही है। ऐसे मौसम में भी प्रेम दीवानी स्त्रियाँ बिजली से प्रकाशित मार्ग पर अपने गुप्त मिलन स्थल की ओर चली जा रही हैं।)

मैं पद को समझते हुए उनसे मत्तगयंड छन्द की व्याख्या सुनती, काव्य छन्द जो हाथी की राजसी चाल के अनुरूप चलता है, अपनी गेयात्मक लय में डोलता, झूमता हुआ। हमारे जीवन की एकरसता यकायक लुप्त हो गयी थी। जब अपने उपवन को पुनर्ज्जीवित करने में लगी माँ ने मुझसे इसे गोबर और सूखी घास से पाटने में सहायता करने को कहा, तो मैं तैयार थी। *ऋतुसंहार* के पद गुनगुनाते हुए मुझे डर नहीं रहा था कि मैं भी उनकी तरह गन्धाने लगूँगी?

एक दिन मैं सोकर उठी तो देखा कि गुरेश्वर के गुरु जी तड़के ही पड़ोस के गाँव स्थित अपने घर चले गये हैं। मैं एकाकी हो गयी थी।

सन्ध्या में जब मैंने उन्हें धुँधलके से निकल कर आते देखा, तो भाग कर उनका अभिवादन किया। उन्होंने मुझे बाँहों में भर लिया। तभी ड्योढ़ी पर माँ आ खड़ी हुईं, गुरु जी ने झिझक कर मुझे एक ओर हटा दिया।

वे हमारे लिए एक पुस्तक लाये थे, कालिदास की *अभिज्ञानशाकुन्तलम्*। भोजपत्र पर लिखित, उत्कीर्ण और चित्रित लकड़ी के आवरण से मढ़ी पांडुलिपि। इसकी किनारी पर कमलिनियाँ उकेरी हुई थीं। मैंने बहुत उल्लास और उत्सुकता से भर कर इसे देखा। ''कल हम इसे पढ़ेंगे,'' उन्होंने कहा। ''कवि कालिदास उज्जयिनी के महाराज विक्रमादित्य के दैदीप्यमान रत्न थे। सम्भवतः तुम्हारी माँ भी शकुन्तला की कथा सुनना चाहें।''

दिन भर रिमझिम होती रही, वर्षाकाल की ये अन्तिम फुहारें यातनादायी थीं। हमारे घर के मुख्य कक्ष की खपरैल एक नये स्थान से टपकने लगी थी, उसके नीचे माँ ने एक बड़ा-सा पत्थर का कूंडा रख दिया। छत से टपकते पानी की टपटप ने गुरेश्वर के गुरु जी द्वारा सुनाई जा रही मार्मिक कथा में जैसे एक उदास-सा संगीत डाल दिया था। ''मालिनी नदी के तट पर एक रमणीक आश्रम था,'' उन्होंने आरम्भ किया, और सुनाया कैसे अमर अप्सरा मेनका और महर्षि विश्वामित्र की त्यक्ता पुत्री को शाकुन्त पक्षियों ने पाला-पोसा।

''इसीलिए उसका नाम शकुन्तला पड़ा,'' उन्होंने बताया। अगर मेरी नियति भी उसकी सी होती, तो क्या होता, मैं सोचने लगी। क्या प्रकृति माँ मेरे प्रति भी इतनी उदारमना होतीं? गुरु जी बता रहे थे कि किस प्रकार राजा दुष्यन्त शकुन्तला से मिले और उससे प्रेम करने लगे। ''वन्य पुष्प ने उपवन के पुष्पों को शोभाहीन कर दिया...'' राजा दुष्यन्त ने कहा। गुरु जी ने मेरे नेत्रों में देखा, पद को अर्थपूर्ण ढंग से दोहराया, और कथा को आगे बढ़ाते हुए सुनाया कि किस प्रकार राजा ने गन्धर्व रीति से शकुन्तला के साथ गुपचुप विवाह कर लिया। अनजाने भावों ने मेरे भीतर उथल-पुथल मचा दी। वे अभी प्रथम अंक के अन्त तक ही पहुँचे थे, जहाँ एक मस्त हाथी आता है, उसके पैरों में लताएँ लिपटी हैं, हिरन उसके भय से भाग जाते हैं, तभी उनके गाँव से कोई हमारे कथा वाचक के लिए कोई महत्त्वपूर्ण सन्देश लेकर आ पहुँचा। ''मुझे जाना होगा,'' गुरु जी बोले। ''शीघ्र ही लौट आऊँगा, तब शेष नाटक पढ़ेंगे।''

उस रात, सोने की चेष्टा करते हुए मैं उस दूसरी शकुन्तला के रूप में चली गयी, मालिनी नदी के लताओं से युक्त तट पर कमल पत्रों में लेटी हुई राजा को प्रेमपत्र लिखती रही। मैं भी प्रेम करने के लिए तत्पर थी, कामदेव के बाणों के मधुर आघात के लिए आतुर थी। निश्चय ही राजा दुष्यन्त मुझे खोजते आएँगे, इस खोज में उनके अश्व हाँफ जाएँगे। वे मुझे पहाड़ों के इस एकरस जीवन से निकाल बहुत दूर कहीं ले जाएँगे।

कई दिन तक गुरु जी नहीं आये। घर के कार्यों से जानबूझ कर बचती हुई मैं प्रेम-पीड़िता का नाटक करती लेटी रही। अन्ततः जब वे आये और माँ को अपनी बाँह दिखाई, तो माँ ने कहा घाव भर गया है। "आप अब स्वस्थ हैं," माँ ने सपाट स्वर में कहा। "अब जाएँ।" उनका चेहरा भावहीन था।

3

वर्षा ऋतु बीत गयी थी। यदाकदा भिकुनी के शब्द मेरे मानस में गूँज जाते। "उठो। नवजीवन आरम्भ करो!" उसने कहा था।

गुरेश्वर के जाने के बाद माँ और मैं ही रह गये थे, एक-दूसरे का सम्बल। हम सखियाँ बन गयी थीं, कम से कम घर चलाने में तो। मैं गायों की देखभाल करती, माँ के बताये अनुसार नर्म घास, भूसा, मठ्ठा और सोंठ मिलाकर सानी डालती। उन्हें दुहते समय मैंने सीख लिया था कि कैसे सतर्कता से दूध की पतली धार को लकड़ी के बर्तन में ही डालना है। गौशाला को चमका-चमका कर साफ करती, गोबर को गूँध कर थपक-थपक कर उपले बना कर धरती और दीवारों पर चिपकाती। दोपहर में हम अनाज बीनते। काम के बीच ठहर कर स्मृतियों में कहीं दूर देखते हुए माँ के नेत्रों में कोमलता सी झलक आती थी, वे दूर पहाड़ों में बीते अपने बचपन की बातें बताने लगतीं। "अपने गाँव की मैं सबसे सुन्दर लड़की थी," एक बार उन्होंने मुझसे कहा। "मेरे केश घुटनों तक लम्बे थे। चोटी बनाकर जब मैं उसमें वन्य पुष्प गूँथ देती, तो लोग कहते कि मैं अप्सरा लगती हूँ।" मुझे विश्वास नहीं होता था, पर उनके स्वर में बसी उत्कंठा मुझे हिला देती थी, अपनी हँसी छुपाने के लिए मैं दूसरी ओर देखने लगती।

माँ के साथ मेरी असहज सी सुलह हो गयी थी। वे मुझ पर लाड़ जताने लगी थीं, जैसे कि मैं कोई पालतू तोता या उनकी प्रिय गाय हूँ। छोटी-छोटी बातों से वे मुझे दुलारतीं, मेरा प्रिय भोजन बनातीं, मेरे केशों में तेल लगातीं, कंघी करतीं। कभी-कभी झिझकते हुए वे बात करने लगतीं, अपने विषय में बतातीं, पर फिर उनके भीतर कुछ उन्हें ये निजी बातें बाँटने से रोक देता और वे अचकचा कर नीरस से व्यर्थ

घरेलू कामों में लग जातीं।

"पिता जी के विषय में कुछ बताओ न?" मैंने एक बार उनसे पूछा। "वे किसकी तरह लगते थे? मेरी या गुरेश्वर की?"

"तुम्हारे पिता जी बस अपनी ही तरह के थे।" उन्होंने रीते स्वर में कहा। "तुम मेरी तरह लगती हो, जबकि गुरेश्वर का तेजस्वी स्वभाव उसके मुख पर इतने ओज के साथ दिखता है कि वह साक्षात् देवता लगता है।"

यह माँ का लाड़ बोल रहा था, पर मैं ईर्ष्यामिश्रित क्रोध से भर गयी। मैंने उपवन के सारे गेंदे के पुष्प तोड़ डाले। उन्हें अपने पाँवों तले रौंद कर मिट्टी में मिला डाला। मेरे भाई पर यह बात सटीक बैठती थी कि अपनी सज्जनता और साधु स्वभाव से मेरी इस कठिनाई से अर्जित प्रसन्नता में भी सेंध लगा दे। स्वभाव के विपरीत माँ ने मेरी इस उद्दंडता के लिए मुझे कुछ नहीं कहा। इसके बजाय उन्होंने बहुत पहले उत्तरी पर्वतों में अपनी नानी की सुनाई एक कहानी सुना कर मुझे दिलासा देने का प्रयास किया। यह कहानी उरुवसुर नाम के एक राक्षस की थी जो पहाड़ों में बनी एक गहरी कन्दरा में रहता था। प्रत्येक वर्ष जब बासन्ती बयार बसन्त के आगमन का सन्देशा लातीं, तो यह दैत्य समीप के गाँव की कुँआरी कन्या को खाकर अपनी क्षुधा शान्त करता। अन्ततः जब गाँव में बलि देने के लिए कोई कन्या नहीं बची, तो गाँववालों ने एक जादूगरनी से प्रार्थना की कि कन्या का रूप धर कर उस राक्षस के क्रोध से उन्हें बचाये। अपने जादू से, जो माँ के अनुसार जादू की अपेक्षा चिकनी-चुपड़ी बातें अधिक थीं, उसने राक्षस को ऐसी पट्टी पढ़ाई कि उसने जादूगरनी से ब्याह कर लिया और गाँववालों से फिर कभी बलि नहीं माँगी।

"उससे विवाह करके वह प्रसन्न रही?" मैंने उत्सुकता से पूछा। माँ ने चिढ़ कर कहा कि तुमने कथा का मूल भाव ही नहीं समझा। मुझे आदर्शों वाली कथाएँ अच्छी नहीं लगती थीं, मैं पुनः कुढ़न में डूबने वाली थी। "इससे यह सीख मिलती है," माँ ने मेरा हाथ थामकर मेरे नेत्रों में देखते हुए कहा, "कि स्त्री को पुरुष के हृदय को समझना आना चाहिए।" माँ तो ऐसी बातें नहीं करतीं, मुझे विचित्र-सा लगा। मैंने ध्यान से उन्हें देखा। सम्भवतः वे कभी सुन्दर रही होंगी, और पुरुषों के हृदय भी समझ पाती होंगी। किन्तु मुझे विश्वास न हुआ, वैसे मैं उत्सुक भी नहीं थी।

गुरेश्वर अब गुरु तोतकाचार्य का शिष्य था, वे भारतवर्ष के

ख्यातिलब्ध सन्त शंकराचार्य के प्रिय शिष्य थे। उनका संघ हमारे गाँव के समीप की पहाड़ियों से होते हुए बद्री-केदार धाम की यात्रा पर जा रहा था। यद्यपि उनके मत के नियमों के अनुसार नव दीक्षित संन्यासियों को अपने परिवार से मिलने-जुलने की आज्ञा नहीं थी, पर मेरे भाई के गुरु ने कृपापूर्वक गुरेश्वर को हमसे मिलने की अनुमति दे दी।

मैं गाँव को जाने वाली पगडंडी के समीप स्थित मैदान में माँ द्वारा बुनी सन की रस्सी से कूद रही थी। तभी मैंने उच्च स्वर में मन्त्रोच्चार की ध्वनि सुनी, फिर भ्रमणशील साधुओं का एक समूह दिखाई दिया। सब के सब एक साथ पग धरते चल रहे थे, और अपनी पदचाप की लय-ताल में कोई मधुर भजन गा रहे थे। समूह का नेतृत्व एक लम्बे साधु कर रहे थे, जिनके लम्बे डग और सतर्क मुद्रा से उनकी शक्ति तथा तेज फूटा पड़ रहा था। भिक्षुओं की पंक्ति के अन्तिम सिरे पर एक बालक चला आ रहा था। अचानक रुक कर वह मुझे देखने लगा। उसके गंजे सिर पर नन्हे-नन्हे केश निकल आये थे, बेढंगा ढीला-ढाला चोला उसके लिए बहुत बड़ा था।

मैं उसका आलिंगन करने को दौड़ी, उसे देख कर मैं अत्यन्त प्रसन्न थी, और उत्सुक भी कि उससे सुदूर प्रदेशों की यात्रा के उसके अनुभव जानूँगी। किन्तु वह मेरी भुजाओं के घेरे से परे हट गया। अन्य साधु आगे बढ़ते गये। कुछ आगे निकल जाने पर उन्हें ज्ञात हुआ कि उनका एक सदस्य कम है। उनकी प्रार्थना थम गयी। दो भिक्षुक पीछे लौट कर वहाँ आ पहुँचे जहाँ मैं और मेरा भाई आमने-सामने खड़े थे। उनमें से बड़ी आयु के संन्यासी ने किंचित कठोरता से शुद्ध संस्कृत में गुरेश्वर से प्रश्न किया।

गुरेश्वर ने बताया कि मैं उसकी रक्त-भगिनी हूँ। लम्बे वाले साधु, बाद में मैंने जाना कि वही गुरु तोतकाचार्य थे, ने मुझे आशीर्वाद देने की मुद्रा में अपना हाथ उठाया। ''तुम कुछ अवधि के लिए अपने गृह को जा सकते हो'' उन्होंने मेरे भाई से कहा, ''गुरु सुन्दरेश्वर तुम्हारे साथ जाएँगे। स्मरण रहे, तुम्हारी माता अब उसी प्रकार तुम्हारी माता हैं, जिस प्रकार अन्य स्त्रियाँ हैं, और तुम्हारी भगिनी अन्य स्त्रियों की भाँति ही तुम्हारी भगिनी है। अपनी शपथ के प्रति अडिग रहना। जिस अनुशासन में तुम बँधे हो, उसे विस्मृत मत करना।'' मेरा भाई स्वीकृति में मुस्करा दिया। अचानक वह साधु के स्थान पर सामान्य बालक सा प्रतीत हुआ।

हम घर आ गये। मेरे भाई ने अपना कमंडल बाँज की लकड़ी

के पुराने द्वार पर टाँग दिया और यत्नपूर्वक अपनी खड़ाऊँ उतारकर अपने आचार्य सुन्देरेश्वर की खड़ाऊँओं के समीप रख दीं। ''हरीओम,'' उसने उच्च स्वर में उद्घोष किया, अचानक उसका कंठ भीग गया, ''गृह-स्वामिनी को प्रणाम!'' माँ लँगड़ाती हुई ड्योढ़ी पर आयीं। गुरेश्वर को देखते ही उनका मुख खुला रह गया, और काले पड़ गये जबड़ों में दन्तहीन रिक्त स्थान उजागर हो गये। उसके प्रस्थान के पश्चात वे अचानक अनेक वर्ष बुढ़ा गयी थीं। भाई असमंजस से उनको देखता रहा, फिर आगे बढ़ कर उसने उनके चरणस्पर्श किये। दो पखवाड़े पहले चावल कूटने की धुनकी हाथ से छूट कर उनके पाँव पर गिर पड़ी थी। वह घाव अभी तक हरा था, बल्कि संक्रमित हो गया था। गुरेश्वर बाँस के कोमल वृक्ष की भाँति सतर लचीलेपन से उनका आशीर्वाद लेने झुका। माँ जानती थीं कि उन्हें अपने पुत्र के संन्यास व्रत में सहायक बनकर मात्र आशीर्वाद देना होगा, अत्यन्त कठिनाई से उन्होंने स्वयं को रोक कर उसे वक्ष से नहीं लगाया। किन्तु इस प्रयास में उनके नेत्रों के कोर भीग गये।

मेरे भाई के आचार्य सुन्देरेश्वर ने आसन दिये जाने पर बैठने से पहले किंचित घृणा से चारों ओर देखा, फिर अपने चोले को इस भाव से समेटा जैसे कि राजसभा को सम्बोधित करने जा रहे हों। वे निरन्तर अपनी उँगलियाँ चटकाते रहते थे, जो मेरे विचार से एक साधु के लिए शोभाजनक नहीं था। माँ ने यथाशक्ति उनका आदर-सम्मान किया, उन्हें दही, घी और शहद से बनाया मधुपर्क, मोदक और हाल ही में एक पर्व के अवसर पर बनाई गुड़ की मिठाइयाँ भेंट कीं। उन्होंने विरक्त, कुछ-कुछ अकृतज्ञ भाव से सबका सेवन किया और उच्च स्वर में डकार ली।

गुरेश्वर के आगमन के साथ ही मेरे प्रति माँ का स्नेह यकायक लुप्त हो गया। मुझे भी बचपन का एक पुराना खिलौना मिल गया, मोती की आँखों वाली लकड़ी और मलमल की मेरी पुरानी गुड़िया। पूरी सुबह मैं अकेली उपवन में फिरती रही, लेकिन किसी को मेरी अनुपस्थिति नहीं खली। उस पल मैंने तय कर लिया था कि अपनी बेटी के साथ ऐसा व्यवहार नहीं करूँगी।

दोपहर में मैं तिल के मोदक खोजती रसोई में चली आयी, तभी मुझे अपनी टाँगों से बहते रक्त का आभास हुआ। ''माँ, मुझे किसी कीड़े ने काट लिया है,'' भय से मैं चिल्ला उठी। उदर में भीषण पीड़ा हो रही थी, किन्तु मुझे क्या भान था कि उसका सम्बन्ध इस रक्त से हो सकता है? मेरी न चाची ताई थीं, न बहनें, कोई ऐसी युवती भी तो

मेरी परिचित न थी जो मुझे इस सम्बन्ध में चेताती। किसी ने मुझे स्त्री काया में होने वाले मासिक ऋतुचक्र के विषय में कुछ न बताया था। मैं जान भी न सकी कि मैं उस अवस्था में आ पहुँची हूँ!

बाहरी कक्ष से माँ आयीं। मुझे देखते ही उनके माथे पर बल पड़ गये। उन्होंने अपनी कटी-फटी उँगलियों से बड़ी तीव्रता से मेरा कान उमेठ दिया और रसोई के बाहर घसीट ले गयीं। "तुझे तनिक लज्जा नहीं है, लड़की?" वे क्रोध में फुंकारीं, "गृहस्थी की अग्नि अपवित्र कर दी, वह भी तब जब साधु-महात्मा पधारे हैं? तुम अब स्त्री हो, इसका अर्थ समझना चाहिए तुम्हें!"

वे मुझे घसीटते हुए गौशाला के निकट स्थित पुआल की कोठरी की ओर ले गयीं। उनका घायल पाँव उनके क्रोध को और भयंकर बना रहा था। मुझे भीतर धकेल कर माँ ने पतला-सा डंडा अटका कर कामचलाऊ से द्वार को बन्द कर दिया। मैं घास और पुआल के ढेर पर बैठी रही, समझ नहीं पा रही थी मुझसे क्या अपराध हुआ है। रक्त तीव्रता से बह रहा था। अनकही व्याकुलता मुझ पर हावी हो गयी। मैं पूरी शक्ति से भी चिल्लाती, तो भी सम्भवतः वे मेरी पुकार ना सुन पातीं, उसे सुनने के लिए वे इच्छुक भी तो न होतीं। क्रोध और असहायता का मिश्रित भाव मेरे भीतर उमड़ पड़ा।

अपने उदर के अन्ध गह्वर से उमड़ती एक चीख मैंने सुनी, जैसे पहले से ही अपने मन्तव्य में असफल कोई फटा ध्वज फड़फड़ाया हो। माँ ने मेरी पुकार नहीं सुनी, वे चाहती भी नहीं थीं। उन्होंने तो मुझे रक्तस्राव से मर जाने के लिए छोड़ दिया था, यद्यपि स्वयं मेरे भाई और उसके अहंकारी गुरु को लड्डू और गुड़ की मिठाइयाँ ठुसाने में व्यस्त थीं।

मैंने स्वयं को सान्त्वना देने का प्रयास किया। निश्चय ही माँ ये देखने आएँगी कि गौशाला के द्वार पर डंडा ठीक से लगा है या नहीं। हम अपना पशुधन खोना नहीं चाहते थे। पिछले माह ही तो एक गड़रिए को नदी के किनारे दो दुधारू गायों के शव प्राप्त हुए थे। गाँववालों ने पहाड़ियों के समीप कन्दरा में निवास करने वाली पाषाण-पिशाचिनी को उसका दोषी माना था। पाषाण-पिशाचिनी, सिंह-व्याघ्र भी उसके आदेश का पालन करते थे, उल्लू, बिल्ली व अन्य निशाचर उसके दास-दासी थे। साधारण-जनों की दिनचर्या से उसे घृणा थी। प्रति वर्ष वह गाँव से एक बालक को उठा ले जाती और उसे अपना बना लेती थी। फिर पुरुषों ने उसे सबक सिखाने का निर्णय लिया। एक दिन जब वह खेतों के नजदीक दिखी तो उन्होंने उसके केश पकड़ कर उसे घसीटा, पत्थर

मारे। उसके वस्त्र फाड़ डाले, मुँह पर थूका। तब से वह नहीं दिखी थी, फिर भी लोग अपने पशु धन के लिए चिन्तित रहते थे।

गुरेश्वर के आने की धुन में रमी माँ तो हमारी गायों को भी भूल गयी थीं। द्वार की झिरी से मैंने दिन ढलते देखा, और फिर अचानक मैं उठ खड़ी हुई, द्वार पर चोट की, अपने शरीर से धक्का दिया, अन्ततः द्वार को रोकने के लिए लगा तख्ता चटक कर टूट गया। मैं लड़खड़ाती हुई बाहर आयी। मेरी बाँह छिल गयी थी। घाव को चाटा, तो होंठों पर गर्म नमकीन चिपचिपाहट महसूस हुई। मेरी जंघाओं के बीच भी चिपचिपाहट थी। रक्त के विषय में सोचते ही मेरा जी कच्चा हो गया। पर मैं माँ के पास नहीं जाऊँगी। क्रोध, लज्जा और अहं भाव के वशीभूत हो मैंने विपरीत दिशा का रुख किया, मुझे अस्वीकार करने वाले गृह से दूर।

अभी चन्द्रोदय नहीं हुआ था। वन पर चन्द्रमा के आगमन की घोषणा-सी करती एक आभा छायी थी। कुछ पल मैं शान्त खड़ी रही, कुछ सुनने का प्रयास करती, कुछ भी। जैसे ही मैं इस भयानक सन्नाटे की आदी हुई, झींगुरों और चिश्चिरों ने अपनी डरावनी तान छेड़ दी। अपने ही पाँवों की आहट सुन कर लगता जैसे मेरे पीछे कोई आ रहा है। मुड़ कर देखती, तो वहाँ मेरी छाया तक न होती।

रात्रि की शीतलता बढ़ती जा रही थी। धरती, घास, और मेरे कपोलों को छू लेने वाले पत्ते ओस से भीग गये थे। ज्यों-ज्यों चन्द्रमा आकाश में ऊपर उठता गया, आधी-अधूरी परछाइयाँ नया आकार लेने लगीं। पाँवों को घसीटती हुई मैं आगे बढ़ती गयी। कौओं की तीक्ष्ण काँव-काँव और सांबल की भयभीत पुकार मेरे साथ-साथ चल रही थी। मैंने अपने भय को दूर भगाने का प्रयास किया। मैंने सुना था कि वन में बुरी आत्माएँ, भूत, प्रेतात्माएँ, अभिशप्त आत्माएँ आदि भटकते रहते हैं, पर अच्छी, दयालु आत्माएँ भी तो होती हैं। भूत मेरा क्या बिगाड़ लेंगे? धरती माँ एकाकी और परित्यक्तों की रक्षा करती हैं। फिर दिन-रात में मात्र यही अन्तर तो होता है कि एक में हम देख सकते हैं, दूसरे में नहीं। बचपन में गुरेश्वर ने एक बार मुझे सीटी बजाना सिखाया था। मैं सीटी बजाने लगी, मधुर, उल्लास से भरी धुन ने मेरे भीतर साहस का संचार किया। कोई भी मेरी सीटी को सुन कर यही समझता कि मुझे बिल्कुल भय नहीं लग रहा।

आग का एक गोला मेरी ओर चला आ रहा था। मैं वहीं ठिठक कर पगडंडी के बिल्कुल किनारे को होकर ओस में भीगी चट्टान से चिपक गयी। आग का गोला ठीक मेरी आँखों के सामने लहरा रहा था। मैंने

एक लम्बी स्त्री काया को देखा, लगभग वस्त्रहीना, बस कटिप्रदेश पर एक मोटा-सा कपड़ा बँधा था, झुक कर वह मेरे सामने बैठ गयी। वह पतली, किन्तु सशक्त थी, चन्द्रमा की धवल चाँदनी में उसकी कृष्ण-काया चमक रही थी। उसने सिर से दहकते अंगारों की अँगीठी उतारी और धरती पर रख दी। जड़ी-बूटियों की तीव्र, मादक, शान्तिदायक सुवास मेरे नथुनों में समा गयी।

अँगीठी के प्रकाश में उसके नेत्र चमक रहे थे। उसके नेत्रों में भीतर तक उतर जाने की तीव्रता थी, साथ ही एक विनोदी भाव भी था। हम दोनों चुप थे। वह उठी, अपनी अँगीठी उठाई और पुनः चल पड़ी, वह कोई अनजानी सी धुन गुनगुना रही थी। मैं उसके लम्बे, तेज पगों से ताल मिलाती चल दी। यद्यपि मैं उससे कभी नहीं मिली थी, पर मुझे पता था कि वह पाषाण-पिशाचिनी थी, जिससे गाँववाले डरते थे और घृणा भी करते थे, फिर भी मैं उसके पीछे चल रही थी।

हम एक खुली जगह पर आ पहुँचे जहाँ चट्टानें और शिलाखंड छितरे पड़े थे, पहाड़ी के मुहाने पर एक द्वार-सा था। एक सँकरे मार्ग को पार कर हम एक विशाल, नीची सी कन्दरा में प्रविष्ट हुए। भीतर हल्की और कुछ शुष्क सी वायु थी। पाषाण-पिशाचिनी ईंधन की लकड़ियों का गट्ठर उठा लायी, उसमें से कुछ शाखाओं को चुना। अपने पाँव के नीचे दबा कर उसने उनके छोटे-छोटे टुकड़े किये। उन्हें आग में डाल कर लम्बी-लम्बी फूँकों से अग्नि की तीव्रता बढ़ाई। मेरी दृष्टि मद्धिम प्रकाश की आदी हुई तो मैंने देखा वह मुझे सिर से पाँव तक निहार रही है—मेरे बिखरे केश, रक्त में सने कपड़े, पुराना घाघरा जो पिछली गर्मियों में ही छोटा हो गया था। "तुम पर कृपा हुई है," वह बोली। उसका स्वर मधुर था, उसमें घनघनाहट सी थी। "देखती हूँ रक्त देवी ने तुम्हारी देह में अपना पवित्र आगमन आरम्भ कर दिया है।" उसने मेरा हाथ थाम लिया।

धरती से निकला एक जलसोता चट्टानी कूपों के मोड़ों से होता हुआ पहाड़ों के भीतर गहरे किसी अनजानी दिशा में निकल जाता था। पाषाण-पिशाचिनी मुझे जलकुंड तक ले गयी। बिना झिझके मैंने वस्त्र उतारे और कुंड में उतर गयी। उष्ण और वाष्पमय जल से ज़ंग और रक्त की गन्ध आ रही थी। अचानक मैं शुद्ध, शीतल प्रकाश में नहा गयी। आश्चर्य से मैंने इधर-उधर देखा तो पाया कि कन्दरा की दीवार में छोटी-सी झिरी थी, जिसमें से चन्द्रमा झाँक रहा था। दूधिया प्रकाश में सोते के जल में उठते बुलबुले नृत्य सा कर रहे थे। वह पल

बीत गया, चाँद आगे बढ़ गया, पुनः अन्धकार का साम्राज्य हो गया। पाषाण-पिशाचिनी कुंड के समीप खड़ी थी। "आओ," उसने अपने मधुर सरसराते से स्वर में हौले से कहा, "चाँदनी रातों की देवी राका तुम्हारे रूप सौन्दर्य में वृद्धि करें, तुम उनके ज्ञान का आस्वादन करो!"

आज्ञाकारिणी सी मैं कुंड से बाहर निकली, और अपने वस्त्र पहन लिए। उसने मेरे उलझे केश सँवारे, उन्हें गूँथ कर चोटी बनाई, और एक डोरी से बाँध दिया, और एक पत्थर के कटोरे में कन्द-फल लाकर मुझे दिये। मैं कृतज्ञता से मुस्कुरा दी।

"ध्यान से सुनो, शकुन्तला," पाषाण पिशाचिनी ने कहा। "मैं तुम्हें महामाया के भेद बता रही हूँ। हो सकता है कभी तुम उन्हें मायावी संसार की कृष्णवर्णा देवी कलिका के रूप में जानो। श्यामवर्णा और मार्जारी सरीखी पीली आँखों वाली रौद्री को देख कर डरना मत। शुभ लक्षणों से युक्त, अपूर्व रूपवती, प्राणिमात्र की रक्षक जगदम्बा के रूप में जब उनको देखो, तो उन्हें प्रणाम करना।"

"तुम सच में पिशाचिनी हो?" मैंने डरते-डरते पूछा।

"कभी-कभी देवी माँ के दाँतों से लहू बहता है," वह अपने मधुर स्वर में कहे जा रही थी, मानो मैंने कुछ कहा ही न हो। "तो कभी स्त्री के नयन उसके बाण बन जाते हैं, उसकी भंवें धनुष, सुगन्धित तेल उसका कवच और इच्छाएँ उसका रथ है। सदैव याद रखना, शकुन्तला, हर रूप में वह अपनी स्वामिनी स्वयं है..." उसके शब्दों का रहस्य मैं समझ न पायी। मेरे चेहरे पर असमंजस अवश्य दिखाई दे रहा होगा, क्योंकि मेरे कन्धे पर हाथ रख कर वह बोली, "अभी के लिए यही पर्याप्त होगा कि तुम याद रखो। एक दिन तुम इस रहस्य को जान लोगी।" उसने मुझे एक नर्म, गर्म चादर में लपेटा और स्वयं हिरन की त्वचा की चटाई पर लेट गयी। "चलो, अब सो जाओ, शकुन्तला," उसने कहा। "भोर होने पर मैं तुम्हें तुम्हारे घर छोड़ आऊँगी।"

उसके द्वारा अपना नाम पुकारे जाने पर मुझे आश्चर्य नहीं हुआ। "सिंह और व्याघ्र तुम्हारे आदेश मानते हैं?" मैंने पूछा, उसके स्नेह ने मेरा साहस बढ़ा दिया था।

"मैं एक साधारण स्त्री हूँ," उसने कहा, "यद्यपि ग्रामवासी मुझे मायावी मानते हैं।"

"अच्छा, क्या तुमने ही गत माह हमारे गाँव की गायों को मारा था?" मैंने फिर पूछा।

"प्रत्येक जड़-चेतन वस्तु का अन्त होना निश्चित है,"

पाषाण-पिशाचिनी के अधर तिरस्कारपूर्ण भाव से टेढ़े हो गये। "मैं इसका श्रेय नहीं लेती। हर पत्थर जो मुझ पर फेंका गया, वह अनेक गुणा बढ़ कर उसी पर फिर गया, जिसने उसे फेंका था और उसे ही विकृत कर गया।" समझने के प्रयास में मेरे माथे पर बल पड़ गये, वह मुझे देख कर मुस्कुराई। "तुम्हें शक्तिशाली बनना होगा, शकुन्तला। तुम्हारे संसार में शक्तिशालिनी स्त्रियों के लिए बहुत कम स्थान है, और अबलाओं के लिए बिल्कुल नहीं।"

मैंने जम्हाई ली, मैं तुरन्त गहरी नींद सो गयी। मैंने न स्वप्न देखे, न दुःस्वप्न, जागी तो पाषाण-पिशाचिनी ने कहा, "तुम्हें घर पहुँचाने का समय हो गया।" हमने रात भर अँगीठी पर पकता रहा जड़ी-बूटियों का गर्म पेय पिया, फिर वह मुझे कन्दरा के बाहर ले चली। प्रातःकाल की देवी उषा ने पूर्वी आकाश में अपने भव्य वसन फैला दिये थे। मद्धम सुनहरी आभा ने प्रकृति को रंग दिया था। हमारे गौशाला पहुँचने तक सूर्यदेव अवतरित हो गये थे। "किसी को हमारी भेंट के विषय में न बताना, अपनी माँ को भी नहीं।" उसने कहा और गम्भीरता से मेरे मस्तक पर अपने ठंडे अधरों से चुम्बन अंकित किया। पलक झपकते ही वह वन में समा गयी। पशु अपने थान में रंभाने और कुड़कुड़ाने लगे थे। मैं पुनः नम पुआल पर सिमट कर माँ के आने की प्रतीक्षा करने लगी। वे आयीं, नया धुला मटका और गायों के लिए थोड़ा-सा गुड़ ले कर। मुझे साफ-सुथरा और तैयार देख उन्हें थोड़ा-सा आश्चर्य हुआ, पर उन्होंने कुछ कहा नहीं। विचित्र बात तो यह थी कि अब मेरे मन में भी कोई मैल नहीं रहा था। ऐसा लग रहा था जैसे पिछली शाम किसी और युग में घटी हो। मैं चुपचाप उनके साथ दूध दुहाने लगी।

मैंने किसी से इस घटना की चर्चा नहीं की। समय के साथ मैं स्वयं इस भेंट को भूल गयी। स्मृति में यह धुँधलाती गयी, फिर सम्भवतः मैंने इसे उन्मत्त स्वप्न मान कर भुला दिया। बहुत बाद में मैं सोचती थी कि क्या घर से भागने की प्रतिभा मुझमें जन्मजात थी या पाषाण-पिशाचिनी ने मेरे भीतर स्व-विनाश के प्रथम बीज आरोपित कर दिये थे?

4

फिर माघ माह में सृजन से मेरा ब्याह हो गया। बहुत सादा-सा आयोजन हुआ था, क्योंकि मेरी माँ निर्धन विधवा थीं और भाई गुरेश्वर सांसारिक बन्धनों को त्याग कर संन्यास ले चुका था। मैंने चाँदी के बिछुए, चाँदी के कंगन और तृणमणि और लाजवर्द के मोतियों का कंठहार पहना था, जो कई पीढ़ियों से माँ के वंश की धरोहर था। मेरे कानों में भारी स्वर्ण-कुंडल पहना दिये गये थे। हाल ही में छिदे होने के कारण कानों में अभी तक दर्द कच्चा था। मेरे वर ने मुझे हस्तिदन्त की चार चूड़ियाँ तथा स्वर्ण और काले मोतियों का दोलड़ा हार भेंट किया। यद्यपि मुझे आभूषणों में तनिक रुचि न थी, किन्तु हस्तिदन्त की चूड़ियों ने मुझे मोह लिया, उनका शीतल स्पर्श मुझे भा गया। आभूषणों को धारण करना बोझिल तो था ही, उस पर उन्हें सुरक्षित सहेज कर रखना और कठिन था।

माघ माह में आकाश निर्मल हो जाता है, यद्यपि दिन में अभी भी वायु तीव्र थी। पहाड़ों में लोग पतली डोर से बाँध कर पतंग उड़ाते हैं। पवन उन्हें थाम कर ऊँचा उड़ा ले जाता है, इतना ऊँचा कि वे गहरे नभ में गिद्धों और चीलों के समकक्ष उड़ने लगती हैं। अकसर मैं सोचती थी कि काश मैं भी पतंग होती और हवाओं में फड़फड़ाती उड़ती आकाश की ऊँचाइयों से सारी धरती को दृष्टि भर कर देख पाती। अपने पहाड़ों में बहने वाली नदी को उस कोने तक देखती, जहाँ वह शिलाओं में गुम हो जाती है, और संसार के अन्तिम छोर तक फैले हरे-भरे विस्तृत मैदानों को तकती। किन्तु अब तो मैं वधू थी, धरती को देखने, दृष्टि झुकाए रखने और लाजवन्ती दिखने के लिए बाध्य। मैंने अपने वर का मुख नहीं देखा था। वरमाला डालते हुए भी मेरे

नयन झुके हुए थे, केवल उनके चरण ही मैंने देखे थे। उनके पाँवों की उँगलियों ने जिस प्रकार से धरती पर अपनी पकड़ बनाई थी, वह मुझे अच्छा लगा था। मुझे उनके पाँव अच्छे लगे, उनसे उनकी शक्ति और मान-मर्यादा झलकती थी।

बहुत बाद तक मैंने उनका मुख नहीं देखा। धूसरित पालकी में बैठ, चार दुर्बल ग्रामवासियों के कन्धों पर सवार हिलती-डुलती मैं अपने नये गृह की ओर चल दी, तब मैंने दृष्टि उठाने का साहस किया। हमारे नेत्र मिले, मैं सन्तुष्ट हुई। उनके हाथ ने मेरा कपोल मसल दिया, हौले से, कुछ कौतूहल से।

उस रात्रि हम साथ नहीं सोये। विवाह सम्पन्न करवाने के लिए घर में रह रहीं गाँव की स्त्रियाँ विवाह के बाद की प्रथम तीन सन्ध्याओं में सुहाग-शैया के बीचोबीच एक स्तम्भ रख देती थीं। इस स्तम्भ की बाधा पार करना हमारे लिए वर्जित था। वह उदुम्बरू के वृक्ष की लकड़ी का लम्बा सा स्तम्भ था जिस पर चन्दन का लेप करके वस्त्र लपेट दिया गया था। मेरे पूछने पर कि यह क्या है, स्त्रियाँ अर्थपूर्वक हँस दीं। "ये विश्ववसु का स्तम्भ है। वह एक उद्दंड गन्धर्व है जो उच्चकुल के पुरुषों की स्त्रियों को वश में कर लेता है।" उन्होंने मुझे बताया। हमने त्रिरात्रि का व्रत रखा और अपने वैवाहिक जीवन में विश्ववसु का दंड झेला। तीन रात्रि चन्द्रमा के अस्त होने तक हमने संयम रखा, इसी के आधार पर पवित्र विवाह सम्बन्ध का आरम्भ होता है।

द्वार पर जलता दीया प्रकाश और छाया के बिम्ब उकेरता रहता। सारी रात तेल का दीया जलाना मुझे अपव्यय लगता, किन्तु मेरे स्वामी इस ओर से उदासीन थे। उदुम्बरू स्तम्भ के ठोस विभाजन के पार से वे मेरा हाथ अपने हाथ में थामे रहते। उनकी श्वासों का लयात्मक उतार-चढ़ाव जाने कब मुझे निद्रा सागर में ले जाता, उनके स्पर्श से उस अपरिचित कक्ष में भी मैं स्वयं को सुरक्षित महसूस करती थी।

प्रतीक्षा की ये घड़ियाँ बीतीं, तो सृजन ने सहजता से संसर्ग कर मुझ पर स्वामित्व स्थापित कर लिया। गाँव की सखियाँ मुझे कौमार्य को संरक्षित रखने के विषय में समझाती थीं। "कौमार्य जल से भरे घड़े को सिर पर इस तरह सँभालने सरीखा है," माँ प्रायः कहतीं, "कि घर लाते समय इससे जल की एक बूँद भी न छलके।" उनकी बातें मुझे उलझा ही देती थीं। किन्तु जब मैं अपनी विवाह-शैया पर लेटी, तो उनके कथन का अभिप्राय अनायास ही समझ आ गया। हमारे तन जैसे चिर-परिचित थे, लगा उनके स्पर्श मात्र ने मेरे भीतर जीवन

का संचार कर दिया हो। अन्ततः जब निर्दयतापूर्वक हमें अलग रखने वाले विश्ववसु स्तम्भ को हटा दिया गया, तो उनके हाथ मेरे तन के प्रत्येक अनछुए उभारों को छूते मुझे गुनगुनाते, उत्तेजित करते, एक नवीन आनन्दानुभूति से सराबोर कर गये थे। कितनी पुरानी बात हो गयी अब यह, अब मैं वह अल्हड़ नवयुवती कहाँ रही, जो माघ माह की तीव्र वायु वाली सुबहों में संक्रान्ति की पतंग के समान उड़ने की इच्छा करती थी। फिर भी मेरी देह में, मेरे पोर-पोर में उस पहली रात के सृजन के स्पर्श की गमक बसी हुई है।

सृजन मुझे तब से जानते थे जब मैं नन्ही-सी बालिका थी। वे किसी विवाद को सुलझाने हमारे ग्राम आये थे, तब भाई के साथ व्याकरण पढ़ते हुए उन्होंने मुझे देखा था। उसी पल उन्होंने मुझे अपनी पत्नी के रूप में चुन लिया था। मैं उनकी तीसरी पत्नी थी, किन्तु सब कहते मैं उनकी सर्वाधिक प्रिया हूँ। जो भी हो, उनकी अन्य पत्नियों की मृत्यु हो चुकी थी। मुझे सताने या मुझ पर नियन्त्रण रखने के लिए न मेरी सास थीं, न श्वसुर। मुझे अपने काल की अति दुर्लभ स्वतन्त्रता प्राप्त थी। इच्छा होती तो मैं नदी में तैरने चली जाती, वन में पक्षियों के घोंसले खोजती पेड़ों पर चढ़ जाती या चरागाहों की हरी-भरी घास पर लेट नभ की गहराइयों को नापती स्वप्नजाल बुनती रहती। साँझ ढलती, तो अपने कक्ष की उष्णता में, जहाँ दीए की लौ थरथराती रहती और ऋतु के अनुरूप कभी नदी के विलाप करने, कभी ठंडी श्वास भरने, तो कभी मधुर स्वर में गुंजन करने की ध्वनि सुनाई देती थी, मैं सृजन की आतुर बाँहों में समा जाती और सारी-सारी रात हम प्रेम-क्रीड़ा में बिता देते थे।

हमारे आनन्द की कोई सीमा नहीं थी, कोई बाधा न थी। हम प्रेम करते, विश्राम करते, सो जाते, जागते और पुनः अपनी प्रेम पगी क्रियाओं में रत हो जाते। चुम्बनों के साथ हम लुकाछिपी खेलते, एक-दूसरे में रत अपने प्रतिबिम्बों को देखने में खो जाते, और फिर प्रतिबिम्बों के प्रतिबिम्ब में। चुम्बनों की इस श्रेणी को प्रतिबिम्ब अथवा दर्पण कहते हैं, सृजन ने मुझे बताया था, और इससे प्रेम का सच्चा दर्शन प्रतिबिम्बित होता है। मैं उनसे कहती कि सच्चे प्रेम का कोई दर्शन नहीं होता, उसमें शुद्ध आनन्द होता है, जो इसे जीवित रखता है। "तुम मुझे आश्चर्यचकित कर देती हो, शकुन्तला," उन्होंने हँसते हुए पूछा कि मैंने ये दर्शन कैसे जाना, किन्तु मैं स्वयं यह नहीं जानती थी।

प्रत्येक दिन जब भोर की पहली किरण फूटती, तो हमारे कक्ष के बाहर एक कोयल आकर कुहू-कुहू कूकती! उसका तीखा सुर तीव्रतर

होता जाता, सृजन जाग जाते और मुझे एक अलसाया सा चुम्बन देकर नवदिवस का प्रारम्भ करते। मेरे पति महासामन्त थे, चौदह गाँवों के मुखिया थे। उनके पास नर-मादा गाय-भैंसों, भेड़ों और मेढ़ों के अनेक झुंड थे। वे अपने नित्य प्रति के कार्यों को अत्यन्त गम्भीरता से लेते थे। वे विद्वान, धनी और विवेकी व्यक्ति थे। किन्तु जब हम दोनों साथ होते, तो वे किसी युवक की भाँति चंचल हो उठते, काटते, गुदगुदाते। हम अपनी इन्द्रियों का भरपूर भोग करते, और हाँ, निश्चय ही हम सुखी थे।

हमारे विवाह की रात्रि में, सृजन मुझे अपने निवासगृह के पिछवाड़े स्थित आँगन में ले गये। चन्द्रदेव अपने पूरे वैभव और कान्ति के साथ निर्मल आकाश में विराजमान थे। कुछेक तारे भी दिख रहे थे। ''उस वृक्ष के पार देखो, शकुन्तला,'' सृजन ने नीम के वृक्ष की पत्रविहीन शाखाओं के पार मेरी दृष्टि ले जाते हुए कहा था। ''उस वृक्ष के पार, पहाड़ के ऊपर वहाँ अरुन्धती नक्षत्र है। अरुन्धती सती स्त्री थीं, पातिव्रत्य का प्रतीक। जिस तरह मेरे मार्गनिर्देशन में तुमने आज वह नक्षत्र देखा है, उसी तरह अपने वैवाहिक जीवन में मैं हर पग पर उचित-अनुचित बता कर तुम्हारा मार्गनिर्देशन करूँगा।''

ये परम्परा मात्र थी। यद्यपि परम्पराओं को गम्भीरता से लेने में सृजन का विश्वास नहीं था, तथापि अरुन्धती नक्षत्र को देख कर मैं सोच में पड़ गयी, कुछ आशंकित सी। ''मुझे तो कोई नक्षत्र नहीं दिखाई देता,'' मैंने असत्य कहा था, ''मेरे मस्तक में तीव्र पीड़ा हो रही है।''

परम्पराएँ-अनुष्ठान मुझे कभी समझ नहीं आये, क्यों एक ही विधि से कार्य किए जाएँ, किसी और रीति से नहीं, हवन-कुंड में रखी शाख दायीं दिशा में ही क्यों हो, बायीं ओर क्यों नहीं, रजस्वला स्त्री अपवित्र क्यों है, क्रीड़ाओं के नियम हों ही क्यों? ये नियम किसने बनाये? सब कुछ वैसे ही होता है जैसे होता है और वैसा ही रहेगा भी, फिर वह चाहे कितना ही विचित्र या अर्थहीन क्यों न लगे। मैंने इन नियमों को नकार दिया, उसी प्रकार जैसे स्वामी के द्वारा दिखाए कर्त्तव्य-नक्षत्र को न देखने का बहाना किया था।

अभी भी प्राचीन देवता हमारी अग्नि की रक्षा करते थे। किसी भी मत में सृजन का गहन विश्वास नहीं था। वे दूर उत्तर दिशा में हूणों के प्रदेश तक, दक्षिण, और यहाँ तक कि पूर्व में नरभक्षियों व बर्बर जनजातीय प्रदेशों तक की यात्रा कर चुके थे। उन्होंने एक बार मुझे बताया था कि वे संसार में इतना कुछ देख समझ-चुके हैं कि किसी विश्वास के बोझ को अपने ऊपर वहन करने को तैयार नहीं हैं। सन्देहों-शंकाओं से परे

सब पर सहज विश्वास कर लेना उनका स्वभाव था। मेरे स्वामी की माँ ने बौद्ध मत अपना लिया था। वे भिक्षुणी बन गयीं और मृत्यु से पहले उन्होंने अपने केश उतरवा दिये थे, किन्तु उनके पुत्र ने अपने प्राचीन धर्म मार्ग का ही अनुसरण किया। धार्मिक मतभेदों के प्रति वे नितान्त उदासीन रहते थे।

सृजन की माँ से मेरी कभी भेंट नहीं हुई। घर की दासियाँ दबे स्वर में उनकी जीवन-कथा सुनाती हैं। एक बार, बहुत पहले, कुछ बौद्ध भिक्षुओं की एक टोली हमारे गाँव आयी थी। उनमें भिक्षुणियाँ और बौद्ध धर्म में दीक्षित अनेक स्त्रियाँ थीं। मैंने सुना था कि मुख्य लामा ने मेरी सास पर कुछ टोटका कर दिया था। वे पिछवाड़े में धान कूट रही थीं, जब उनको आह्वान हुआ। वे अपने सारे कार्य अधूरे छोड़ चली गयीं, बिना फटके अक्षत धरती पर पड़े थे, ओखल में अधकुटा धान था, मूसल उपवन में पड़ा था। शाक्यमुनि ने अपनी शिक्षाओं से उनका आह्वान कर लिया और उनका अनुसरण करने के लिए वे अपने घर-संसार को त्याग गयीं। उनके पति थे, छोटा पुत्र था, घर था, रसोई थी, परिवार था। वे क्या खोज रही थीं, क्यों चली गयीं? शेष जीवन उन्होंने मठ में, संघ के संसर्ग में व्यतीत कर दिया। सृजन कभी अपनी माँ के विषय में चर्चा नहीं करते थे, उनके जाने से निश्चय ही उन्हें अत्यन्त दुख हुआ होगा।

गौतम बुद्ध शाक्य कुल के राजा थे। जनश्रुति ये है कि जन्म-मृत्यु के चक्र और मानव जीवन के दुखों ने उन्हें अत्यन्त प्रभावित कर दिया था। उन्होंने सत्य की खोज में निकलने का निर्णय लिया और अपने महल के सुख त्याग कर संसार को देखने, उसका आस्वादन करने और उसे अनुभव करने चल दिये। मैं प्रायः सोचती हूँ क्या सृजन की माँ ने भी इसीलिए संसार को पाने के लिए गृह त्यागा होगा। "उठो। नवजीवन आरम्भ करो।" भिकुनी ने कहा था। सम्भवतः मुझे, उस समय भी, अपनी सास और परिश्रम से अर्जित की उनकी मुक्ति से ईर्ष्या होती थी।

कई वर्ष पहले मेरी माँ की भी मृत्यु हो गयी थी। कभी-कभी मैं सोचती कि वे जिस किसी स्वर्ग में गयी होंगी, वहाँ चैन से बसर कर रही होंगी या सम्भवतः उनका पुनर्जन्म भी हो गया हो और वे अपनी नयी माता के स्तन से लगी दुग्धपान कर रही होंगी। भाई के प्रति उनके पक्षपातपूर्ण अनुचित रवैये के लिए मैं उनको बहुत पहले क्षमा कर चुकी थी, अपने उन तिरस्कारों और ईर्ष्या को मैं ऐसी कड़वी दवा की भाँति पी चुकी थी, जो शक्तिदायक होती है। अभी भी मुझे याद है कैसे जड़ी-बूटियों को कूटते-कूटते उनके अधर पर नन्हे स्वेदकण चमकने लगते थे, कैसे पौधों,

पत्तियों और वृक्ष की छाल की खोज में वे वन-वन भटकती रहती थीं।

किसी तीर्थयात्री ने एक बार उन्हें शिलाजीत के विषय में बताया था। शिलाजीत एक विशेष पर्वतीय शिला से प्राप्त औषधीय सत्व होता है। इसकी खोज में हम पहाड़ी की चोटी की ओर चल दिये। इस व्यर्थ खोज में भटकती जब मैं अत्यन्त ऊपर निकल गयी, तो उनका चिन्ता से भरा क्रोध भी मुझे भली प्रकार याद है। वह सीधी चढ़ाई थी। मुझे अपने पाँव के नीचे से मिट्टी और पत्थरों के दरकने का आभास हुआ। भयभीत हो मैं एक झाड़ से लटक गयी और किसी तरह चढ़ कर ऊपर आयी। कुछ बात थी उनमें, उनके मूक साहस में जिसने मुझे आगे बढ़ने की चुनौती दी। अपनी माँ से मैं अत्यन्त स्नेह करती थी, और अब उनकी मृत्यु के पश्चात् सम्भवतः मैं उन्हें समझने और उनकी प्रशंसा भी करने लगी हूँ।

5

यद्यपि हमारे निवास के अब अवशेष भी नहीं रहे, किन्तु मुझे वह भली प्रकार याद है। यदि उसके पीछे वाली पहाड़ी पर चढ़ें, और पर्वत श्रृंखला की सीध में जाने वाली पगडंडी पर चलते जाएँ, फिर थोड़ा-सा नीचे उतरें, तो एक गोल मन्दिर में पहुँच जाते हैं। कभी यह स्वच्छन्द आदि देवी मातृका का मन्दिर था। किंवदन्ती है कि देवी इस मन्दिर की सीमाओं में रहते-रहते उकता गयी थीं। देवी व्याकुल थीं, इसको त्याग कर वे चली गयीं, कोई नहीं जानता कहाँ गयीं। इस स्थान को पुजारियों और देवताओं ने भुला दिया था, यहाँ न घंटे बजते थे, न प्रार्थनाएँ गूँजती थीं और न धूपबत्ती की सुगन्ध तिरती थी।

प्रायः मैं इस मन्दिर में आ जाया करती थी, घंटों काष्ठ-स्तम्भों के तले बैठी रहती और दोपहर की मन्द पवन की अलसाई सरसराहट सुनती रहती। आकाश में देखती विचारशून्य हो जाती। अपने हृदय की गहराइयों में कहीं मैं अनुभव करती थी कि कुछ विचार, घटनाएँ और अनजान जन मुझे बुलाते हैं। नहीं जानती थी कि ऐसे उद्दंड, उच्छृंखल स्वप्न क्यों और कहाँ से मेरे मस्तिष्क में आ जाते थे। सम्भवतः मेरे स्वामी सृजन और उनकी यात्रा-कथाओं का ये परिणाम था अथवा ये मेरे जड़बुद्धि, कल्पनाशील मस्तिष्क और व्याकुल स्वभाव की उपज थे। ज्ञान पाने, अनुभव अर्जित करने के लिए मैं व्याकुल रहती थी। कितनी ही बातें मैं देखना, जानना और जीना चाहती थी। अपना अज्ञान मुझे विकल कर देता था। और तो और, मैंने यथार्थ में कभी हाथी तक न देखा था। मृगहस्तिन के विषय में मैं जानती थी, जिसका वर्णन हस्तयुक्त पशु के रूप में किया गया है, जो सभी पशुओं में अत्यन्त सज्जन और बुद्धिमान था। बर्तनों और दक्षिण से सृजन के लाये दर्पण के पीतल

के चौखटे पर उकेरे इसके चित्र अवश्य देखे थे मैंने। यदा-कदा ये मृगहस्तिन मेरे स्वप्नों में आ जाते, जैसे बुद्ध की माँ ने अपने स्वप्न में श्वेत गज के दर्शन किये थे। इस विशालकाय पशु के विषय में अधिकाधिक जानने के लिए मैं प्रायः सृजन को दिक् करती रहती थी। ''हाथी के कितने दन्त होते हैं?'' मैं पूछती, यद्यपि उत्तर मुझे भली प्रकार ज्ञात था, अथवा पूछती, ''हाथी की पूँछ गाय की भाँति होती है या वानर के समान?''

विवाह के कुछ ही समय पश्चात् एक बार एक हाथी हमारे गाँव की सीधी पहाड़ी पगडंडी पर चढ़ आया था, चढ़ाई के दौरान उसने अनेक पत्थर और चट्टानें गिरा दीं। हाथी के आगमन के समाचार से मेरे उत्साह का ओरछोर न था, योजना बनाती कि कैसे उसे गुड़ खिलाऊँगी, और महावत से कहूँगी कि मुझे हाथी पर बिठा कर वृक्षों के बराबर से निकलते हुए वन की सैर करा दे।

किन्तु उसी रात मेरा ऋतुचक्र प्रारम्भ हो गया, स्त्रियों का मासिक श्राप। अगले चार दिन के लिए मैं भीतरी कक्ष में बन्द हो गयी, जिससे कि सारा गृह अपवित्र न हो। इस घृणास्पद बन्धन ने मुझे गहरे अवसाद में डाल दिया। घर की सारी स्त्रियाँ हाथी को देखने गयीं। दासी धनिया ने मुझे बताया कि उसने इस अतिथि को तिल के मिष्टान्न खिलाए और उसने अपनी सूँड़ का स्पर्श कर उसे आशीर्वाद दिया।

हमारे गाँव के आसपास की पहाड़ी पगडंडी बहुत सँकरी थीं, हाथी के लिए आगे बढ़ने का मार्ग नहीं था, फिर यह जहाँ जाता, वहाँ चट्टानें खिसक जातीं। ऐसी ही एक दुर्घटना में एक गर्भवती स्त्री की मृत्यु हो गयी, उसके क्रुद्ध परिवारीजनों ने महावत को पीट दिया। फिर वह शीघ्र ही हाथी को लेकर उन्हीं धूल भरे मैदानों को लौट गया, जहाँ से आया था।

जब तक केश धो कर मैं पुनः पवित्र हो पाती, वह महती पशु उन्हीं दूर प्रदेशों को जा चुका था, जिनकी झलक भर मन्दिर जाते हुए मुझे पहाड़ी की चोटी से दिखाई पड़ती थी। फिर कभी कोई हाथी हमारी ओर नहीं आया। उस रात मैं बहुत रोयी, और सृजन का प्रेमावेग भी मेरे दुख और क्रोध के इन बन्धनों को काट नहीं सका। मैंने उनसे वचन लिया कि वे अपनी किसी लम्बी यात्रा पर मुझे साथ ले जाएँगे। मुझे प्रसन्न करने के लिए उन्होंने कह तो दिया कि कभी ले चलेंगे, किन्तु मुझे उन पर विश्वास नहीं हुआ।

यद्यपि अनेक अश्वारोही व पालकियों में बैठे पुरुष उन पहाड़ी मार्गों से होकर ऊँचे दर्रों की ओर जाते थे, किन्तु हमारे निवास पर

अतिथियों का आगमन न के बराबर था। पंच बद्री के पवित्र मन्दिरों को जाने वाले तीर्थ यात्रियों और गन्धमादन पर्वतमाला के शिखरों को जाने वाले व्यक्तियों को इसी मार्ग से जाना होता था। ग्रीष्म के चरागाहों में पशुओं को हाँक ले जाने वाले गड़रिए इस मार्ग से भलीभाँति परिचित थे। भ्रमणशील वैद्यों और दुर्लभ पहाड़ी जड़ियों के व्यापारियों को भी यहाँ के चप्पे-चप्पे की जानकारी थी और इस जानकारी के गूढ़ रहस्य को वे बड़े जतन से गुप्त ही रखते थे। हूण प्रदेश के वासी इस मार्ग का उपयोग शर्करा और सुहागे के व्यापार के लिए करते थे। दर्रों पर सोने के साथ ही चाँदी, आभूषणों, ऊन, कस्तूरी, हस्तिदन्त, दरियाई घोड़े की अस्थियों, औषधियों, यहाँ तक कि बन दर्रे से लाये गये रहस्यमयी विष का भी क्रय-विक्रय होता था। हमारे आसपास के गाँवों में मकई, जौ और यदा-कदा धान की खेती होती थी। यह प्रदेश में स्वयं में तुष्ट था, जहाँ बाहरी संसार के समाचार कभी-कभार तीर्थयात्री अथवा व्यापारी ही लाते थे।

मैं जानती थी कि मेरे भीतर अपने अनुभवों की सीमाओं से अधिक परतें हैं। मैं नये देशों, लोगों व विचारों को जानने के लिए आतुर थी। ऐसा लगता था जैसे मायके से पति के घर तक की आधे दिन की यात्रा ने यकायक असम्भव को सम्भव कर दिया हो। शय्या में पुरुष की समकक्ष, तो फिर पुरुषों के विशेषाधिकार मैं भी आनन्दों को क्यों न भोगूँ : स्वतन्त्रता से घूमूँ, कहीं भी जाऊँ, खोजूँ, और सम्भवतः कुछ पा लूँ?

मैंने देखा कि मैं शास्त्रों पर तर्क कर सकती थी, यद्यपि ऐसा अपने मस्तिष्क में ही कर पाती थी। ब्रह्मसूत्र का पहला वाक्य है, "अथातो ब्रह्म जिज्ञासा..." अर्थात् अब ब्रह्म को जानने की गहरी जिज्ञासा है। किन्तु ब्रह्म का ज्ञान मध्यस्थ के ज्ञान के बिना नहीं पाया जा सकता। मेरे भाई गुरेश्वर ने शंकराचार्य के एक अनुयायी अद्वैत गुरु से दर्शनशास्त्र की शिक्षा पायी थी। उन्होंने स्व के वास्तविक रूप पर अनेक मठों में विद्वान बौद्ध मतावलम्बियों व अन्य नास्तिकों से शास्त्रार्थ किया था। "स्व क्या है?" आत्मश्रेष्ठता में डूबे वे पूछते। "यह शरीर है? मस्तिष्क है? अथवा अहम् है?" मैं शकुन्तला उन्हें बताती कि यह इनमें से कुछ नहीं है। यह तो एक पौध है, एक बीज है जो परखता है, अनुभव करता है और अपने अस्तित्व को बनाये रखता है, जबकि अन्य जड़-चेतन जीव परिवर्तित हो जाते हैं, नष्ट हो जाते हैं।

"शरीर के अस्तित्व में सहज विश्वास आद्य भ्रान्ति है।" मेरे भाई

गुरेश्वर ने गम्भीर स्वर में मुझसे कहा। यदि उसमें कभी मेरी बात सुनने का धैर्य होता, तो मैं उसे बताती कि मैं जानती हूँ वह मेरा भाई है, सृजन मेरे स्वामी हैं और मैं मैं हूँ। स्वत्व भूत और वर्तमान के मध्य एकरूपता देख सकता है और यही स्वत्व जो कभी कुछ विस्मृत नहीं करता, जो स्वत्व काल में है, वही मेरे भीतर है।

सदैव की भाँति, गुरेश्वर के विषय में सोच कर मैं असन्तोष से भर उठी।

पूर्व प्रदेश की अपनी किसी यात्रा में मेरे स्वामी की भेंट एक ज्योतिषी से हुई थी। उसने कहा था कि यदि सृजन अपनी स्त्रियों से पुत्र प्राप्ति की कामना रखते हैं, तो उन्हें अग्निचयण अनुष्ठान करवाना चाहिए। सृजन को अपने अन्तिम संस्कार के लिए सन्तान की आवश्यकता थी। उन्होंने अग्निचयण अनुष्ठान करवाने का निर्णय लिया। यद्यपि सृजन कहते थे कि परम्पराओं और अनुष्ठानों में उन्हें विश्वास नहीं है, किन्तु फिर भी उन्होंने दूर काशी देश से पुरोहितों को पर्वतों में स्थित अपने निवास पर अग्निचयण यज्ञ सम्पन्न कराने के लिए बुला भेजा। मैं इस कटु वास्तविकता से भली प्रकार परिचित थी कि पत्नी के रूप में मैं अपनी कर्त्तव्यपूर्त्ति नहीं कर पा रही हूँ। हर मास ऋतुचक्र पूरा होता और मैं पुनः बंजर सिद्ध हो जाती। सृजन के प्रेमपूर्वक रोपे गये बीज भी मेरे कोख को समृद्ध नहीं कर पा रहे थे। दोष मुझमें था, तथापि गृह की स्त्रियों की अर्थपूर्ण दृष्टि मुझे कचोट जाती थी। सृजन इतने उदारमना थे कि उन्होंने कभी मेरी अनुर्वरता पर असन्तोष नहीं जताया, किन्तु इस अनुष्ठान ने मेरी अक्षमता को यकायक एक कटु यथार्थ के रूप में सामने ला खड़ा किया।

मैंने विचार किया कि दैनन्दिन क्रियाकलापों से हटकर यह एक सुखद अनुभव ही रहेगा। "वे पूजा-अर्चना के लिए गजराज भी लाएँगे?" मैंने प्रश्न किया। सृजन ठठा कर हँस दिये। "तुम्हें नये वस्त्र, स्वर्ण और रजत आभूषणों के साथ ही देवताओं का आशीर्वाद भी प्राप्त होगा," उन्होंने कहा, "क्या ये तुम्हारे लिए पर्याप्त नहीं हैं?"

"नहीं, मैं गजराज को देखने की इच्छुक हूँ।" मैंने हठ की।

नेत्रों में मृदु हास्य लिए सृजन मुझे देखते रहे। "तुम विचित्र स्त्री हो," वे बोले। "तुम्हें न आभूषण चाहिए, न सुन्दर बहुमूल्य वस्त्रों की इच्छा होती है और न ही पुरुषों के मोहक वचन तुम्हें लुभाते हैं।" उनके कोमल स्वर में लेशमात्र भी क्रोधभाव नहीं था। आज अनुभव करती हूँ

कि सम्भवतः मेरी यही विचित्रता उन्हें प्रिय लगती थी। तथापि हाथी को देख पाने का अवसर गँवाने का मेरा दुख संसार के सारे आभूषण व वस्त्र पाकर भी कम नहीं हो सकता था।

अग्निचयण अनुष्ठान सम्पन्न कराने के लिए दूर गंगा नदी के तट पर बसी पावन काशी से पुरोहित आ पहुँचे थे। अनुष्ठान सम्पन्न कराने में मुख्य पुरोहित बनने वाले अत्यन्त पाखंडी अध्वर्यु ने मुझे सर्वाधिक क्रोध दिलाया। ऋग्वेद की ऋचाओं का उच्चारण करने वाला होता और सामवेद बाँचने वाला उद्गाता भी काशी के ही थे। कोमल कौशेय धारण किये, जो साधु-सन्तों की अपेक्षा राजकर्मियों पर अधिक सुशोभित होते, अपने धोत्रीवस्त्र को इधर-उधर फटकारते हुए वे तीनों पुरोहित अत्यन्त कृत्रिम संस्कृत में वार्ता करते रहते थे। उनका कृत्रिम, दम्भी व्यवहार मुझे तनिक न भाया था। सृजन को मैंने उनकी भाँति ठुमक-ठुमक कर चल कर दिखाया। किन्तु उन्होंने मुझे मेरे श्रद्धाहीन आचरण पर झिड़क दिया। ''गृहस्थ का जीवन ज्ञानी-ध्यानियों से भिन्न होता है,'' उन्होंने गम्भीर स्वर में कहा, ''गृहस्थ की स्त्री के कर्त्तव्य पंडितों या सन्तों से सर्वथा भिन्न होते हैं। सम्भवतः तुम भूल गयी हो कि तुम कौन हो।''

काशी के उन विद्वानों में ऐसा क्या था, जिसने मुझे अत्यन्त क्रोधित कर दिया था। मैं अशिक्षित पहाड़ी स्त्री नहीं थी, जिसे केवल शिलाखंडों और वृक्षों पर चढ़ना ही आता है। मेरा भाई गुरेश्वर विद्वान साधु था। यद्यपि दैनिक जीवन में हम पूजा-अनुष्ठानों में परिष्कृत भाषा का प्रयोग नहीं करते थे, किन्तु मैंने संस्कृत व्याकरण की सूक्ष्मताओं की शिक्षा पायी थी, पुरुषों, पशुओं व वस्तुओं को सम्बोधित करने के उचित व्यवहार को सीखा था। मैंने सृजन को ये बताया, किन्तु वे केवल हँस दिये और बोले कि वे जानते हैं कि उन्होंने विदुषी पत्नी पायी है।

नदी के ऊपर एक सीढ़ीनुमा खेत था, जहाँ अनेक वर्षों से जुताई-रुपाई नहीं हुई थी, पुरोहितों ने अपने प्रयोजन के लिए इसी स्थान को चुना। सर्वप्रथम उन्होंने चारों दिशाएँ चिह्नित कीं : उत्तर सम्पत्ति के देवता के लिए, दक्षिण मृत्यु के देवता की, पूर्व और पश्चिम समृद्धि और संवर्द्धि के लिए। तत्पश्चात् चतुर्दिशाओं की गणना की और अनुष्ठान की सूक्ष्म बातों पर चर्चा की, हमारे गाँव के पुरोहित मुँह बाए सुनते रह गये, प्रशंसा में उनका मुख खुला रह गया था। स्पष्ट था इतनी विद्वत्तापूर्ण बातें उन्होंने कभी नहीं सुनी थीं।

मुख्य पुरोहित अध्वर्यु ने मुझे एकान्त में बुलाया। ''तुम पिछली बार कब रजस्वला हुई थीं,'' उसके स्वर में तिरस्कार और दोषारोपण दोनों

झलक रहे थे। "तुम्हारी अपवित्रता से अनुष्ठान अपवित्र हो जायेगा, हमारे अनुष्ठान का उद्देश्य नष्ट हो जायेगा।" मेरी इच्छा हुई कि असत्य कह दूँ और उनकी पूजा भंग कर दूँ, किन्तु मैं उच्चकुल में उत्पन्न ब्राह्मण स्त्री थी। इच्छा होते हुए भी कुछ कार्य कर पाना मेरे लिए सम्भव नहीं था। अतः मैंने उनसे सत्य ही कह दिया कि मेरा ऋतुकाल समाप्त हुए छह दिवस व्यतीत हो चुके हैं। मैं केश धो कर उचित मन्त्रोच्चार के साथ स्नान कर चुकी हूँ। मैं पूर्णरूपेण पवित्र थी और ईश्वरीय शक्तियों के सम्मुख अपना तन, मन और आत्मा समर्पित कर सकती थी। अध्वर्यु को विश्वास नहीं हुआ, उन्होंने सन्दिग्ध दृष्टि से मुझे देखा। उनके अधरों की रूपरेखा ने ही उन पर एक तिरस्कारभाव विराजा हुआ था। "तुम्हारी देह की धरती तुम्हारे स्वामी के बीज को अस्वीकार कर रही है," उसने कहा। "ध्यान रखना कि अनुष्ठान काल में तुम शुद्ध रहो।"

उस रात्रि, जब हम प्रेम-क्रिया में लीन हुए, तो मैंने अपने स्वामी को इस प्रकार कस कर जकड़ लिया जैसे मैं उन्हें खो दूँगी। उनके वक्ष पर लम्बे कोमल बाल थे, जैसे किसी सिंह का अयाल हो। उनके हृदय के समीप मैंने अपना मस्तक टिका दिया और एकाग्रता से उसकी लयात्मक धड़कन सुनती रही। दूर कहीं पावन नदी तीव्र कोलाहल कर रही थी, जैसे चन्द्रमा से उतर शिव के मस्तक में समा रही हो। उलूक पक्षी के साथ ही अत्यन्त दूर से सियारों की हुआं-हुआं भी मेरे कानों में पड़ी। विवेकीजन कहते हैं कि ये अशुभ के सूचक हैं, किन्तु हमारे निवास के पीछे शहतूत के वृक्ष पर रहने वाले उस उलूक को तो मैं जानती थी और उससे स्नेह भी करती थी। जहाँ तक सियारों का प्रश्न है, तो क्या वे भी उसी परमात्मा का अंश नहीं हैं, क्या उन्हें उसके संज्ञान का बोध नहीं है?

अग्निचयण अनुष्ठान प्रारम्भ होने वाले दिन मैं बहुत प्रातः ही उठ गयी थी। बड़े जतन और ध्यान से मैंने वस्त्रों का चयन किया। मैंने रक्तवर्णीय रेशमी उत्तरीय को दक्षता से अपनी कटि में लपेट कर एक स्कन्ध को ढाँपते हुए दूसरे स्कन्ध पर इस प्रकार लपेटा कि मेरे वक्षस्थल का उभार भली प्रकार ढक जाए। टखनों तक लम्बा मेरा अन्तरीय गहरे नीले वर्ण में रंगी उत्तम श्रेणी की रेशम का था। मैंने नये-नये चमकाये कंगन और नूपुर पहने और अत्यन्त परिश्रम से नाभि की परिधि में सर्पाकार करधनी बाँधी। काशी के विद्वान पुरोहितों के प्रति अपनी अरुचि को परे धकेल अपनी सौन्दर्य चेतना में सुरक्षित

अनुभव करती स्वामी की स्नेह पात्र स्त्री के आत्मविश्वास से भरी वेदी की ओर चल दी।

सृजन ने अनुष्ठान स्थल में प्रवेश किया, उन्होंने अपने हाथों में मिट्टी का उखा पात्र उठा रखा था जिसमें हमारी गृहस्थ अग्नि रखी थी। उन्होंने मुझ पर दृष्टि नहीं डाली। वे ध्यान से चल रहे थे और एकाग्र चित्त होने से उनकी भँवों पर बल पड़े हुए थे। अध्वर्यु ने मन्द स्वर में किसी मन्त्र का उच्चारण करते हुए दो चकमक पत्थरों को परस्पर टकराया। कुछ चिंगारियाँ लपकती हुई वेदी में जा पड़ीं। इसके पश्चात् उसने दूसरा मन्त्र पढ़ा, और फिर हल्की सी चिंगारियाँ फूटीं, किन्तु अग्नि प्रज्वलित करने के लिए अभी भी हमारी गृहस्थ अग्नि की लकड़ी आवश्यक थी। मैं मुस्कुरायी, मैंने अपना उत्तरीय लहराया और सृजन का ध्यान आकर्षित करने का प्रयास किया, पर लगा जैसे उन्होंने देखा ही नहीं।

दीर्घ काल तक चलने वाले मन्त्रोच्चार और आह्वानों से मैं उकता गयी। मैं ऋग्वेद की ऋचा पढ़े जाने की प्रतीक्षा कर रही थी, जिसके साथ आज की पूजा समाप्त होती। "पवित्र अग्नि आहुतियों को देवताओं तक पहुँचाए।" यह मेरा संकेत था और मैं इसके लिए तैयार थी। मैंने चावल और बाजरे के पूड़ों को उठा लिया, इन्हें पुरोहितों ने हमारी रसोई में बनाया था। उन्हें उठा कर मैंने अपने स्वामी को थमा दिया। सृजन ने उन्हें हवनवेदी में रख दिया। "ये अग्निदेव के लिए हैं, मेरे उपभोग के लिए नहीं! मेरे सारे कार्य, सारे सुख, सारे दुख पवित्र अग्नि के लिए हैं, मेरे लिए नहीं।" उन्होंने घोषणा की। अग्नि चटकी, पटकी, मेरे पति के भावहीन मुख पर केसरिया आभा झलक आयी, यकायक उनका चेहरा अपरिचित-सा लगने लगा।

मन्त्रोच्चार की एकरसता समाप्त नहीं हुई। मैंने नदी का स्वर सुनने की चेष्टा की, पर वह पुरोहितों के एकरस मन्त्रोच्चार के उच्च स्वर में डूब गया था। अनुष्ठान स्थल के बाहर पेड़ों से बँधी बारह बकरियाँ खड़ी थीं। उनमें से ग्यारह को ढोल-नगाड़ों के साथ भीतर लाया गया, इस शोर में उनकी सहमी मिमियाहट दब गयी थी। श्रेष्ठता की श्रेणी में सबसे निचले स्थान पर आने वाले गाँव के पुरोहित को बकरियों की बलि देने का कार्य सौंपा गया था। उसने शीघ्रता और निर्ममता से बलि दे दी। रेतीली धरती रक्तरंजित हो गयी। यह दृश्य देख और रक्त की गन्ध से मुझे मितली उठने लगी। मेरा जी मिचला गया। सृजन ने मेरी स्थिति को देखा, और मेरा हाथ थामने के लिए हाथ बढ़ाया।

अध्वर्यु ने उन्हें रोक दिया। ''अपनी एकाग्रता अनुष्ठान में ही लगाएँ, श्रीमान,'' उसने तीक्ष्ण स्वर में कहा।

प्रार्थनाएँ अनवरत होती रहीं। अनुष्ठानकर्त्ता यजमान का अभिषेक होना था। सृजन को धरती पर झुक कर बैठ कर मृग चर्म धारण करने का निर्देश दिया गया था। मृग चर्म को इस प्रयोजन के लिए ही एक तिपाई पर रखा गया था। अपने स्कन्धों पर श्याम वर्ण का मुखौटा पहने सृजन उठे। अध्वर्यु ने उनके मस्तक पर एक रेशमी पगड़ी बाँध दी थी। उन्हें एक काठ का रुक्ष सा दंड सौंप कर और मुट्ठी बन्द करने के लिए कहा गया। मुझे वे अत्यन्त हास्यास्पद और कुछ-कुछ भयानक भी लग रहे थे। अब तक जो प्रिय था, परिचित था, यकायक अनजाना, अपरिचित-सा लगने लगा। सृजन अग्निपात्र ले कर उठे। उन्होंने मृगचर्म उतार कर सोने का चमचमाता वक्ष-आभूषण धारण कर लिया। इसने उनके वक्ष के श्वेत रोयों को बिल्कुल ढाँप दिया था। मैं उनके साथ उठी और एक साथ हमने सभी अग्नियों—गृह की अग्नि, यज्ञ की अग्नि, दक्षिणी अग्नि की प्रदक्षिणा की और एक-दूसरे के प्रति परस्पर विश्वास और निष्ठा रखने की प्रतिज्ञा ली।

हवन-कुंड से काला तीखा धुआँ निकल रहा था, मेरे स्वामी का मुख धुँधला-सा गया था। पुरोहित वर्षा ऋतु के मेढकों की भाँति अनवरत रूप से टर्रटर्र किये जा रहे थे, नम मिट्टी से दुग्ध और रक्त की मिलीजुली गन्ध आ रही थी। मैं अब थक गयी थी। मैं अपने दैनन्दिन कार्यों के आश्वस्तिभरे जीवन को वापस पाना चाहती थी।

पूरी रात्रि मैं अपने स्वामी के प्रेमरस-पान के लिए तरसती रही। मेरे स्वप्न में कामी अश्विन देव आये, जो उषाकाल की पवन के अश्वों पर सवार आते हैं। मेरी भुजाओं ने सृजन को ढूँढ़ा। उन्होंने मुझे रोक दिया। ''नहीं, शकुन्तला,'' उन्होंने कहा, ''हमें पुरोहितों के आदेशों का पालन करना होगा।'' ऐसा प्रतीत हुआ जैसे विश्ववसु का निर्दयी स्तम्भ एक बार पुनः हमारी सुख-शय्या पर पसर गया है।

हव्य अग्नि को धारण करने वाले कुंड को धरती में दबा दिया गया और उसके ऊपर जौ के बीज बो दिये गये। फिर सोम की लम्बी नरम टहनियों को भिगो कर सन्धान के लिए छोड़ दिया गया। दसवें दिन सोमसुरा तैयार हुई, पहला नैवेद्य दिया गया। मेरे स्वामी ने सभी देवताओं को भेंट दी। वे अभी भी मृग चर्म, मस्तक पर पगड़ी तथा अपने चौड़े वक्ष पर स्वर्णाभूषण धारण किये हुए थे। नयी-नयी तैयार सुरा लायी गयी। इसमें से मिट्टी और शहद की गन्ध आ रही थी।

पहला घूँट लेते ही मैंने एक ऐसी स्वछन्दता और असीम सुख का स्वाद चखा जो अभी तक मेरे लिए अनजाना था। मेरे अंग-अंग में विचित्र-सी मादकता दौड़ हुई, मस्तिष्क में असीम स्वतन्त्रता थी। मैं आकाश में उड़ रही थी, हवन-कुंड के पक्षी की भाँति।

प्रस्थान करने से पूर्व पुरोहितों को स्वर्ण, गाएँ और वस्त्र दिये गये। मुझे भी रेशमी वस्त्र, आभूषण तथा रत्नजड़ित मयूर पंखों से बना पंखा भेंट किया गया। बारहवीं बकरी जिसकी बलि नहीं दी गयी थी, उसे मुक्त कर दिया। वह हैरान परेशान, दयनीय स्वर में मिमियाती लड़खड़ाती हुई खेतों में भाग गयी।

"मैं अपने जीवन में प्रतिदिन सोमसुरा पीना चाहूँगी," जब हम साथ लेटे, तो मैंने सृजन से कहा। दस रात्रि से मैं उनके समीप नहीं सोयी थी, तथापि मेरी कामुक क्रियाओं का उन्होंने प्रत्युत्तर नहीं दिया।

मेरी बातों से चिन्तित हो वे उठ बैठे। "प्रिय शकुन्तला, इसे समझने का प्रयास करो।" उन्होंने कहा, "असली सोम जो देवताओं का अमृत है, वह मनुष्यों के लिए अप्राप्य है। हम अपने समय के वैकल्पिक मद्य का पान करते हैं। सोमसुरा ज्ञान और प्रेम की भाँति जब देवताओं को अर्पित की जाती है, तभी इसका पान उचित होता है। यह तर्षण है, ब्रह्मांड की व्यवस्था का अंग। स्वयं में यह कटु विष है।"

उसके पश्चात हम पुनः प्रेमक्रीड़ा में रत नहीं हुए। अगली सुबह, सृजन पूर्व देशों की यात्रा को निकल गये। उनके लौटने के बाद कुछ भी पहले जैसा नहीं रह गया था। अब जब मैं उस जीवन के तानेबाने पर सोचती हूँ, तो कभी-कभी उनका मुख धुँधला जाता है, उनके मुख की रूपरेखा, नैन-नक्श धुँधला जाते हैं। याद आता है तो बस मृग चर्म और उनके वक्ष के श्वेत रोयों को ढाँप देने वाला स्वर्णाभूषण, वह पल जब हमने एक साथ देवताओं का आह्वान किया था और सोमसुरा का पान किया था।

6

स्वामी के बिना समय बहुत धीमी गति से बीतता था। मैं विकल थी। स्वयं को सान्त्वना देने के प्रयोजन से मैंने अपने नेत्रों में अंजन लगाया, और अपने स्वामी के गुप्त ताड़पत्र संग्रहालय में रखी वर्जित पुस्तक में पढ़ी चौदह काम-क्रीड़ाओं का अभ्यास किया। नदी तट पर बैठने वाले मछुआरे से बातें करती और उसे काँटे से मछली निकालते देखती रही। नदी के केकड़ों को पीली रेत में घूमते देखती और सोचती रही कि वे हमारे संसार, मेरे आलता लगे पाँवों और हरे बहुमूल्य पत्थर जड़ी चाँदी की पैंजनियों को देख कर उनके विषय में क्या सोचते होंगे। अभ्यास बनाये रखने के लिए मैं एक वृक्ष पर भी चढ़ी, दो शाखाओं के मध्य मैंने एक कोयल के घोंसले में अंडे भी रखे देखे।

मैं उस खेत में भी गयी, जहाँ अग्निचयण अनुष्ठान सम्पन्न हुआ था, मैंने देखा कि उस खेत को अन्ततः जोत दिया गया है। रक्त, ईंटों या सोम का वहाँ अंश भी नहीं था। मैं सृजन के विषय में सोचने लगी, उनका मृग-चर्म और दमकता स्वर्ण वक्षाभूषण मेरे स्मृति-पटल पर साकार हो गया, और अचानक ही मैं अत्यन्त एकाकी अनुभव करने लगी। ''मैं शकुन्तला हूँ, महासामन्त सृजन की पत्नी।'' मैंने स्वयं से कहा, ''और अपने इस रूप में मैं प्रसन्न हूँ।''

''मैं उचित आचरण करूँगी,'' मैंने निर्णय लिया और आवास पर लौट कर धान, जौ एवं गेहूँ के भंडार जाँचे। सब कुछ सही था, मेरी उपस्थिति या अनुपस्थिति में भी गृहस्थी के सभी कार्य नियत समय पर दक्षता से सम्पन्न होते थे। अपनी गौशाला की सफाई का निरीक्षण करने के पश्चात् मैं पर्वत शृंखला के पीछे स्थित मन्दिर की ओर चल पड़ी और मस्तिष्क से विचारों को झटक कर मैंने स्वयं को शान्त किया।

सृजन अपनी यात्रा से लौटे, तक तक दो प्रहर बीत चुके थे। मैं देवी द्वारा परित्यक्त मन्दिर के प्रस्तर सोपान पर बैठी थी। मेरा मस्तिष्क शान्त था, शरीर में उल्लास था। मन्दिर के चारों ओर देववाणी सदृश पवित्र वट वृक्षों का झुरमुट था। वे आकाशीय विद्युत को आकर्षित करते हैं। ग्रामवासी उनकी उपासना भी करते हैं और उनसे भयभीत भी रहते हैं। पतली गंठीली शाख पे बैठा एक कठफोड़वा जल की खोज में उस पर अपनी चोंच से प्रहार कर रहा था। एक सारस मेरे ऊपर से उड़ता चला गया, नीले नभ में उसके श्वेत पंख झिलमिला रहे थे। एक सर्प मेरे चारों ओर परिक्रमा कर सोपानों के नीचे कहीं लुप्त हो गया। ये सभी शुभ लक्षण थे। सृजन आज अपनी अन्तहीन यात्रा से अवश्य लौट आएँगे। उनकी अनुपस्थिति में किसी तरह क्षण-क्षण कर व्यतीत की गयी मेरी सन्ध्याओं से आज की सन्ध्या कितनी भिन्न होगी!

जब मैं अपने निवास पर पहुँची, तो पाया सच में मेरे स्वामी लौट आये थे। अपने साथ वे एक स्त्री को भी लारये थे। मैंने प्रवेश किया तब वह देहरी पर ही खड़ी थी। उसकी किसी बात, सम्भवतः वस्त्रों ने मुझे उस मयूरपंखी पंखे का स्मरण करा दिया जो मुझे भेंट में प्राप्त हुआ था। दीर्घ ग्रीवा, धनुषाकार शरीर और लम्बी-लम्बी उँगलियों वाले दुर्बल पाँवों में पड़ी भारी पैंजनी पहने वह उड़ते हुए सारस की भाँति प्रतीत हुई। जब उसके नेत्रों से मेरे नेत्र टकराये, तो मुझे वे सर्प के से लगे।

सृजन ने उसके विषय में अधिक कुछ नहीं कहा। "कोई प्रश्न मत करो, शकुन्तला," उन्होंने याचनापूर्ण स्वर में कहा, "वह यहाँ तुम्हारी दासी बन कर रहेगी, बस। तुम उससे अच्छा व्यवहार करना।"

"आपकी सेवा करके मुझे प्रसन्नता होगी," उस स्त्री ने विनम्रता से कहा। उसका स्वर सुरीला था, जैसे किसी ने वीणा के तार एक साथ छेड़ दिये हों। मैंने स्वयं को अत्यन्त अस्त-व्यस्त और फूहड़ सा अनुभव किया। अचानक मैं ईर्ष्या से सिर से पाँव तक आतप्त हो उठी।

अपने असमंजस को मैंने लम्बे-चौड़े हास्य के पीछे छुपाने का प्रयास किया। मैं और सृजन एक-दूसरे से दृष्टि चुरा रहे थे। मैं चुपचाप घर से निकल गयी और उल्टे पाँव उसी मातृका मन्दिर में लौट गयी। यही एकमात्र ऐसा स्थल था, जहाँ मैं स्वयं को छिपा सकती थी, जहाँ लज्जा से दुबक सकती थी और अपने समक्ष आ खड़ी हुई नयी कटु वास्तविकता को समझने का प्रयास कर सकती थी। सृजन के प्रति मुझे आक्रोश न था वे तो पुरुष थे, पुरुषों को अनेक स्त्रियाँ रखने का अधिकार है, यही संसार का नियम है जिससे मैं परिचित थी। किन्तु

इस विश्वासघात की घनीभूत पीड़ा लाखों शूल बन कर मेरे रोम-रोम को बींध रही थी। ऐसी तीव्र पीड़ा मैंने न पहले कभी जानी थी, न अनुभव की थी, उसी प्रकार जैसे कभी ये कल्पना भी न की थी कि मेरे स्वामी पूर्व देशों की अपनी यात्रा से किसी लम्बी, रूपवती, सर्द और उपहासपूर्ण नेत्रों वाली स्त्री को लेकर लौटेंगे।

मैं ईर्ष्यालु स्वभाव की हूँ। बचपन में जब माँ मेरे और भाई के मध्य भेदभावपूर्ण व्यवहार करती थीं, तब भी मुझे प्रचंड, विवेकशून्य क्रोध आता था। किन्तु इस पल का ये क्रोध उससे भी तीव्रतर था। मेरे जीवन में जो भी सुन्दर था, सत्य था, क्षण भर में ही वह रेत के घरौंदे की तरह भरभरा कर ढह गया था। हताशा में मैं आर्तनाद कर उठी, बिलख-बिलख कर रोयी, उस परित्यक्त मन्दिर की प्रस्तर भित्ति पर अपना मस्तक पटक-पटक कर रोयी। मैंने कल्पना भी न की थी कि उस मन्दिर की भाँति मैं भी त्याग दी जाऊँगी। देवदार के वृक्षों के पीछे सूर्य अस्त हो गया था, वन्य ध्वनियों में रात्रि की ध्वनि भी घुल गयी। किन्तु मैं तनिक भी भयभीत न थी, अपितु स्वयं को निरापद ही जाना। अपने दुख और एकाकीपन में एक प्रकार की सुरक्षा ही मुझे अनुभव हुई। आँसुओं के सन्दर्भ में यह बात सटीक है, तीव्र और गहन स्वर में रोने पर आँसू स्वयं दुखभंजक बन जाते हैं।

मैंने सोचा क्या सृजन मेरे लिए व्याकुल होंगे, मेरी खोज करवा रहे होंगे? मैं उनको साकार देख सकती थी, चिन्ता में भँवें तनी हुई, अधर कस कर भींचे हुए और अपने भय को छिपाती हुई उनकी कठोर भाव मुद्रा। सृजन कोमल, उदारमना व्यक्ति थे। उनको कैसे वश में करना है, यह मैं जान गयी थी। वे इस मोहिनी को दूर भेज देते, जिसने मेरे सुखों पर डाका डाला था और जब मैं लौटती तो उन्हें चूमती और उनके वक्ष से लग जाती, और फिर सारी रात्रि हम प्रेम-क्रीड़ा में लीन रहते। निष्पक्ष बात तो यह है कि सृजन ने कुछ अनुचित नहीं किया था, उन्होंने न मुझे आहत किया, न मुझे लज्जित किया। वे अपनी यात्रा से मेरे कार्य करने और मेरे आदेशों का पालन करने हेतु एक स्त्री को ही तो लाये थे। उसने ही स्वयं को श्रेष्ठ स्थान पर रखते हुए मुझे नीचा दिखाया और तिरस्कार भरी दृष्टि से देखा।

परछाइयाँ लम्बी होने लगीं। घर लौटने का समय हो गया था। मैंने सृजन के विषय में सोचा कि वे कितने चिन्तित होंगे। इस विचार मात्र से मुझे सन्तोष हुआ, साथ ही उन्हें देखने की उत्सुकता भी, किन्तु अन्धकार और वन्य पशुओं का आहार बनने की कल्पना से मैं भयभीत

हो उठी। एक बार पुनः मैं सिसकियों में डूब गयी, रोते-रोते मुझे विरक्ति का आभास होने लगा था।

थक-हारकर मैंने अपने आसपास का निरीक्षण करना आरम्भ किया। शीतल, निर्मल, अन्धकारपूर्ण रात्रि थी। उत्तरी पवन के थपेड़े सुई से चुभ रहे थे। गोल मन्दिर के ऊपर छत नहीं थी, ऊपर खुले आकाश में लाखों तारक समूह झिलमिला रहे थे। मैंने अरुन्धती नक्षत्र को खोजने का प्रयास किया, किन्तु खोज न सकी। गहन अन्धकार के कारण स्तम्भों और केन्द्र में बने चबूतरे के स्तम्भों को देख पाना कठिन था। कभी उन पर वराही, महाविद्याओं और डाकिनियों की छवियाँ अंकित रही होंगी। निश्चय ही विदुषी योगिनियों ने यहाँ पूजा-अर्चना की होगी। देवी ने इस मन्दिर को क्यों त्यागा होगा? वे कहाँ गयी होंगी?

काठ के स्तम्भ से मैं टकरा गयी। प्राचीन प्रस्तर भित्ति की दरार से प्रकाश की एक किरण दिखी। मुझे एक छोटा धुँधला सा द्वार दिखाई दिया, तेल का दीया वहीं जल रहा था। मैंने पहले कभी इस मार्ग को नहीं देखा था। अँधेरे में टटोलती मैं चबूतरे के किनारे तक पहुँच गयी थी, दीवार में दूसरी ओर एक दरार दिखाई दी, जिसमें होकर मैं किसी प्रकार दूसरी ओर निकल गयी। मार्ग संकीर्ण और वृत्ताकार था, वह एक बन्द कक्ष में खुलता था। मैंने निष्कर्ष निकाला कि यह अवश्य मन्दिर का गर्भगृह रहा होगा। दीये के प्रकाश में डोलते प्रतिबिम्ब नृत्य करती प्रेतात्माओं सदृश प्रतीत हो रहे थे। मन्दिर का तल स्थानीय प्रस्तर का न होकर चिकने काले पत्थर का था। उस पत्थर पर आदिशक्ति की प्रतीक योनि उत्कीर्ण थी। योनि के चारों ओर कमल के पुष्प की पंखुड़ियाँ उकेरी हुई थीं। उस पर ढेर सारे पुष्प, पत्ते और पंखुड़ियाँ चढ़ाई गयी थीं। क्या यह सम्भव है कि डाकिनियाँ तथा योगिनियाँ अभी भी इस मन्दिर में अर्चना करती हों? क्या पाताल लोक के वासी इस गुप्त स्थल पर देवी के प्रति अपनी श्रद्धा व्यक्त करते होंगे?

गर्भगृह में मैंने स्वयं को आश्वस्त एवं आरक्षित अनुभव किया। किन्तु ज्यों ही मैं प्रस्तर के कठोर तल पर बैठी, दिन भर की सारी घटनाएँ मेरे मानस पटल पर उभर आयीं। मैं उनींदी और शिथिल हो रही थी। निश्चिन्तता के भाव ने मुझे अपने अंक में समेट लिया। ऐसा प्रतीत हुआ जैसे मैं एक बार फिर पाषाण-पिशाचिनी की कन्दरा में पहुँच गयी हूँ, जहाँ बचपन में पहली बार घर से भागने पर मैंने शरण पायी थी। गहन निद्रा में मैं किसी के साथ वार्तालाप कर रही थी।

स्वयं का स्वर सुन कर मेरी आँख खुली। मेरा स्वर नींद के कारण अलसाया हुआ नहीं था, अपितु तीव्र एवं सुस्पष्ट था, अर्द्ध वाक्य में ही मैं उठ गयी थी। "उसके नयन उसके बाण बन जाते हैं," मैंने स्वयं को कहते सुना था, "उसकी भँवें धनुष, सुगन्धित अंग उसका कवच और इच्छाएँ उसका रथ...।"

दीया अभी तक बुझा नहीं था। लौ के किनारे पर प्रकाश का एक अति सूक्ष्म केन्द्र सन्तुलित हो ठहर-सा गया था। उत्कीर्ण योनि नूतन पुष्पों से ढकी थी : बकुल, हरसिंगार, मधुमालती और चम्पा के अभिनव पुष्प। ये कहाँ से आये, किसने इन्हें चढ़ाया होगा? प्रस्थान करते हुए जब मैंने यूँ ही मुड़ कर देखा, तो पाया कि दीपक बुझ गया था।

बाहर अभी भोर हुई ही थी, जब आकाश-पुत्री उषा नभ में प्रकाश की किरणें फैलाती है।

आश्विन, मारुत एवं सात अश्वों के रथ पर सवार सूर्य देव के दिवसारम्भ करने तक मैंने प्रतीक्षा की। जब अपने शरीर पर मैंने सूर्य की सुनहली किरणें अनुभव कीं, तभी मैंने घर की ओर प्रस्थान किया। सृजन बाहर ही टहल रहे थे, उनके मस्तक पर चिन्ता की गहन रेखाएँ थीं। उन्हें क्रोध कम ही आता था, तथापि उनकी अप्रसन्नता से मुझे भय लगता था। मेरा हृदय बैठ गया, आँखें आँसुओं से डबडबा गयीं, घर लौटने की राहत के साथ ही इस दुस्साहस के परिणाम भुगतने का भय मुझ पर हावी हो गया था। "मैं वन में मार्ग भटक गयी थी," किसी प्रकार मैंने कहा, "अमावस्या की रात थी। चाँदनी भी नहीं थी कि मार्ग देख पाती। अँधेरा हो गया था, मुझे भालुओं से भी भय लग रहा था।"

"तुमने रात्रि कहाँ व्यतीत की, शकुन्तला?" मेरे स्वामी ने प्रश्न किया।

"एक अखरोट की डाल पर आसरा लिया मैंने," मैंने असत्य कहा, "सारी रात्रि आँखों ही में व्यतीत की है, पलक तक नहीं झपका सकी।" मैं असत्य-भाषण में दक्ष नहीं थी, इसलिए इसे छिपाने को मैंने रोना आरम्भ कर दिया, अन्य सब बातों के साथ ही सृजन से असत्य बोलने के लिए भी मैं रो रही थी।

वह कहीं नहीं दिखी, और मैंने भी कुछ न पूछने का निर्णय लिया। मैं अपने कक्ष में जा कर कुछ देर को लेट गयी। शिलाओं पर निर्दयता से सिर पटकती नदी का तीव्र स्वर मुझे सुनाई दे रहा था। आज वह अत्यन्त रुष्ट थी। कल्पना में मैंने किनारे की पाषाण शिलाओं और

चट्टानों से टकराती लहरों के श्वेत झागों को देखा। गवाक्ष में बैठा एक कौआ अपने मोती जैसे नेत्र में प्रश्न लिए मुझे घूर रहा था। मैं भी मूक उसे तकती रही। मन्दिर में अपने भीतर मैंने जो शक्ति अनुभव की थी, वह जाने कहाँ तिरोहित हो गयी थी। पिछली रात के अर्थहीन विद्रोह के बाद मैं स्वयं को मूर्ख और तुच्छ अनुभव कर रही थी। मैं जानती थी कि मेरा व्यवहार बचकाना और अनुचित था, किन्तु मैं स्वयं पर नियन्त्रण न रख पायी। मुझे उससे घृणा हो रही थी।

चाँदी के नूपुरों की छन-छन से मैं सचेत हुई। मुड़ कर देखा तो द्वार में वह जड़ित थी। उसने दक्षता से बाँधा हुआ अन्तरीय पहन रखा था। उसके पाँव अत्यधिक लम्बे थे जो अपने आकार के बाद भी गरिमामय प्रतीत होते थे। वह कृशकाय, किन्तु लम्बी-चौड़ी काठी की थी। उसके शरीर का सन्तुलन और साम्य अत्यन्त लुभावना था। मैं उसकी कल्पना दूध दुहते, वस्त्र धोते या हमारे समान देहाती गृहस्थी के अन्य कार्य करते हुए नहीं कर सकी।

''आपके मस्तक के लिए लेप और अंगों के लिए सुगन्धित पदार्थ लायी हूँ,'' उसका स्वर इतना मद्धम था जैसे कोई कानाफूसी कर रही हो या फिर गुप्त बात कह रही हो।

''मुझे कुछ नहीं चाहिए!'' मैंने रुक्षता से कहा, ''मुझे एकान्त चाहिए!'' वह चुपचाप कक्ष से चली गयी। मैं उसका नाम तक न जानती थी। उसके विषय में कुछ भी जानने की मुझे जिज्ञासा नहीं थी।

अपने शयनकक्ष में लेटी मैं अपने स्वामी के आगमन की प्रतीक्षा करती रही। अन्ततः जब वे आये, तो अत्यन्त चिन्तित और आत्मलीन से प्रतीत हुए। हम दोनों ही विचित्र से असमंजस से घिरे लेटे रहे, अपरिचय का एक मौन वितान हमारे ऊपर खिंच गया था। तनाव के कारण मैं अनम्य थी, यहाँ तक कि मेरी पीठ भी ऐंठ गयी थी। मैं हाथ बढ़ा कर उन्हें स्पर्श करना चाह रही थी, किन्तु कर न सकी। मेरे प्रश्न हमारे मध्य पसरे हुए थे, उसी तरह जैसे विवाह के तुरन्त बाद के दिनों में विश्ववसु स्तम्भ रहा था। सृजन सो गये, किन्तु मैं जागती रही, यद्यपि उनकी निद्रा में व्यवधान न हो, इसलिए निश्चल पड़ी रही।

सारा दिन मैंने नदी के किनारे व्यतीत किया। किनारे से टकराती लहरों को देखती रही, अपने केशों में पवन की सरसराहट अनुभव करती रही। आज पकड़ी अपनी मछलियों को देख कर कुन्दन नदी की रेत पर सन्तुष्ट भाव से बैठा था। मैंने कुन्दन से बातें कीं। वह अस्वाभाविक रूप से कुछ अधिक ही वाचाल हो रहा था।

"जानना चाहती हो मछली पकड़ने का रहस्य?" अपनी स्वाभाविक रुक्षता से उसने मुझसे प्रश्न किया। उसकी रुक्षता में अशिष्टता नहीं, खुरदुरापन था। बिना मेरे उत्तर की प्रतीक्षा किये उसने अपना एकाकी संवाद आरम्भ कर दिया, छोटी से छोटी जानकारी या सूचना पाने की मेरी उत्सुकता से वह भली प्रकार परिचित था।

"मछली पकड़ने का रहस्य ये है कि मछली को अपने मस्तिष्क का ही एक विस्तार समझा जाए," उसने कहा। इस तर्क में विवेक और गहनता थी। मैंने इस पर अपने जीवन में अनायास अतिक्रमण कर बैठने वाली मोहिनी अपरिचिता के सन्दर्भ में विचार किया।

"जीवन एक नदी है," वह कह रहा था, "और सभी जीवन इसी नदी में समाहित है, हमारे जीवन से होकर बहने वाली इसी गंगा में। भविष्य ज्ञानदा, भूत ज्ञानदा, वर्तमान ज्ञानदा, यह अपनी कोख में भविष्य, भूत व निरन्तर गतिमान वर्तमान के रहस्य समेटे हुए है।"

मैंने नदी को देखा, शक्तिशालिनी देवी गंगा। आज वह विलासिनी प्रतीत हुई, स्नेहमयी, क्षमाशालिनी, प्रस्थान को उद्यत वसन्त की दोपहर की सहज प्रवाहमयी नदी। जैसे-जैसे ग्रीष्म ऋतु का आगमन होगा, नदी का जल रहस्यमय रूप से शीतल होता जायेगा। तब मैं नदी के किनारे किसी शिला पर नदी के शीतल जल में पाँव डाल कर घंटों बैठी रहा करूँगी, नदी की उद्दाम लहरें मेरे पाँवों से टकरा-टकरा कर लौट जाया करेंगी।

"यदि जीवन नदी है, तो इसका अर्थ ये हुआ कि हम मछली हैं," मैंने बेध्यानी में कहा। दार्शनिकता बघारने की अपेक्षा मैं इस वार्तालाप के क्रम को थमने नहीं देना चाहती थी।

"तुमने तो बात समझी ही नहीं, शकुन्तला," उसने दुखी स्वर में कहा, उसकी भौंहों में बल पड़ गये थे। "जैसे मछलियाँ नदी हैं, उसी प्रकार नदी मछली है।" ये तर्क मेरी समझ से परे होता जा रहा था। मैं नदी हूँ या मछली, इस बात से मेरा क्या प्रयोजन था? क्षुधा से व्याकुल हो कर मैंने अधीरता से कुन्दन की पकड़ी मछलियों को देखा। अपने भाई गुरेश्वर की भाँति मैं शाकाहारी न थी। माँ तो न मांस खाती थीं, न मछली, किन्तु सृजन के परिवार में इस प्रकार की कोई वर्जना नहीं थी। हमने नदी तट पर ही तीन शाखाओं को जोड़ कर अग्नि जलाई, गृहस्थी के चूल्हे के समान नहीं, बस मछली भूनने का अस्थायी प्रबन्ध था यह। मछलियों पर नमक और हल्दी छिड़की और इनका सेवन करके तृप्त हुए। मछलियों की अस्थियों और अन्य अवशेषों को वहीं

चट्टानों के पीछे फेंक दिया, जिससे कि नदी के केकड़े या कौए इनका आनन्द ले सकें।

एक बार पुनः मैं उस स्त्री के विषय में विचार करने लगी। अभी तक मैं उसका नाम भी नहीं जानती थी, लेकिन उसकी कल्पना मात्र से मेरे हृदय में गहन पीड़ा दंश सी चुभी। मेरे भीतर कहीं इतनी तीव्र टीस उठी मानो मुझे हृदयाघात हो गया हो, मानो मेरा रक्त किसी गँदले जल की भाँति सड़ाँध से भर गया हो। मन यह जानने को भी उत्सुक था कि इस क्षण वह क्या कर रही होगी। सम्भवतः सृजन क्लान्त होंगे, और उन्होंने उसे हमारे शयनकक्ष में बुला कर पंखा झलने का आदेश दिया होगा। किन्तु अभी पंखे झलने की ऋतु नहीं आयी थी। सम्भवतः दासियों की भाँति वह उनके पाँव या मस्तक दबा रही होगी।

मैं अचानक ही क्रोध और उत्तेजना से भर उठी। जाने को उद्यत हुई, तो मछुआरे ने मुझे अर्थपूर्ण दृष्टि से देखा। "ध्यान रखना, मछली पकड़ने के लिए मछली ही बनना होता है," अपने नैराश्यपूर्ण मौन का मुखौटा चढ़ाने से पहले उसने फिर से कहा था। मैं शीघ्रता से घर को चल पड़ी, उद्देश्यपूर्ण, अपने जीवन में अनधिकार प्रवेश करने वाली रूपसी से अपने जीवन की डोर पुनः अपने हाथ में लेने के दृढ़ निश्चय के साथ।

सृजन निवास स्थान पर नहीं थे। वह भी कहीं दिखाई न दी। मेरे स्वामी व्यस्त पुरुष थे, एक महत्त्वपूर्ण व्यक्ति थे, प्रतिवेशी ग्रामों में निरन्तर उन्हें कार्य-व्यापार रहता था। स्त्रियों की भाँति गृह में ही रहने की मुझे उनसे अपेक्षा भी नहीं थी। किन्तु वह दासी, उसे मेरी सेवा की प्रतीक्षा में उपस्थित न रहने का अधिकार न था।

उसे प्रकट होने में कुछ समय लगा। उसके ओष्ठ पर स्वेदकणों की महीन रेखा खिंची थी, वह किंचित प्रसन्न और उत्तेजित-सी प्रतीत हुई। मुझे देखते ही उसने तुरन्त अपनी मुख-मुद्रा शान्त कर ली। शान्त होने पर उसका मुख सहज-सरल नहीं होता, बस भावहीनता का एक मुखौटा उस पर चढ़ जाता, एक ऐसा आवरण जिसके पार देख पाना मेरे लिए सम्भव नहीं होता था।

मौन की गम्भीरता ओढ़े हुए मैंने उसको नख-शिख परखा। उसकी धनुषाकार भँवें, बड़ी-बड़ी आँखें जिन्हें अपनी काव्याभिरुचि के अनुकूल बादाम या गंगा की लहरों पर अठखेलियाँ करती मछली की भाँति कह सकते हैं। घनी, घुमावदार पलकों के आवरण ने उन्हें अत्यन्त मोहक बना दिया था। पतली, लम्बी नासिका के तीक्ष्ण नासिकाछिद्रों

में चमचमाती नथ सुसज्जित थीं। उसके अधर बड़े और रसीले से थे, उसकी लम्बी ग्रीवा अहंकारपूर्ण स्तम्भ की भाँति थी। वह एक सुगठित अश्व की भाँति या कमल पुष्प के सदृश थी। अपने जीवन में उसके पदार्पण करने से पूर्व तक मैं स्वयं को रूपवती समझा करती थी। किन्तु अब मुझे अपने व्यक्तित्व में एक बिखराव-सा प्रतीत होता था, जैसे कोई अल्हड़, विवेकहीन बालिका युवती बन गयी हो या जैसे मैं कोई अनपढ़ गँवार स्त्री होऊँ।

"क्या नाम है तुम्हारा?" मैंने उससे प्रश्न किया। यह जानने की मुझे अत्यन्त उत्सुकता थी, किन्तु मेरा अहं अब तक आड़े आता रहा था। "और तुम किस प्रदेश की हो?"

"कमलिनी," उसने अपने सुरीले स्वर में कहा। "मैं पूर्व देश की हूँ, लिच्छवी के समीप नन्दनकोट गाँव की। मेरे पिताजी गाँव के मुखिया हैं।"

गाँव के साधारण से मुखिया की बेटी और ये तेवर!

"हमारा गणतन्त्र है, हमारे यहाँ राजा नहीं होते, किसी सम्राट को हमें प्रणाम नहीं करना पड़ता। और मेरे पिताजी, वे बहुत विद्वान व्यक्ति हैं," वह कहती जा रही थी, मानो मेरे मस्तिष्क को उसने पढ़ लिया हो।

"अच्छा, कमलिनी, तुम्हें अपने गृह की याद नहीं सताती? अपने विद्वान पिता के पास जाने की तुम्हारी इच्छा नहीं होती?" अपने स्वर में यथासम्भव व्यंग्य की कड़वाहट को घोलते हुए मैंने प्रश्न किया।

उसके नेत्र मेरे नेत्रों से मिले। उनमें मात्र ढेर सारी अवहेलना भरी थी। "पिताजी मुझे नन्दनकोट में नहीं देखना चाहेंगे," उसने भावहीन स्वर में कहा। "मैं आपकी कोई सेवा करूँ?"

"यहाँ मेरे समीप बैठो, कमलिनी," मैंने अनुग्रह किया। मछुआरे ने मुझे मछली के साथ एकाकार हो जाने का परामर्श दिया था। "मेरे केश सँवारोगी, कमलिनी? अपनी तरह गूँथ कर? तुम्हारे केश अत्यन्त सुन्दर हैं!"

वह मेरे पीछे बैठ गयी। उसकी दक्ष सुघड़ अँगुलियों के स्पर्श को मैंने अपनी त्वचा पर महसूस किया। उसने धैर्यपूर्वक मेरे केशों में कंघी की, पवन के झोंकों से मेरे केश उलझ कर अत्यधिक अस्त-व्यस्त हो गये थे, उलझे केशों के घूँघरों को उसने धीरज से सुलझाया। हस्तिदन्त की महीन दाँतों वाली मेरी कंघी को कभी इतना परिश्रम नहीं करना पड़ा था। केशों को खींच-खाँच कर अपने हस्तकौशल का प्रमाण देते हुए उसने उनकी सुव्यवस्थित दो चोटियाँ बाँध दी थीं, फिर उन्हें घुमा-घुमा कर जूड़ा बना दिया और उसे थामने के लिए हस्तिदन्त की

दो आकर्षक चिमटियाँ खोंस दीं।

''अभी दर्पण न देखिएगा,'' उसने कुछ कड़ाई से कहा और उपवन में भाग गयी। पहली बार उसने अपने परिष्कृत स्वभाव को त्याग अल्हड़ता दिखाई थी। अंजुरी में ढेर सारे धातृ पुष्प लिए वह लौट कर आयी, जिन्हें अपनी स्वाभाविक सुघड़ता से उसने मेरे जूड़े में खोंस दिया, एक अन्तिम पुष्प गुच्छ को मेरे बायें कर्ण के ऊपर झूलता छोड़ दिया। पुष्पों की मादक गन्ध मेरी नासिका में भर गयी, उपवन की भाँति ही उन्होंने मेरे कक्ष को महक से सराबोर कर दिया था। अन्ततः जब दर्पण में मैंने अपना प्रतिरूप देखा, तो अपने नवरूप को देख कर मुझे प्रसन्नता ही हुई।

अचानक ही कमलिनी पुनः अपने औपचारिक रूप में आ गयी। ''अब मैं जाऊँ?'' उसने उसी भावहीन स्वर में पूछा जो सदैव अवहेलना से भरा प्रतीत होता था।

मैंने हृदय से उसका आभार व्यक्त किया, इसी के साथ मेरे भीतर ही भीतर बल खाता क्रोध और विद्वेष की भावनाएँ अस्थायी रूप से कुछ कम हो गयीं। विद्वेष निभाने में मैं बहुत निपुण नहीं थी, और एक विचित्र रूप में मैं कमलिनी की प्रशंसा भी करने लगी थी।

सृजन की दृष्टि ने तुरन्त ही मेरी नयी केश सज्जा को देख लिया था। ''तुम अत्यन्त रूपवती हो, शकुन्तला,'' उन्होंने मद्धम स्वर में कहा। ''पहले कभी तुम इतनी सुन्दर नहीं लगीं।'' मैंने कुछ नहीं कहा। कमलिनी के सद्भाव के चारे में मैं इतनी सुगमता से नहीं फँसने वाली थी।

वह नव-चन्द्र की रात्रि थी। पूर्व की भाँति ही रात्रि के उन अँधेरे क्षणों में आलिंगनरत हो हम एक-दूसरे में डूबे रहे। मेरे केशों में जड़ित पुष्पों की मादक गन्ध हमारी कामाग्नि को और भड़का रही थी। मैं आनन्दसागर में डूबती-उतराती रही। अग्निचयण अनुष्ठान में सेवन किये सोम मद्य की स्मृति बार-बार मेरी जिह्वा पर तिर आ रही थी, साथ ही सद्यः चुने पुष्पों से सज्जित प्रस्तर योनि वाले उस गुप्त मन्दिर के दीये की लौ मेरे मानस-पटल पर थरथरा जा रही थी।

हमारी उद्दाम भावनाओं में अधीरता थी। हमारे बीच का विश्वास पहले से भी तीव्र उद्विग्नता और आवेग के साथ हमारे सम्बन्धों में पुनः प्रतिस्थापित हो गया था। मेरी चेष्टाएँ पहले कभी इतनी कामुक न रही थीं। सृजन के साथ पहले भी मेरे संकोच नहीं थे, और उस रात तो मैंने जैसे सारी लज्जा त्याग दी थी, मैं जैसे वह हो गयी थी, जो बाद में किसी अन्य के साथ बन गयी थी। और जब वे मेरे भीतर

प्रविष्ट हुए, तो वह अनुभव मेरे लिए पूर्णतः नवीन था, उन्होंने पहले से सर्वथा भिन्न और अभिनव चेष्टाओं से मेरे साथ समागम किया। अगर कहूँ कि मैंने उन पलों में परम सुख नहीं भोगा, तो यह असत्य होगा।

इतने दिनों से मेरे भीतर समाए क्रोध और आहत मन ने मुझे परिवर्तित कर दिया था। हमारे समागम के चरम पर जब सृजन ने मेरे गर्भ में अपने बीज रोपे, उस पल मैं न उनके, न अपने विषय में सोच रही थी, अपितु मेरी पलकों के पीछे नेत्रों में अवहेलना लिए एक लम्बी, सुडौल स्त्री काया का रूप था।

7

दिन असहज मौन का आवरण ओढ़े व्यतीत हो रहे थे। सृजन कमलिनी से बहुत ही कम बात करते थे, कुछ कहते भी तो केवल आदेश-निर्देश देने के लिए। जहाँ तक मेरा प्रश्न था, मैं इस रहस्यमयी दासी से मित्रता करने के प्रति दृढ़ निश्चयी थी, भले ही अपने हृदय की गहराइयों में उसके प्रति मैंने अथाह घृणा छिपा रखी थी। वह चन्दन के तेल से मेरे अंगों पर लेप करती थी। जब भी मैं अपनी मांसल देह पर उसके परिचित स्पर्श को महसूस करती, तो अनायास ही मैं ईर्ष्या से भर जाती थी। वह कौन थी और सृजन उसे हमारे गृहस्थ जीवन में क्योंकर ले आये थे?

उन्हीं दिनों गुरेश्वर हमारे यहाँ अतिथि बन कर आया था। गुरेश्वर विद्वान भिक्षु था, वह किसी निर्लिप्त भटकते बादल की भाँति संसार में कहीं भी आ-जा सकता था, कल्पना कर सकता था, कुछ भी सोच सकता था। वह मेरे समान था, फिर भी मुझसे नितान्त विपरीत। वह पुरुष था, मैं स्त्री। मेरी नियति अपने स्वामी को प्रसन्न रखना थी, और उसकी अपनी इच्छानुसार जीना। गुरेश्वर स्वयं अपना स्वामी था। यद्यपि वह इस बात से अनजान था, किन्तु मेरा एक अंश उसकी हर यात्रा पर उसके साथ जाता था। जैसे कोई मक्खी श्वान के ऊपर यात्रा करती है, या पराग मधुमक्खी पर, वैसे ही मैं अपने सूक्ष्म शरीर में अपने प्रिय भाई गुरेश्वर के शरीर के साथ रहती थी।

आयु में अन्तर होने पर भी गुरेश्वर और मेरे स्वामी सृजन के मध्य सदैव मित्रवत व्यवहार रहा। एक-दूसरे के प्रति उनके मन में स्नेह और सम्मान का भाव था। उनके सान्निध्य में मैं स्वयं को सुरक्षित पाती थी, और कुछ पल के लिए मैं उस विशाल, व्यस्त संसार का अंग बन जाती थी, जो सदैव मेरा स्वप्न रहा है। कमलिनी इस घेरे के बाहर थी।

गुरेश्वर मेरा भाई था, बन्धुत्व के इस आत्मीय सम्बन्ध में सेंध लगाने का दुस्साहस वह कैसे कर पाती?

गुरेश्वर पहले से दुर्बल प्रतीत हुआ। धार्मिक व्रत-उपवासों के कारण वह क्षीणकाय हो गया था, मुख पीला, निस्तेज था, धँसे कपोलों की उभरी अस्थियों ने उसे अपरिचित सा बना दिया था। उसके आने पर मैंने पाँव छू कर उसे प्रणाम किया। उसने उसी गम्भीरता से मेरा अभिवादन स्वीकार किया, जिस प्रकार किसी संन्यासी को किसी गृहस्थ का अभिवादन करना चाहिए। संसार के नश्वर सम्बन्धों का त्याग कर देने वाले के लिए रक्तसम्बन्धों का क्या महत्त्व?

''तुम सुखी प्रतीत होती हो, भगिनी शकुन्तला,'' उसने कहा। मुझसे मिल कर उसके पीले मुख पर एक आभा सी आ गयी थी, उसके व्यक्तित्व का कठोर आवरण छिटक सा गया था। पल भर को मेरे सामने एक दूसरा ही चेहरा आ गया, एक हठी बालक का जो कभी-कभी अपने शिक्षक द्वारा बताये जाते अन्तहीन सिद्धान्तों, सूत्रों और उपदेशों को सुनना छोड़ बस खेलना चाहता था।

चूँकि गुरेश्वर प्रसिद्ध भिक्षु था, इसलिए हमारे कुनबे के सारे जन, और यहाँ तक कि दूर गाँवों तक से लोग उसे देखने, उसका आशीर्वाद पाने के लिए आते थे। गुरेश्वर अपने पारम्परिक सहज, सरल स्वभाव से उनसे मिलता, और वे उसके स्नेह और विद्वत्ता का प्रसाद पाकर तुष्ट भाव से प्रस्थान करते थे।

गुरेश्वर सदैव भद्र व्यवहार करता था। उसका व्यवहार धीमा, नपा-तुला होता था, वह कभी किसी में दोष नहीं ढूँढ़ता था। न किसी का उपहास करता और न आलोचना, क्योंकि उसकी दृष्टि में प्रत्येक व्यक्ति और वस्तु परमसत्ता का प्रतिबिम्ब थी। वह असाधारण रूप से सज्जन था। उसके लिए यह सहज ही सम्भव था, क्योंकि उसे तो केवल ईश्वर और अपने विषय में ही विचार करना होता था और उसके दर्शन के अनुसार दोनों का एक ही स्वरूप है। यदा-कदा उसकी भलमनसाहत, विनम्रता, अनवरत सज्जनता से मुझे चिढ़ होने लगती, क्योंकि एक अर्थ में ये सभी गुण एक विचित्र अहंभाव के परिचायक हैं। इस सबके अतिरिक्त 'विवेकपूर्ण भेद' में उसे विश्वास था और प्रायः वह मुझे स्वार्थी और मूर्ख सिद्ध करने में सफल भी रहता।

कमलिनी भी गुरेश्वर से मिलने की इच्छुक थी, और वस्तुतः मैं उसे रोक भी नहीं सकती थी। मेरा भाई तो सभी के विषय में अच्छा ही सोचता था, उसने पल भर के लिए भी मेरे निवास पर उसकी उपस्थिति

को लेकर कोई प्रश्न या शंका नहीं की। उसने पूरी गम्भीरता से उसे परखा और उससे पूछा कि वह किस प्रदेश की है। "अपनी यात्राओं के दौरान मैं लिच्छवी राज्य भी गया हूँ।" उसने कहा, उसकी दृष्टि कमलिनी के पहरावे, उसके व्यक्तित्व के एक-एक पहलू को सूक्ष्मता से परख रही थी। "तुम्हें यहाँ अपने गृह से इतनी दूर एकाकी नहीं लगता, भगिनी?"

कमलिनी ने सीधे उसके नेत्रों में झाँका। इस समय उसके चेहरे पर अवहेलना का भाव नहीं था, ना ही वह भावहीनता का मुखौटा लगाये प्रतीत हो रही थी। वह कुछ भावुक-सी हो गयी, उसके अधर काँपने लगे, जैसे किसी भी पल वह बिखर कर रो पड़ेगी। "अब यही मेरा गृह है," वह बोली, उसका गर्वीला मस्तक झुक गया। पहली बार वह एक दासी के अनुरूप व्यवहार कर रही थी। उसकी असहजता से मुझे अतीव प्रसन्नता हो रही थी। वह भीगी बिल्ली के समान प्रतीत हो रही थी, किन्तु अभी भी मेरे हृदय में उसके लिए करुणा नहीं उपजी थी।

गुरेश्वर ने कमलिनी को आगन्तुकों के लिए पड़े बेंत के आसन पर बैठने को कहा। "तुम्हारा धर्म क्या है, भगिनी?" उसने पुनः पूछा।

अब तक वह सँभल चुकी थी। "कोई नहीं," सिर को अवज्ञा से झटकते हुए उसने उत्तर दिया, "किसी मत या व्यक्ति में मेरा विश्वास नहीं है।" बिल्ली सूख चुकी थी।

"तुम्हारे पिता का क्या धर्म था?" गुरेश्वर भी अड़ा रहा।

"यह जानना अर्थहीन है," उसने उत्तर दिया, उसकी दृष्टि गुरेश्वर के सिर के ऊपर शून्य में कहीं टिकी थी। उसकी दृढ़ता से मैं अभिभूत हो गयी। किसी स्त्री का पुरुष से इस प्रकार बात करना कठिन ही था, और जबकि पुरुष भी मेरे भाई जैसा विद्वान और संन्यासी हो।

गुरेश्वर ने अन्यमनस्क भाव से सिर हिलाया और दूर किसी गाँव से पधारे एक अन्य वृद्ध आगन्तुक से बात करने लगा। उस वृद्ध आगन्तुक के परिवार से हम दोनों बचपन से परिचित थे। गुरेश्वर के वस्त्र संन्यासियों की भाँति गहरे भगवा रंगे थे। वर्षों से अनथक चलते रहने के कारण उसके पाँवों में गाँठें पड़ गयी थीं, उसका सिर मुड़ा था, केवल एक शिखा छोड़ी हुई थी जिसे वह बाँधे रखता था।

अपराह्न का सूरज पश्चिम की ओर से झाँक रहा था, उसके प्रकाश से गुरेश्वर के चारों ओर केसरिया और सुनहरा दैदीप्यमान प्रभामंडल बन गया था। यकायक मैं सभी सन्देहों व भयों से मुक्त हो गयी। कमलिनी की उपस्थिति को लेकर कोई शंका या घृणा शेष नहीं रही थी,

न ही उसके विचित्र से आगमन को लेकर कोई प्रश्न रह गये थे। स्वयं कमलिनी भी नर्म पड़ गयी थी, उसका मूक विद्रोही क्रोध आंशिक रूप से कम हो गया था और वह कम बैरी लगने लगी। पर यह भावना देर तक नहीं रही। उसने अपने सुन्दर सिर को एक झटका दिया, और मैं भी क्षमाशील न रही। जिस प्रकार से वह द्वार के पार उपवन में देख रही थी, पता नहीं किस कारण, बिना प्रयास के, बाघ की भाँति पशु दम्भ ने मुझे गहरे क्रोध से भर दिया।

हमारे निवास के सामने ढलवाँ उद्यान था, जहाँ माधवी, मालती, छुईमुई व अन्य अनेक प्रकार के ढेरों पुष्प खिले रहते थे। पुष्प, इन्हीं को तो वह तक रही थी। वह उनकी देखभाल करती थी। इस पर चिढ़ना बचकानी बात थी, पर मैं चिढ़ गयी। यह उपवन मेरा था, इसकी हर वस्तु की स्वामिनी मैं थी।

एक वृद्ध व्यक्ति अत्यन्त कष्टपूर्वक हमारे निवास की ओर आ रहा था। पहाड़ी की ढलान से कमान की भाँति मुड़ी देह ऊपर आयी, वह पुष्प तोड़ने लगा। मेरे बहुमूल्य पुष्पों और कलियों को अँजुरी में भरे वह टाँगों को घसीटते हुए अन्दर आया और श्रद्धापूर्वक गुरेश्वर को वे पुष्प समर्पित कर दिये।

''कितने सुगन्धित पुष्प हैं,'' गुरेश्वर ने अपने उसी सहज भाव से कहा।

मैं क्रोधित हो उठी। ''सुन्दर क्यों न होंगे भला। तुम्हारे आतिथेय के श्रमपूर्वक लगाये गये उद्यान के जो हैं।'' मैंने चिढ़ कर कहा।

सृजन ने आश्चर्य से मुझे देखा। गुरेश्वर ने सदैव की भाँति धीमी प्रतिक्रिया की। ''अत्यन्त सुगन्धित पुष्प हैं,'' उसने पुनः धीरे से कहा और जाने को उद्यत वृद्ध को आशीर्वाद दिया।

''इतना स्वामित्व तुम्हारे लिए उचित नहीं है, शकुन्तला,'' उस चोर के जाने के बाद गुरेश्वर ने कहा। पर असली चोर तो हमारे बीच ही थी, जो एक विजेता की भाँति तरस और आनन्द से मुझे देख रही थी। ''पुष्प मनुष्य की भाँति होते हैं।'' मेरा भाई कह रहा था, ''वे उसी धरती के होते हैं, जहाँ वे उपजते हैं। राजाओं, विवेकियों और सुगृहिणियों को ये बात भली प्रकार जान लेनी चाहिए।''

''स्त्रियों, विशेषकर सुगृहिणियों को तो उन घरों से निकाल दिया जाता है जहाँ वे बड़ी होती हैं, और फिर उस धरती में नये पौधे और लताएँ उग आती हैं।'' मैंने प्रतिवाद किया। मैं उसके श्रेष्ठता के भाव से उकता गयी थी। क्या उसने मेरी स्थिति नहीं देखी? क्या वह मेरी

पीड़ा को अनुभव नहीं कर सकता?

किन्तु गुरेश्वर को लोगों और स्थितियों को सँभालना आता था। उसने मुझसे तर्क नहीं किया। "हे लिच्छवप्रदेशवासिनी, कोई गीत सुनाओगी?" उसने स्वयं कमलिनी को सम्बोधित करते हुए कहा, "कोई ऐसा गीत सुनाओ जिससे स्वयं तुम्हारा व हमारा चित्त प्रसन्न हो जाए।"

गुरेश्वर के इस अनुरोध से कमलिनी चकित रह गयी, किन्तु विरोध किये बिना वह गीत सुनाने के लिए सहमत हो गयी। हमारा पहाड़ी संगीत या तो प्रसन्नतासूचक होता है या दुखभरा होता है, और कभी-कभी दोनों भावों का मिश्रण होता है, किन्तु कमलिनी का गीत एक सर्वथा भिन्न स्वर व धुन में था। यह आश्चर्यजनक रूप से अत्यन्त उच्च व मधुर स्वर में था, इसमें अप्रत्याशित स्वरकम्पन व उतार-चढ़ाव थे। गुरेश्वर तो जैसे किसी अन्य ही लोक में चला गया था, उसका मस्तक एक विचित्र कोण पर झुका हुआ था, जैसे ताल देते-देते थम गया हो। जान पड़ता था जैसे किसी अव्यक्त रूप को समझना चाह रहा हो, संगीत में छिपे किसी गूढ़ तत्त्व को ढूँढ़ रहा हो। मेरे स्वामी सृजन का चेहरा भावहीन था, यत्नपूर्वक वे अपने भावों को छिपा रहे थे। क्या उन्होंने पहले भी उसका गायन सुना होगा, अन्ततः पूर्वदेश में अपने गाँव नन्दनकोट से यहाँ पहाड़ों तक की इतनी लम्बी यात्रा उन दोनों ने साथ-साथ तय की है।

उस रात्रि, गुरेश्वर और सृजन देर तक बैठे देश में शीघ्रता से आ रहे परिवर्तनों के विषय में बातें करते रहे। पूर्वी राज्यों में अशान्ति थी। शाक्यमुनि गौतमबुद्ध का नया धर्म प्राचीन मत के आधार को खंडित कर रहा था। पाशन्दा मत, शाक्यों, आजीविकों और पितरों का उचित आदर न करने वाले अन्य मतों द्वारा आर्य धर्म, त्रयोधर्म के वैदिक पथ पर आघात हो रहे थे।

गुरेश्वर की इन टिप्पणियों के बीच सृजन विनम्रतापूर्वक मौन रहे। मृत्यु से पूर्व उनकी माँ शाक्य भिक्षुणी बन गयी थीं, और वे अपनी सुविधानुसार और परिस्थितियों के अनुरूप ब्राह्मण या बौद्ध कोई भी धर्म अपना लेते थे। फिर भी गुरेश्वर की बातों के दौरान, सृजन अत्यन्त कौशल से उसकी यात्राओं के विषय में प्रश्न करते रहे। मुझे सन्देह था कि धार्मिक या आध्यात्मिक उत्सुकता से अधिक इसमें व्यापारिक और वाणिज्यिक कारण निहित थे।

गुरेश्वर ने मध्यदेश के राज्यों की अपनी यात्रा के विषय में बताया, जहाँ संगमरमर की चट्टानों की घाटी से होती नर्मदा नदी बहती है।

उसने ताँबे और स्वर्ण की खानों के विषय में बताया जहाँ मनुष्य धरती के गर्भ में गहरे जाकर बहुमूल्य धातुएँ निकाल कर लाते हैं। एक खानाध्यक्ष तथा एक लौहाध्यक्ष से उसकी भेंट हुई, वे दोनों भाई थे। ये भाई रसायनशास्त्री थे, और उन्हें विश्वास था कि पारसमणि के रहस्य को उन्होंने जान लिया है। दार्शनिकों की पारसमणि जो निम्न स्तर की धातुओं को स्वर्ण बना देती है।

जैसा सदैव होता है इस कथा में गुरेश्वर ने अपना दर्शनशास्त्र भी डाल दिया था, उसके अनुसार आत्मा स्वर्ण और संसार अधम धातुओं से निर्मित है, उचितानुचित भेदज्ञान की पारसमणि ही हमें जीवन की कठिनाइयों से मुक्ति दिला सकती है।

कभी-कभी मुझे ऐसा प्रतीत होता कि अपनी अपार विद्वत्ता के होते हुए भी गुरेश्वर वास्तविक जीवन के विषय में सम्भवतः मुझसे बहुत कम जानता था। मैं नहीं, अपितु वह एकान्तवासी था, क्योंकि संसार में दूर-दूर तक यात्रा करने पर भी उसने मात्र वही देखा, जाना और समझा, जितना उसने चाहा।

मैंने दीर्घ निःश्वास लिया। अधैर्य और प्रतीक्षा से भरा निःश्वास। मेरे भाई और स्वामी दोनों ने इसे सुना, दोनों ने ही इसको अपनी-अपनी तरह समझा। गुरेश्वर ने सोचा मैं उसके जाने के कारण दुखी हूँ। उसने अपनी सन्त वाणी में मुझे सान्त्वना देते हुए कहा कि वह सभी सांसारिक बन्धनों को त्याग चुका है, अतः मैं उसके जाने का दुख न करूँ। "यद्यपि इस नश्वर संसार में सभी स्त्रियाँ मेरी बहनें और माताएँ हैं, किन्तु फिर भी, हे शकुन्तला, तुम मुझे अन्य सभी से अधिक प्रिय हो!" उसने कहा। उसकी इस स्वीकारोक्ति ने मुझे तनिक प्रभावित नहीं किया, किन्तु अपने चेहरे के भावों को समेट कर अवसरानुकूल मैं गम्भीर हो गयी थी।

मेरे स्वामी सृजन मौन थे, किन्तु मैं उनके चेहरे के भावों को पढ़ सकती थी। वे सोच रहे थे मैं गर्भधारण न कर पाने के कारण दुखी हूँ। पुरुष यद्यपि संसार पर शासन करते हैं, उसे दिशा देते हैं, किन्तु प्रायः वे उस स्पष्ट और प्रत्यक्ष ज्ञान से वंचित होते हैं जो उनकी माँ-बहनों को तुरन्त सतर्क कर देता है। किन्तु जो सत्य था, वह मैं नहीं कह सकती थी, संसार को देखने सम्बन्धी अपनी विकलता के विषय में मैं नहीं बता सकती थी, ये अत्यन्त अनुचित एवं असंगत प्रतीत होता।

अतः मैंने विषय बदलते हुए गुरेश्वर से उस परित्यक्त मातृका मन्दिर के विषय में पूछा, वही देवी-मन्दिर जहाँ मैंने वह विलक्षण चमत्कारिक

रात्रि व्यतीत की थी। अपना प्रश्न मैंने अति सामान्य ढंग से पूछा था, क्योंकि मैं उन स्मृतियों को किसी के साथ बाँटने के लिए तैयार नहीं थी। इससे पहले मैंने सृजन से कोई बात नहीं छिपाई थी और मुझे बहुत सँभल कर चलना था।

"सातों देवियाँ देवताओं का अंग हैं," गुरेश्वर ने बताया। "सप्त मातृकाएँ हैं—ब्रह्मणी, माहेश्वरी, कौमारी, वैष्णवी, वराही, इन्द्राणी और नरसिम्ही—ये संसार का चालन करने वाली स्त्री शक्ति हैं। पुरुष शक्ति से मिल कर वे सन्तुलन और स्थिरता लाती हैं। अन्ततः हम सभी तो आदि माँ के शिशु हैं।" वह बहुत धर्मनिष्ठ और आत्मसन्तुष्ट दिख रहा था। एक बार पुनः मुझे सन्देह हुआ कि क्या मैं वास्तव में अपने इस पाखंडी भाई से स्नेह या इसका सम्मान करती हूँ।

"फिर मन्दिर त्यक्त क्यों है?" मैं अड़ी रही। "वहाँ मूर्त्तियाँ क्यों नहीं हैं? कोई पुजारी क्यों नहीं है? वे सब कहाँ गये? उनका क्या हुआ?"

गुरेश्वर आत्म-महत्ता के भाव से खँखारा। "प्रिय भगिनी, वास्तु शास्त्र कहते हैं कि संसार भर में परित्यक्त मन्दिर से अधिक अशुभ स्थान नहीं है। जो मैं तुम्हें बताने जा रहा हूँ, वह स्त्रियों के जानने योग्य नहीं है, किन्तु एक विद्वान को गम्भीर प्रश्नों का उत्तर समान भाव से देना चाहिए। किसी समय इस मन्दिर में देवी की सत्य वाणी गूँजा करती थी। कोई भी स्त्री वहाँ प्रश्न करती, तो उसे मानव वाणी में उसका प्रत्युत्तर मिलता। देवी का उत्तर होने के कारण यह अनिवार्यतः सत्य होता था। किन्तु विशिष्ट सत्यों की अनेक श्रेणियाँ होती हैं, और देवी का कहा सत्य सम्भवतः एकमात्र सत्य अथवा सर्वोत्तम सत्य नहीं होता था।"

बाहर, खुबानी और शहतूत के वृक्ष पर बैठे निशाचर पक्षी, अमंगलकारी पक्षी जाग रहे थे और सुन रहे थे। वृक्षों के पीछे से चन्द्रदेव आकाश में उदित हो गये थे। उन्होंने भी अपने विद्वान भाई के सामने रखे मेरे इस प्रश्न को सुना। "इस सत्य का क्या हुआ?" मैंने जानना चाहा। मुझे वर्षों पहले पाषाण-पिशाचिनी—स्वप्न में या वास्तविकता में, मैं नहीं जानती—से हुई भेंट, अग्निचयण यज्ञ और काशी से मेरे अनुर्वर होने की चिन्ता लिए आये पुरोहितों का ध्यान हो आया।

"वैसे, सत्य का प्रश्न काल के नित्य परिवर्तित रूप के अनुसार ही देखना चाहिए," मेरा विद्वान भाई कह रहा था, "एक बार अपनी यात्रा के मध्य एक महान साधु इन पहाड़ों में आये थे। रात्रि उन्होंने इस मन्दिर के समीप व्यतीत की और देवी को बोलते सुना। उन्होंने जो सुना, वह उन्हें अनुचित लगा। अतः उन्होंने मन्दिर को नष्ट कर दिया।

कुछ विशेष मन्त्रों का उच्चारण करके उन्होंने देवी को शान्त हो जाने का आदेश दिया। उनका कहना था कि शिव के बिना शक्ति व्यर्थ है। गाँव के पुरुषों ने इस कार्य में उनका सहयोग किया, क्योंकि देवी के वचन उन्हें भी पसन्द नहीं थे। वे मानते थे कि देवी के वचनों से उनकी स्त्रियाँ अधिक प्रभावी होती जा रही हैं, जिससे समाज में अव्यवस्था फैल रही है, और अव्यवस्था, तुम जान लो, भगिनी, कभी उचित स्थिति नहीं होती। और फिर, एक दिन साधु भी चले गये, उन्हें भी अपनी यात्रा पूरी करनी थी। मन्दिर के जो अवशेष रह गये, रह गये। कौन जाने, एक दिन देवी अपने मन्दिर में वापस आ जाएँ—सिन्दूर के लेप वाली देवी, उसके अनेक रूप हैं। माता को भूलना सरल कार्य नहीं है...''

निश्चय ही शिव को भी शक्ति की उतनी ही आवश्यकता होगी, जितनी कि शक्ति को शिव की? स्त्री का रक्त, स्त्री का गर्भ, पुरोहितों को इससे इतना भय क्यों है? मैंने अपने विचारों को भाषा नहीं दी। गुरेश्वर दुखी हो गया था, मुझे लगा यह मेरा वही सहमा सा भाई है जिसे कभी मैं जानती थी, कभी-कभी उससे स्नेह भी करती थी। वैराग्य के चोले के पीछे भी गुरेश्वर के मन में माँ के प्रति गहरा लगाव था। उसके भगवा वस्त्रों और दृढ़ आत्म आश्वस्ति के बाद भी मैं जानती थी कि इस समय उसे माँ की बहुत याद आ रही है।

भोर हो गयी थी, किसी भी साधु के लिए एक गृहस्थ के निवास पर एक रात्रि से अधिक वास करना मान्य न था। गुरेश्वर के लिए पुनः अपनी यात्रा पर निकलने का समय आ गया था। उसके जाने से पूर्व मैंने उसके चरण स्पर्श कर उसका आशीर्वाद लिया और भगवा रंगा ऊनी चोला भेंट किया। वर्ष भर पहले ही मैंने उसके इस आगमन के लिए इसे तैयार करके रख लिया था। इसके अतिरिक्त कुछ पुष्प, फल, रेशम के एक छोटे से वस्त्र में गुप्त रूप से सिली कुछ रजत मुद्राएँ और पीछे छूट गये घर की याद दिलाने के लिए हमारे प्रदेश के लाल चावल भी दिये। बाहर निकलने से पहले मेरा भाई ड्योढ़ी पर पहुँच कर पलटा। उसने खोजपूर्ण नेत्रों से मेरे मुख को देखा, उसके नेत्रों में कुछ चिन्ता सी थी। ''घर में थोड़ा कुमकुम होगा, शकुन्तला?'' उसने पूछा। मैं एक सुन्दर उत्कीर्ण किया डिब्बा ले आयी जिसमें सौभाग्य सूचक कुमकुम भरा था जिसे मैं अपने मस्तक पर लगाती थी। ''मेरे माथे पर इससे तिलक लगा दो,'' उसने याचना की, ''ताकि मुझे माँ की याद हो आये।'' उसकी इस प्रार्थना से मैं अत्यन्त भावुक हो गयी, मैंने गुरेश्वर की इच्छा पूरी की। अपनी प्रचुर विद्वत्ता के उपरान्त भी अनेक रूपों में वह एक नन्हे

बालक जैसा ही था, जिसे वक्ष से लगा कर मैं अँधेरे के प्रति उसके भय को दूर करती थी—अब तो यह जाने किस अतीत की बात हो गयी थी। हम एक-दूसरे से बेहतर स्नेह सम्बन्ध बना सकते थे।

गुरेश्वर की अत्यल्प सांसारिक सम्पदा एक छोटी-सी कपड़े की पोटली में बँधी थी जिसे उसने एक लम्बे से डंडे में बाँधा हुआ था, यह डंडा चलने के काम भी आता था। दूसरे हाथ में भिक्षा लेने के लिए कमंडल और शिवजी का प्रतीक त्रिशूल था। गुरेश्वर ने बड़ी साध से अपनी पोटली खोली और उसमें से एक भूरी सी वस्तु निकाली। मैं पहचान न सकी। "यह पश्चिम देश में उत्पन्न होने वाला नारिकेलफल है," उसने बताया। "यह उर्वरता और प्रचुरता का प्रतीक है। प्रिय भगिनी, यह तुम्हारी सम्पूर्ण इच्छाओं की पूर्त्ति करेगा!" और वह मुझे अपने पति, अपने स्वामी और प्रिय मित्र सृजन के साथ खड़ा छोड़ कर अन्धकार में लुप्त हो गया, अन्धकार जो प्रातःकाल के आगमन का सूचक था।

यद्यपि सारी रात न सो पाने के कारण मैं क्लान्त थी, फिर भी भाई की दी यह भेंट पाकर मैं अत्यन्त प्रसन्न थी। इससे पहले मैंने कभी पूर्ण नारिकेलफल नहीं देखा था, केवल सूखा और शल्क रहित नारियल ही कभी-कभार हमारे उत्तरी देश तक आ पाता था। सृजन शान्तभाव से मुझे देखते रहे। हम दोनों ही गुरेश्वर के जाने से दुखी थे। मानो उसके प्रस्थान ने अन्य प्रस्थानों की भूमिका बना दी थी।

मैं अपने ढलवाँ उपवन के किनारे जा खड़ी हुई ताकि पहाड़ी के निचले सिरे से उतरते गुरेश्वर को देख सकूँ। सृजन मेरे पीछे आ खड़े हुए। "कहीं उड़ मत जाना तुम, मेरी शाकुन्त पंछी!" सृजन ने मेरे उलझे केशों को थपथपाते हुए कहा, जिन्हें कमलिनी की सेवा-परिचर्या को चुनौती देते हुए मैंने अब खुला छोड़ दिया था। पंछी की भाँति उड़ने के विचार मात्र से ही मैं प्रसन्न और रोमांचित हो उठी, मैंने अपनी बाँहों को लहराया, जैसे उड़ रही होऊँ। मेरे स्वामी मुझे देख कर मुस्करा उठे और हम दोनों हँसी और चुम्बनों में रत हो गये। और अधिक कुछ करने की शक्ति इस पल हम दोनों में ही नहीं थी। यद्यपि भोर हो गयी थी, पर हम सो गये। जब मेरी आँख खुली तो सूरज सिर पर चढ़ चुका था। मेरे मन में वैसा ही उल्लास और प्रसन्नता का भाव था जैसा अग्निचयण अनुष्ठान समाप्त होने के बाद सृजन के उस भाग्यनिर्णायक यात्रा पर जाने से पूर्व था।

प्रसन्नता के विषय में एक तथ्य यह है कि उस क्षण के बीत जाने के बहुत देर बाद हम उसे पहचान पाते हैं। सृजन से मैं जितना प्रेम

करती थी, उतना मैंने कभी किसी से नहीं किया था। वे मेरे पिता, माता, भाई, बहन, प्रेमी, मित्र सब कुछ थे, वे मेरे लिए मुझसे बढ़ कर थे। अब मैं यह अनुभव करती हूँ, जबकि इस विषय में कुछ भी करने के लिए अत्यन्त विलम्ब हो चुका है, यद्यपि ऐसा भी नहीं है कि तब मुझे इसका ज्ञान नहीं था।

8

कमलिनी विचित्र-सा व्यवहार करने लगी थी। कभी तो कई-कई दिन तक वह उदास रहती, और फिर अचानक ही उसका स्वभाव अत्यन्त मधुर और सहायतापूर्ण हो उठता। एक सुबह मैंने उसे अपने कक्ष में स्वयं को दर्पण में निहारते पाया, एक द्वेषपूर्ण, अरुचिकर स्मित उसके अधरों पर फैला हुआ था। प्रायः वह मेरे आसपास ही रहती, छाया-सी बनी, कोनों में, प्रेतात्मा की भाँति मूक।

मुझे समझ नहीं आता था उससे क्या कार्य लूँ। वस्तुतः मुझे निजी दासी की आवश्यकता नहीं थी। मैं बालिका तो थी नहीं, अपनी देखरेख स्वयं कर सकती थी। जहाँ तक गृहस्थी का प्रश्न था, वह मेरे विवाहपूर्व से ही सुचारु रूप से चल रही थी, और उसी प्रकार चलती भी रहती, मुझे कुछ करने की आवश्यकता ही नहीं थी। मैं कोई बड़ी सम्भ्रान्त स्त्री या महलों में रहने वाली रानी भी न थी। मैं तो पहाड़ों की साधारण सी स्त्री शकुन्तला थी, बिना गुँथे केशों वाली शकुन्तला, मलमल के वस्त्र पहनने वाली शकुन्तला। नहीं, मुझे दासी की आवश्यकता नहीं थी।

मैंने कमलिनी से मित्रता करनी चाही, किन्तु उसके विचित्र व्यवहार के चलते यह अत्यन्त दुष्कर कार्य था। मैं बहुत संवेदनशील नहीं हूँ, न ही कोई चतुर स्त्री हूँ, किन्तु यह देख सकती थी कि वह मुझे नापसन्द ही नहीं करती, अपितु मुझसे घृणा भी करती है। जब भी वह मेरी देह पर सुगन्धित तेलों का लेप करती या मेरे केशों को गूँथ कर कोई सुन्दर सी केश-सज्जा बनाती, तो उसकी चतुर खोजपूर्ण अँगुलियाँ द्वेष से भरी जिज्ञासु सी प्रतीत होतीं। वह मेरे सभी रहस्यों को जानने, मुझे समझने-परखने को उत्सुक थी, मानो हम युद्ध क्षेत्र में प्रतिद्वन्द्वी हों। उसने मुझे मेरे अपने ही घर में असहज सा कर दिया था, और कोई

आश्चर्य नहीं कि अनेक प्रयासों के बाद भी मैं उसे पसन्द नहीं कर सकी।

सृजन प्रतिवेशी गाँवों की यात्रा पर गये थे। पैदल जाने के स्थान पर उन्होंने लम्बी यात्रा के लिए उपयुक्त अत्यन्त असुविधाजनक पालकी में जाने का निर्णय लिया। जब वे लौट कर आये, तो लँगड़ा रहे थे। उनके पाँव सूज गये थे और धूल में अटे थे। एक कहार बीमार हो गया था, इस कारण सृजन को बहुत लम्बा मार्ग पैदल तय करना पड़ा। उस समय भी मैं ऋतु-चक्र के घृणित श्राप से ग्रसित थी। स्त्री-कक्ष के भीतर से ही मैंने अपनी दासी धनिया को निर्देश दिया कि उनकी चर्म-पादुकाएँ उतार कर दूध और जल से उनके पाँव धोए। मैं उस अन्धकारपूर्ण, वायुरहित स्त्री-कक्ष में बन्दी सी बैठी थी, तभी मेरे स्वामी सृजन से बात करती कमलिनी का स्वर मेरे कानों में पड़ा। ''आपके पाँव दबा दूँ, स्वामी?'' उसके स्वर में विनम्रता और शिष्टता थी। किन्तु मेरे चौकन्ने कानों ने उस स्वर में छिपी सम्मोहक कामुकता को पकड़ लिया था। सृजन का उत्तर मैं न सुन सकी, किन्तु वे अपने ही ध्यान में मग्न और उदासीन से सुनाई दिये। सारी रात मैंने आँसुओं में बिता दी। किसी तरह मैं जान लेना चाहती थी कि वह लिच्छवी स्त्री हमारे शयन-कक्ष में क्या कर रही थी।

ऋतुकाल समाप्त होने पर मैं स्नान करके अनुष्ठानपूर्वक शुद्ध हुई। सृजन के साथ अपनी शय्या पर लेटी, तो मैंने उनसे पूछा कि कमलिनी की सेवा शुश्रूषा उन्हें कैसी लगी। ''उसने मेरे पाँव दबाये,'' उन्होंने उत्तर दिया, ''वह अत्यन्त विनम्र और कर्त्तव्यनिष्ठ दासी है। उसका यहाँ होना हमारा सौभाग्य है।''

मैंने मुँह फेर लिया। झरोखे पर बैठा एक पपीहा प्रेम की गुहार लगा रहा था। मानो पूछ रहा हो, ''पी-कहाँ?'' ''पी-कहाँ?''

''पी-कहाँ?'' सृजन ने उसकी नकल की और मुझे अपनी बाँहों के कठोर सुखद आलिंगन में खींच लिया। मैं उनके हृदय की धड़कनें सुन रही थी। उनकी देह की गन्ध को मैंने अपनी श्वासों में भर लिया, चन्दन और मिट्टी की मिलीजुली सुगन्ध। किन्तु अब उनकी देह में एक विचित्र, अकल्पनीय, पाशविक कस्तूरी गन्ध भी घुली हुई थी।

अगली सुबह अपने तकिए के नीचे मैंने कौए का पंख पाया। स्वयं उड़ कर तो वह वहाँ नहीं आ सकता था। मेरे कक्ष में एक कटोरे में शहद में डूबी अंजीर रखी थीं। एक खाते ही मेरा जी मिचलाने लगा और कई दिन तक ऐसा ही रहा। मैंने अंजीर फिंकवा दीं। कमलिनी अंजीर का एक कटोरा और ले आयी, उसने अपने स्वाभाविक रहस्यमय

स्वर में मुझसे पूछा कि किस कारणवश मैंने अंजीर फिंकवा दीं। अकसर अपने लिए परोसे दाल-भात में मैं कंकड़ पाती थी। फिर उपवन में मैंने एक बिल्ली मरी देखी। विचित्र घटनाएँ हो रही थीं, चिन्तित कर देने वाले अशुभ संकेत।

बिल्ली के मरने ने मुझे हिला दिया था। उसे बुरी तरह विक्षत किया गया था, अन्तड़ियाँ बाहर निकली पड़ी थीं। मैं आतंक के वशीभूत सी उसे देखती रही। विश्वास नहीं हो रहा था कि ये वही बिल्ली है, वही चमकीली काली रेशमी छाया सी बिल्ली जो रसोई में घुसकर दूध पी जाती थी (कम से कम धनिया यही कहती थी) अब ये गतिहीन, स्पन्दनहीन है। अचानक ही यह यथार्थ मुझे झकझोर गया कि एक दिन मैं मर जाऊँगी, सृजन मर जाएँगे, हम यह संसार छोड़ कर किसी अन्य लोक में चले जाएँगे। इस विचार मात्र ने मुझे अत्यन्त विचलित कर दिया था।

मैं इस विषय पर बात करना चाहती थी, इसे समझना चाहती थी। गाँव के पुरोहित और मृत्यु के बाद आत्मा के मार्ग, विभिन्न प्रकार के नर्क, पितृलोक, इन्द्रलोक आदि उसकी कहानियों में मेरी तनिक श्रद्धा नहीं थी। और वैसे भी जिसकी स्वयं मृत्यु नहीं हुई, वह इन सब बातों को कैसे जान सकता है? मैंने अपने मित्र मछुआरे से पूछने का निर्णय लिया। वह कभी शब्दों और प्रतीतियों में घालमेल नहीं करता था, हर बात को उसके यथार्थ रूप में जानता-समझता था। उसकी कही बात पर मैं सहज ही विश्वास कर सकती थी।

"मृत्यु क्या है?" मैंने कुन्दन से पूछा। वह नदी किनारे अपने नियमित स्थान पर बैठा था, रेतीली नदी के किनारे, ठीक वहीं, जहाँ दो काली चट्टानें हैं इन्हें वह नदी की तीव्र लहरों द्वारा बाहर फेंका प्रेमी युगल कहता है। जल में काँटा पड़ा था, किन्तु उसने उसे स्वयं नहीं पकड़ा हुआ था, अपितु स्वयं द्वारा अन्वेषित बाँस के एक आधार में उसे लगा रखा था।

"सुनो, विदुषी शकुन्तला, अपने तत्त्व में हम सभी जीवित रहते हैं, उसमें हम फलते-फूलते हैं। उदाहरण के लिए इस मछली को ही लो। यह जल में प्रसन्न रहती है, बिना किसी चिन्ता के गंगा मैया की गहराइयों में तैरती रहती है। किन्तु ज्यों ही इसे इसके प्राण तत्त्व जल से बाहर निकालते हैं, उस वायु में लाते हैं, जहाँ मैं और तुम सुगमता से श्वास लेते हैं, जीवित रहते हैं, यह मर जाती है।" शब्दों के साथ ही वह सम्पूर्ण क्रिया दिखा भी रहा था। मछली शाँय की ध्वनि करती

हुई जल से बाहर उछली और मेरे पाँवों के पास आ पड़ी। वह बुरी तरह तड़प रही थी, मौत का तांडव करती हुई, नेत्रों में घबराहट और आतंक समाया था।

''यही मृत्यु है। अपने स्वाभाविक वातावरण को खो देना। यदि यह मछली अचानक वायु में साँस लेना सीख जाती, तो यह जीवित रह पाती, इसका एक प्रति-जीवन हो पाता। कुछ प्राणी ऐसा दोहरा जीवन जी पाते हैं, जैसे कि मेढक जो वर्षाकाल में तुम्हारे घर में भर जाते हैं,'' और सच में ऐसा ही होता भी था और मुझे उनसे भय भी लगता था... ''और भी कुछ प्राणी ऐसा कर सकते हैं, जो मृत्यु के बाद भी जीवित रहते हैं क्योंकि वे जीवन के लिए अपनी देह पर निर्भर नहीं होते। मेढक गाँव के पोखर में भी उसी सुगमता से रह लेते हैं जैसे तुम्हारे घर में रहते हैं। ये प्राणी मृतकों और अमृतकों के लोक में समान रूप से विचरण करते हैं...''

उसकी इस व्याख्या ने मुझे सन्तुष्ट नहीं किया। यद्यपि यह तर्कपूर्ण और अविवादित लगती थी। साथ ही इससे डर भी नहीं लगता था, फिर भी यह मुझे बचकानी लगी। निराश हो कर मैं जाने के लिए उठ खड़ी हुई। अपने पाँवों में पड़ी विशालकाय मछली पर मैंने एक अन्तिम दृष्टि डाली। अब तक यह बिल्कुल निश्चेष्ट हो चुकी थी। भोजन के लिए यह तैयार थी, और मैं भी इसे खाने के लिए तैयार थी।

उधर गृह में, कमलिनी ने मेरे लिए गुड़ और तिल का विशेष मिष्टान्न बनाया था। ''ये आपके गर्भधारण में सहायक होंगे,'' उसने कहा, ''हमारे गाँव नन्दनकोट में मेरी माँ ने मुझे इन्हें बनाना सिखाया था।''

''अच्छा, तो इस प्रयोजन सिद्धि के लिए तुम्हीं क्यों नहीं खा लेतीं?'' मेरा स्वर तीक्ष्ण था। ''मुझे विश्वास है मेरी भाँति तुम भी गर्भधारण करने की इच्छुक होगी, लिच्छवी स्त्री! तुम्हें सन्तान की कामना नहीं होती, सुन्दर से पुत्र की?''

''मेरी सन्तान है, नन्हा सुन्दर-सा पुत्र!'' कहते हुए उसकी पलकें झुक गयी थीं, उसके चेहरे पर भावों के ऐसे अन्धेड़ थे कि जैसे वह अभी बिखर कर रो पड़ेगी। ''मैं उसे नन्दनकोट में छोड़ आयी!''

मेरे मन-मस्तिष्क पर ईर्ष्यामिश्रित भय हावी हो गया था। किसका पुत्र होगा वह? क्या सृजन का? कमलिनी कौन है, उसका मेरे पति के साथ क्या सम्बन्ध है? सारे पुराने प्रश्न नयी तीव्रता के साथ मुझे कचोटने लगे।

''तुम अपने पुत्र को छोड़ कर यहाँ कैसे चली आयीं? अपने

निवास से इतनी दूर तुम क्यों आयी हो?" पूछते समय आशंका से मेरी साँस उखड़ने लगी थी। लग रहा था जैसे मेरे पाँवों के नीचे धरती फट गयी हो और एक विशाल गहरी खाई मेरे प्रश्न और उसके उत्तर के मध्य आ पसरी हो।

"इसका कारण मैं नहीं बता सकती," उसने कहा, वह तनिक विचलित नहीं थी, न ही चिन्तित थी। "चाहें तो अपने पति और मेरे आदरणीय स्वामी से पूछ लें। अब यही मेरा निवास है और मेरा पुत्र प्रसन्न और सही हाथों में है।"

अब मैं उस गहरी खाई में गिरती जा रही थी। अपने असमंजस को छुपाने के लिए मैंने यूँ ही कुछ कह दिया, मेरा स्वर काँप रहा था। मैं उपवन में चली गयी। दोपहर के सूरज ने मुझे चौंधिया दिया। मेरी पलकों पर आँसू ठहरे हुए थे। विश्वास नहीं हो रहा था कि यह सब मेरे साथ हो रहा था। मैं जान गयी थी कि चन्दन और मिट्टी की गन्ध कस्तूरी और गुलाब की गन्ध से सुपरिचित है। यह संसार ही एक प्रवंचना है, यहाँ विश्वास कहाँ?

मनीषी कहते हैं कि हमारा एक स्थूल शरीर होता है और एक सूक्ष्म शरीर। मेरा सूक्ष्म शरीर स्थूल शरीर में मिल गया था। मैं जैसे पाषाण हो गयी थी, मेरा पोर-पोर दर्द से कराह रहा था। इस दर्द का न तो मैं सामना कर सकती थी, न ही इसे सामने ला सकती थी। मेरी एकमात्र शरणस्थली वह मन्दिर था, किन्तु मैं वहाँ भी नहीं जाना चाहती थी। अचानक मुझे अग्निचयण अनुष्ठान का ध्यान आया, जब मेरे स्वामी सृजन ने स्वर्ण का वक्षाभूषण पहना था और अपने स्कन्धों पर मृग चर्म धारण किया था। हमने साथ-साथ सोमपान किया था, वे सुख, आनन्द और तृप्ति के पल थे। वे पल अब बीत गये, अब मैं वह स्त्री नहीं रही, हर श्वास-प्रच्छवास जता जाती है कि मैं कोई और हूँ।

मैं शय्या पर लेट गयी, किन्तु पहले यह सुनिश्चित कर लिया था कि सेमल के बीजों भरे मेरे नर्म तकिए के नीचे कौए का कोई पंख तो नहीं है। अपने सिर में धाड़-धाड़ के स्वर के साथ ही हृदय की धकधक मैं सुन सकती थी। ऐसा नहीं हो सकता, मेरी आशंका सत्य नहीं हो सकती।

मैंने कमलिनी को बुला भेजा। उससे मैंने अपने केश सँवरवाये, उन्हें मोगरे के पुष्पों से सजवाया। देह पर सुगन्धित तेलों का लेपन करने का निर्देश दिया। आँखों में अंजन और पाँवों में आलता लगा कर मैं सृजन के शयन-कक्ष में आने की प्रतीक्षा करने लगी। पिछले

कुछ महीनों की अपेक्षा उस रात हमारी प्रणय क्रीड़ा एकदम भिन्न थी। सृजन मेरी उत्तेजक, उद्दाम यौन चेष्टाओं से हतप्रभ थे, मेरी चेष्टाओं का वे उसी उत्साह से प्रत्युत्तर नहीं दे रहे थे, किन्तु मैं तो जैसे किसी अन्य के ही वश में थी। मैं वह शकुन्तला नहीं थी जो सृजन की पत्नी, उनकी सखी और प्राणप्रिया थी। मैं कमलिनी बन गयी थी। उत्तेजना के चरम पर जब हम साथ थे, मेरी मुँदी आँखें, सहरती-सिसकारी भरती मेरी देह मेरी नहीं थी, उसकी थी। सृजन उदास थे। वे सदैव की भाँति संवेदनशील, सहयोगी प्रेमी थे, किन्तु उनके हावभाव में आनन्द नहीं था, सुख की अनुभूति शून्य थी। उनके नेत्र मुझे गहराई से देख-परख रहे थे।

चरम का क्षण आया, तो सृजन अचानक हट गये। "क्षमा करना, शकुन्तला। सम्भवतः आज मेरा जी अच्छा नहीं है।"

नित्य साँझ ढले मैं अपनी आँखों में अंजन उकेरती और देह पर सुगन्धित तेल का लेपन करती। कमलिनी मेरे वक्षस्थल के नीचे चन्दन का लेप लगाती, मेरे केशों को सुगन्धित धूम्र से सुवासित करती। जब वह मेरे केशों को सँवारती, तो उसके चिर-परिचित, विश्वास भरे स्पर्श से मूर्च्छा और जुगुप्सा दोनों भाव मेरे भीतर जगते। रात्रि-क्रीड़ाएँ मेरे मन-मस्तिष्क पर हावी रहती थीं, हर रात मैं अपने स्वामी को लुभाने के लिए वेश्याओं की भाँति कामुक चेष्टाएँ करती, अपने पति को उत्तेजित करने का यत्न करती, किन्तु कोई चेष्टा सफल नहीं हो रही थी। हमारा प्रेम कहीं तिरोहित हो गया था। मेरी पूरी देह में केवल योनि ही जीवित थी, सारा दर्द, आनन्द और आकांक्षाएँ उसी एक रन्ध्र में समा गयी थीं। शेष देह तो आहत और मृतप्राय हो गयी थी, पर उस एक केन्द्र में मैं क्षुधित थी, लालायित थी। मैं अपने पति की देह को सुलगाना चाहती थी, उनकी ऊर्जा चुरा कर, उनको अपने वशीभूत करके उनकी स्वामिनी बनना चाहती थी।

कमलिनी एक तरह से मेरे जीवन से दूर चली गयी थी। जैसे वह अदृश्य हो गयी थी। उसके नेत्र कभी मेरे नेत्रों से नहीं टकराते थे। कुछ कहती भी, तो उसकी दृष्टि मेरे पाँवों पर टिकी रहती। एक सन्ध्या, मैं नदी किनारे भ्रमण कर रही थी, तो दूर किसी के गाने का उदास स्वर मेरे कानों में पड़ा। मैं जानती थी कि कमलिनी गा रही है, यद्यपि यही लग रहा था जैसे नदी पार कोई गा रहा हो। घर वापस आयी, तो वह मेरे कक्ष के बाहर बैठी थी, चुपचाप, सिर झुका हुआ, पर कमर एकदम सीधी।

सुबहों में मेरा मस्तिष्क विचित्र सी भ्रांतियों में उलझा रहता। कभी

सोचती कि भिक्षुणी बन जाऊँ, संन्यास ले लूँ। हमारे धर्म में स्त्रियों के लिए कोई स्थान नहीं है, पर बौद्ध मत तो स्त्रियों को दीक्षा देता है। जी चाहता सृजन की माँ की भाँति केश उतार कर गेरुए वस्त्र धारण कर लूँ, शेष जीवन वैराग्य का पालन करूँ। भ्रमण करूँ, दूर देशों की यात्राओं पर जाऊँ और संसार को प्रत्यक्ष देखूँ। मैं और मेरा भाई विद्वत्तापूर्ण शास्त्रार्थ में उलझें। मैंने सार्वजनिक शास्त्रार्थों के विषय में भी सुना था, जिनमें शंकराचार्य सरीखे महान सन्त दर्शन और तर्कशास्त्र से सम्बन्धित विषयों पर तर्क-वितर्क करते थे। शास्त्रार्थ के प्रतिभागियों के कंठ में नवविकसित पुष्पों की माला पहनाई जाती थी, जिसकी भी माला पहले मुरझा जाती, वह पराजित माना जाता। अपने दिवास्वप्नों में प्रायः मैं गुरेश्वर को पराजित और हतोत्साहित देखा करती थी, उसकी झुकी ग्रीवा में मुरझाई पुष्पमाला होती, जबकि मैं कमल हार पहने विजयोल्लास में उसे देख कर मुस्कराया करती थी।

किन्तु यथार्थ में मैं नहीं जानती थी कि बौद्ध भिक्षुणी बनने के लिए क्या करना होगा। "उठो, और नवजीवन प्रारम्भ करो," भिकुनी ने कहा था। पर कोई यह करे कैसे? सबसे समीप के मठ तक एक दिन में पहुँचा जा सकता था, मगर मुझे नहीं पता था कि वह किस दिशा में है। गाँव के पुरोहित से मैं नहीं पूछ सकती थी, वह तो सनातन धर्म का अनुयायी था और अवश्य मत परिवर्तन से मुझे रोकता।

और फिर, मैं इस विचार को त्याग देती, क्योंकि भिक्षुणी बनना तो कमलिनी के समक्ष पराजय स्वीकार करना होता।

रात में फिर देह की क्षुधा सिर उठा लेती थी। मैं अपने पति की कामेच्छा जाग्रत करने, कामोन्माद से अपने स्वामी पर जय पाने का भरसक प्रयास करती। अपने कक्ष के झरोखे से मैं चाँद को देखती। राका प्रेमियों और उन्मादियों की सहायिका होती है। कृष्ण पक्ष में यदि स्त्री वीर्य-धारण करे, तो सन्तान-प्राप्ति अवश्यम्भावी होती है। हर रात, शयन-कक्ष के लिए तैयार होते समय, अपनी देह और अंगों पर जब मैं सुगन्धित तेलों का लेपन करती, तो स्त्रियों के गर्भ को जीवन का वरदान देने वाली चन्द्रदेवी सिनिवली की प्रार्थना करती : "हे सिनिवली, बीज रोप, अंकुर रोप, ...ताकि दशम माह में तेरी छवि के रूप में मैं सन्तान उत्पन्न करूँ।"

हमारी महाराजिन धनिया ने मुझे आगाह किया था कि गर्भधारण की इच्छुक स्त्रियों को बुरी आत्माएँ और प्रेतादि अपने वश में कर लेते हैं। उसने विशेषकर कानी, लँगड़ी, चीत्कार करती रहने वाली चुड़ैल

अरयि से सावधान रहने के लिए कहा था। अरयि भ्रूण को गर्भ में ही समाप्त कर देती है। उसे दूर रखने के लिए सुबह-शाम मैंने अपने आँगन में लगे तुलसी चौरे पर जल चढ़ाने का निर्णय किया। फिर भी मैं सृजन के वंशबीज को धारण नहीं कर पायी। स्त्री-कक्ष में बासी रक्त से गन्धाते दूर्वासन पर बैठी मैं अत्यन्त पराजित महसूस कर रही थी। कहीं कोई राह नहीं सूझती थी। मैं बंजर रहने को अभिशप्त थी।

उन दिनों मन की शान्ति ढूँढ़ने मैं गौशाला में जाने लगी थी। गायों के नेत्र उदार थे, खूँटे से बँधी रहती थीं वे, दिन में दो बार उनका दूध चुरा लिया जाता, किन्तु वे सन्तुष्टमना थीं। वे भरपूर देना जानती थीं, बाँटना जानती थीं। मैं भी उनसे सीख ले सकती थी, किन्तु मेरे स्तन सूखे थे, जिनसे लग कर सुख पाने वाला कोई शावक नहीं था।

सुबह जल्दी उठ कर मैं गायों को चारा खिलाती, पुरानी घास में नयी घास मिलाती। उनके लिए पानी लाती, और ध्यान रखती कि गौशाला सूखी और स्वच्छ रहे। घास खाते हुए वे परिचित सी ध्वनि करके मुझे उपकृत करतीं। मेरी सहायिका चली जाती, तो भी मैं वहीं बैठी रहती, द्वार के पास पड़े लकड़ी के पीढ़े पर कभी-कभी घंटों बैठी रहती। गौशाला की गन्ध से मुझे अपनी उदास, कठोर माँ का ध्यान हो आता था, जिनकी कमी कभी-कभी आश्चर्यजनक रूप से खलती थी। कभी-कभार मैं उनकी सिखाई ऋग्वेद की ऋचा गुनगुनाने लगती। यह ऋचा वन की देवी अरण्यणी को समर्पित थी :

'हे वन रमणी, हे वन देवी, हे वनवासिनी!
कोई अपनी गौ को पुकारता है,
गोधूलि की वेला में वन से निकलता यात्री एक क्रन्दन सुनता है।
जानता है, देवी तो केवल रक्तपिपासु शत्रुहन्ता है
मनुज मन भर मधुर फल खाता है
और बटोर भी ले जाता है!
हे सुमधुर वस्तुओं की जननी!
तुम बीज धारती हो, किन्तु फलों को स्वयं के लिए नहीं रखती।'

यह अत्यन्त सहज और साधारण सी ऋचा थी, महान देवताओं की प्रशंसा में लिखी अन्य ऋचाओं की भाँति दुरूह या क्लिष्ट न थी। मेरे गाने का स्वर गायों के गले में बँधी घंटियों की समधुर ध्वनि, ऊँघते वृक्षों के पत्तों की सरसराहट, और वनों में वास करने वाले झिंगुर, चिश्चिरों की किकियाहट में एकाकार हो गयी। इसने मेरे आहत मन को सान्त्वना दी। एक दोपहर इस ऋचा को गाने से जब मेरा मन

हल्का हो गया, तो मैंने वन में भ्रमण करने और उस परित्यक्त मन्दिर में जाने का निर्णय लिया। कमलिनी को देखकर मैं अपना जी खट्टा नहीं करना चाहती थी।

जाने से पहले मैंने गायों को थपथपाया। एक धवला गाय दास्यु हमारे सभी पशुओं में सर्वाधिक दूध देती थी। वह मुझे विशेष प्रिय भी थी। उसके शान्त चेहरे पर एक विशेष प्रकार की पवित्रता थी, वह उच्च कुल की भली ब्याहता स्त्री सी प्रतीत होती थी। हाल ही में उसने एक बछड़े को जन्म दिया था, चितकबरे बछड़े को। "विदा, माँ," दुलार से थपथपाते हुए मैंने बहुत हौले से कहा और द्वार बन्द कर दिया। प्रत्युत्तर में उसने अपनी पूँछ हिलाई मानो मुझे विदा कह रही हो।

चैत्र मास के अन्तिम दिन थे। वन्य वृक्षों पर पुष्प आने लगे थे। स्वच्छ नीले, निर्मल आकाश के समक्ष अमलतास के पीले फूल एकदम अलग उठ कर दिख रहे थे। मेरे पाँवों तले बकुल के फूलों की चादर बिछी थी। शीघ्र ही ग्रीष्म ऋतु आ जायेगी, लेकिन इस जाती बसन्त ऋतु में घास गहरे हरे रंग में चमचमा रही थी। मिट्टी की गन्ध से मुझे अपने स्वामी की देह का ध्यान हो आता है, इसीलिए वहीं घास पर लेट कर मिट्टी की गन्ध को मैंने अपनी साँसों में गहरे भर लिया। आकाश में एक गिद्ध मँडरा रहा था। एक पहाड़ी चिड़िया हवा को काटती कभी आकाश की ऊँचाइयों को नापती, तो कभी तीव्रता से डुबकी लगा कर गहराइयों को अपने पंखों में समेट लेना चाहती। मैं पहाड़ी पर बहुत ऊपर पहुँच गयी थी। खड़ी ढलान वृक्षों और लताओं से ढकी थी। नीचे बहती गंगा चमकती रुपहली पट्टिका सी प्रतीत हो रही थी।

मैं पहाड़ से उतर कर मैदानों, शहरों, नगरों और गाँव-बस्तियों से होकर बहती चली जाने वाली नदी के मार्ग की कल्पना में खो गयी। उन सभी नगरों, गाँवों और बस्तियों के विषय में सोचने लगी, जहाँ गुरेश्वर और मेरे स्वामी सृजन जा चुके थे। मैंने सुना था कि मैदानी नदियों में ऐसी मत्स्यकन्याएँ होती हैं जो यात्रियों को मोह कर उन्हें घरबार की स्मृतियाँ भुला देती हैं। ऐसे घड़ियाल होते हैं जिनके उदर में उनका भोजन बने इनसानों के ढेरों आभूषण और स्वर्ण का भंडार होता है। सृजन ने मुझे काष्ठ प्रकोष्ठों, प्रतिष्ठित विद्वानों व प्रसिद्ध वारांगनाओं वाली पाटलिपुत्र नगरी के विषय में बताया था। नर्मदा के किनारे बसी पवित्र नगरी उज्जयिनी के विषय में मुझे मालूम था, जहाँ रह कर कालिदास ने शकुन्तला की कल्पना की थी। मैंने उस अतुलनीय, स्वर्णमयी, शाश्वत, अमर नगरी काशी के विषय में भी सुना था, जहाँ

घोर पापी और दुरात्मा व्यक्ति भी मोक्ष पा जाते हैं। मेरा जी चाहता कि मैं नदी होती, इच्छानुसार बहती फिरती, अपने जल से जग को धो देती।

मैं पेट के बल घास पर लेटी थी, मेरी दृष्टि एक सीधी रेखा में जाती चींटियों पर पड़ी। ये चींटियाँ मन्दिर के मार्ग में बने अपने मिट्टी के दुर्ग की ओर जा रही थीं। चींटियों के बिल नगरों की भाँति होते हैं। कहते हैं महान नगरों के निर्माता वास्तु शास्त्र के प्राचीन मनीषियों ने बहुत कुछ ज्ञान इन्हीं चींटियों से पाया था। मैंने सुना है नगरों में बहुत भीड़भाड़ होती है। मुझे लगता है कि वहाँ रहने वाले नागरिक उन लोगों से नितान्त भिन्न होते होंगे, जिनसे मैं नित्य मिलती हूँ, जिनमें सामान्य शिष्टाचार का भी अभाव होता है। वे धनिक, प्रभावपूर्ण होते होंगे और सदैव शीघ्रता में रहते होंगे। वे घोड़ा-गाड़ियों या रथों में विचरण करते हैं और हाँ, वे हाथियों को घूरते भी नहीं होंगे।

दिन के अधिकांश भाग में मैं वन में भटकती रही। अन्ततः जब मैं मन्दिर पहुँची, तब तक साँझ घिरने लगी थी। धूप उतार पर थी, जैसे आगत अतिथि जाना चाहता हो। मन्दिर की सीढ़ियों पर मैले-कुचैले कपड़े पहने एक अत्यन्त वृद्ध स्त्री को बैठे देख कर मैं आश्चर्य में पड़ गयी। मैं सतर्कता बरतते हुए उसकी ओर बढ़ी, क्योंकि सब जानते हैं वनों में कैसी बुरी आत्माएँ रहती हैं जो स्त्री-पुरुषों को विश्वास में लेकर उन्हें अपना शिकार बना लेती हैं। ऊपर चढ़ते हुए मेरी दृष्टि उसके पाँवों पर पड़ी, वे इतने गन्दे, पुराने और कटे-फटे थे, जैसी कि पत्थर की वे सीढ़ियाँ जिन पर वह बैठी थी। उसकी उँगलियों में घाव हो रहे थे, उनमें गहरी-गहरी काली बिवाइयाँ पड़ी हुई थीं। उसकी गर्दन में रुद्राक्षों की माला पड़ी थी। मुझे देख कर वह असाधारण रूप से प्रसन्न हुई थी। हँस-खँखार कर उसने जैसे अपनी प्रसन्नता दर्शाई थी। वृद्धा के पोपले मुँह पर सादगीपूर्ण स्मित फैला था। साहस करके मैं भी मुस्कुरा दी। उसने अपने हाथ अपने घाघरे के घेरे में डुबो दिये, जैसे कुछ खोज रही हो। अन्ततः उसके हाथ में एक आमलक आया, जो उसने लजीली मुस्कुराहट के साथ मुझे थमा दिया। उसके हाथ तो पाँवों से भी अधिक गन्दे थे, कटे-फटे, नखों में गन्दगी भरी थी, पर मैंने उसकी भेंट को स्वीकार कर लिया और अपने अन्तरीय में बने एक नन्हे से सुन्दर कढ़ाईदार बटुवे में रख लिया।

मन्दिर में ठंडक और शान्ति थी। दीवार की दरार से मैंने मन्दिर के गुप्त कक्ष में झाँका। योनि के चारों ओर फल-फूल अर्पित थे, जलते दीये की नयी बनी लौ से स्पष्ट था कि उसे कुछ देर पहले ही जलाया

गया होगा। मेरे पीछे-पीछे वृद्धा भी मन्दिर में चली आयी थी। क्या यही मन्दिर की रहस्यमयी, असम्भाव्य कर्त्ता-धर्त्ता थी? मैं उसकी ओर पलटी, उससे बात करने की मेरी बहुत इच्छा हो रही थी, किन्तु समझ नहीं पा रही थी कि कैसे उसे सम्बोधित करूँ।

उसकी मोती जैसी आँखें मेरी आँखों में कुछ खोज रही थीं। "मैं तुम्हें जानती हूँ, पुत्री।" उसने कहा।

"किन्तु मैं आपको नहीं जानती, अम्मा।" मैंने प्रत्युत्तर दिया, निश्चय ही मैंने उसे पहले कभी नहीं देखा था।

वह मुझे देखती रही। "तुम्हें सम्भवतः फिर यहाँ रात्रि व्यतीत करनी पड़े। मैं नहीं ठहर सकती, पर तुम सुरक्षित रहोगी।" उसने सधे स्वर में कहा, उसके स्वर में किसी विदुषी का सा गाम्भीर्य था, वह कोई साधारण देहाती स्त्री नहीं थी। वह मुझे देख कर एक बार फिर मुस्कुरायी और धीरे-धीरे चली गयी। मैं अन्तःकक्ष से बाहर आयी और सप्रयास उसे सीढ़ियों से उतर कर वन की ओर बढ़ते देखती रही। आकाश में टँगा नवीन चन्द्रमा अपना रजत प्रकाश अँधेरे में उड़ेल रहा था। घर लौटने के लिए देर हो चुकी थी।

मैं वहीं पाषाण सोपान पर बैठ गयी, जहाँ कुछ देर पहले वृद्धा बैठी थी। मन में जिज्ञासा उठी कि उसकी आयु में पहुँचने पर, जब मेरे केश रजत हो जाएँगे और कमर झुक जायेगी, तो मैं कैसी दिखूँगी? वंश चलाने के लिए क्या मेरे पुत्र-पुत्री होंगे? उन पुत्रों का मेरे साथ क्या भला व्यवहार होगा, उनकी पत्नियाँ मेरा ध्यान रखेंगी? सर्वाधिक भयंकर जिज्ञासा यह थी कि क्या मेरे स्वामी, मेरे प्रिय प्राणेश्वर नयी, युवती पत्नियाँ ले आएँगे और मुझे किसी एकाकी वृद्धा की भाँति वन में रहना पड़ेगा? मनु स्मृति कहती है : "अनुर्वर स्त्री को दसवें वर्ष में त्याग देना चाहिए, केवल पुत्रियों को जन्म देने वाली स्त्री को बारहवें वर्ष में और जिस स्त्री के बालक मर जाते हों, उसे पन्द्रहवें वर्ष में त्याग देना चाहिए।" मैंने स्वयं को कमलिनी के विषय में नहीं सोचने दिया। वह मात्र एक दासी थी। भले ही मेरे स्वामी सृजन ने उसके साथ शयन किया हो, किन्तु वह मेरे लिए संकट नहीं थी। मैंने स्वयं को सान्त्वना देने का प्रयास किया, किन्तु अन्तर में कहीं मैं अत्यन्त भयभीत और शून्य थी।

वन पर रात्रि उतर आयी थी। वन्य ध्वनियाँ तीव्रतर होने लगी थीं। रात्रि में घर से बाहर रहने को लेकर मैं चिन्तित थी। मेरी अनुपस्थिति सृजन को क्रोधित कर देगी, इससे हमारे मध्य दूरी और बढ़ जायेगी।

कल मैं उनसे क्या कहूँगी—वही पुराना झूठ कि भालुओं के भय से मैं पेड़ पर सोई थी? वे मेरा विश्वास नहीं करेंगे। मैं मन ही मन तर्क-वितर्क में उलझी थी कि उन्हें सच-सच बता दूँ, किन्तु इसका परिणाम क्या होगा, तभी मैंने वन से मन्दिर की दिशा में आते प्रकाश के घेरे को देखा। सतर्कता और सभ्यता से प्रेरित होकर मैं तुरन्त गुप्त कक्ष में चली गयी, जहाँ दीये की लौ थरथरा रही थी। मैं इस प्रकार दुबक कर बैठ गयी कि स्वयं छिपे रह कर आगन्तुक को देख सकूँ।

मेरे स्वामी थे। वे अकेले थे, उनके हाथ में मशाल थी। वे मुझे खोजते हुए आये थे। उनसे कुछ पीछे प्रतिवेशी ग्राम के दो व्यक्ति भी थे।

आनन्द और घबराहट से मैं बौखला उठी। "मैं यहाँ हूँ, सृजन, मेरे स्वामी," पाषाण भित्ति के पीछे से निकलते हुए मैंने धीरे से कहा। मशाल के प्रकाश में उनका मुख झिलमिला रहा था। उनका मुख भावहीन था, किन्तु क्रोध के चिह्न कहीं नहीं थे।

"प्रिय मित्रो, आप जाएँ। आपकी सहायता के लिए मैं आभारी हूँ।" उन्होंने ग्रामवासियों से कहा। वे उजड्ड देहाती थे, शीघ्र अपने गाँव लौटने की उत्सुकता उन पर हावी थी। सृजन ने अपने हाथ की मशाल मन्दिर के बाहर धरती में गाड़ दी थी। हवा के झोंकों के साथ मशाल की अग्नि मानो आनन्दोत्सव में रत नृत्य कर रही थी, क्यों न करती, अग्नि और रात्रि एक-दूसरे की विरोधी हैं, तो सहायक भी तो हैं। हम अँधेरे में मौन खड़े थे। नभ में तारे झिलमिला रहे थे। रात्रि की बयार शीतल थी, किन्तु ठंडी नहीं थी। वन में कहीं कौए एक साथ काँव-काँव कर उठे। सम्भवतः कौओं की सभा में कोई गम्भीर वादविवाद चल रहा था। हम बिना एक-दूसरे को स्पर्श किये साथ-साथ खड़े थे। हमारे हृदय एक लय में धड़क रहे थे। हम मौन थे, सजग थे, हृदय भावावेग से भरे थे और हम उनके छलकने की प्रतीक्षा में थे।

कभी भिश्ती को अपनी मशक में नदी से जल भर कर लाते हुए देखा है? यदा-कदा सींवनों से जल छलकता जाता है, जैसे मशक के चर्म को पसीना आ गया हो। बिल्कुल यही हमारी श्वासों, हमारे हृदय की धड़कनों के साथ हो रहा था। एक दीर्घ, तीव्र या गहरी श्वास लेता, तो दूसरे की श्वास मानो उसकी प्रतिध्वनि बन कर उसके आवेग का अनुसरण करती। हम साथ-साथ खड़े थे, मौन, कोई कथन नहीं, कोई विचार नहीं, एक ऐसे पवित्र और गहन प्रेम के आवरण में लिपटे जिसे हटाने का हम साहस नहीं कर पा रहे थे।

समय थम गया था, फिर जैसे किसी और ही लोक में पहुँच गया था। पहाड़ों के पार, बसन्त की आकाशीय बिजली गहरे नीले आकाश में लहरा उठी, किन्तु गर्जना सुनाई नहीं दी। पवन आवेशित था। वरुण देव अपनी विद्युतीय क्रीड़ा में रत थे। अपने मध्य पसरे मौन में मुझे अपने ही केशों की सरसराहट, मेरे कान में उनकी जिह्वा की लपलपाहट और उनके अपने भीतर प्रवेश होने पर अपनी उत्तेजना भरी गुनगुनाहट सब सुनाई दे रही थी।

9

जाने कब रात्रि के सुखस्वप्न दिवस में बदल गये, कब भोर की किरण फूटी और हम गृह को वापस आये। घर में बहुत दबा-घुटा सा माहौल था, क्योंकि वह वहाँ थी, अपने अर्थपूर्ण नेत्रों को लिए। फिर मैंने अपने केश नहीं गूँथे, उन्हें खुला अपने स्कन्धों पर झूलता छोड़ दिया। अपने केशों में जवांकुसुम की कलियाँ सजाती और शिरीष पुष्पों से कर्णफूल बनाती। गर्म दिनों में मैं नीबू के वृक्ष-कुंज में बैठती और नदी को तकती। रात्रि में हम रति सुख में रत होते। हमारी प्रेम क्रीड़ा मधुर व कोमल होती, किन्तु उसमें वह आवेश, वह आवेग नहीं होता था जो उस रात परित्यक्त मन्दिर में था।

सायंकाल मैं गौशाला में जाकर दूध दुहने में सहायता करती। दुधारू गायों के सुडौल थन पकड़ कर मैं गर्म दुग्ध की धार पहले अपनी त्वचा पर लेती, फिर लकड़ी के बर्तन में दुग्ध काढ़ती। ममतामयी दास्यु से बातें करती और उसे अपनी जिह्वा से अपना मुख चाटने देती। गौशाला में बैठी मैं सृजन के विषय में सोचती, यह भी सोचती कि पता नहीं इस बार भी हमारे प्रेम का बीज मेरी कोख में अंकुर बन कर फूटेगा या नहीं, क्या इस बार वह उस बालक का रूप धरेगा जिसकी हमें आवश्यकता है?

एक सन्ध्या, जब मैं गौशाला से घर लौटने लगी, तभी घास से निकल कर एक सर्प दास्यु की ओर बढ़ा। उसके थन के समीप जाकर वह रुका और वहीं कुंडली मार कर वह लोलुपता से दास्यु का दूध पीने लगा। उदारमना दास्यु शान्त थी, शान्ति से अपनी सम्पदा को लुटाती हुई। भय से जड़ होकर मैं न चिल्ला सकी, न सहायता की गुहार लगा सकी। अपनी उदरपूर्ति कर सर्प पुनः वन में समा गया।

अगली सन्ध्या फिर मैं गौशाला गयी। गोबर की तीव्र गन्ध मिट्टी व नीबू की नवमंजरियों की गन्ध में मिल गयी थी। निश्चित समय

पर सर्प पुनः आया, दास्यु के थन से दुग्ध-पान करके चला गया। मैं मन्त्रजड़ित सी देखती रही, इस संकेत को समझने का प्रयास करती रही, किन्तु कुछ समझ न पायी, एक विचित्र-सी अशान्ति ने मुझे घेर लिया।

मैं अपने मछुआरे मित्र कुन्दन के पास गयी और इस दृश्य का अर्थ जानना चाहा। "इसका अर्थ है कि सर्प प्यासा है," उसने उत्तर दिया, "उसे भोजन की आवश्यकता है। इसके अतिरिक्त गाय उदार और विश्वस्त है।" उसने न तो और कुछ कहा, बल्कि मुझे भी अपनी बातों से मछलियों को सजग न करने को कहा।

मैं ग्राम पुरोहित के पास गयी और उनसे इस दृश्य का शुभाशुभ संकेत बताने की प्रार्थना की। वे अधिक सहायक थे। "जो देखने योग्य हो वह देखो, पुत्री, और जो करने योग्य हो सो करो!" उन्होंने कहा। कुछ और इसी तरह की घुमावदार बातें कहने के बाद, उन्होंने मेरी ओर से एक पूजा सम्पन्न करने का प्रस्ताव रखा, स्वर्ग और धरती की आकांक्षा पूर्ति को लेकर पवित्र आह्वान, जिससे किसी स्त्री विशेष के अनुचित प्रयासों का तोड़ हो सके। "पंछी जाल में फँसते हैं और मृग गढ़े में, किन्तु सज्जन पुरुषों के हृदय दुष्ट स्त्रियों के छल-कपट में फँस जाते हैं।" ग्राम-पुरोहित ने अर्थपूर्ण स्वर में कहा। "दुर्भाग्य का तोड़ है। हर इच्छा व दैवयोग के साथ उसका विपरीत और दुविधापूर्ण पक्ष भी है। हम सभी को अपनी स्थिति और स्थान के अनुरूप सर्वोत्तम प्रयास करना चाहिए।" ये वही ग्राम-पुरोहित थे जिन्होंने कुछ समय पहले नदी के ऊपर स्थित मैदान में हुए अग्निचयण अनुष्ठान के लिए हमारे गृह की अग्नि का शमन किया था। मुझे विश्वास नहीं होता था कि इतने कम समय में ही मेरे जीवन में कितना भारी परिवर्तन आ चुका था। "अधर्मियों के साथ संघर्ष में धर्मालुओं की सहायता करने वाली युक्तियाँ भी हैं," ग्राम-पुरोहित कह रहे थे, "और तुम्हारी सहायता के लिए तो मैं हूँ, क्योंकि तुम महान संन्यासी गुरेश्वर की रक्त-भगिनी हो। अपने स्वामी के अँगूठे का नख, उनके सिर का एक केश और हाँ, अपनी प्रतिद्वन्द्वी के वस्त्र का एक टुकड़ा ले आओ। मैं तुम्हारे दुर्भाग्य को पलट दूँगा।"

मैं मात्र उस संकेत का शुभाशुभ जानने गयी थी, किन्तु देखो मैं तो बदला लेने के लिए एक ऐसे पथ पर चल पड़ी थी, जिसमें मुझे विश्वास नहीं था। तथापि दो दिन बाद पुरोहित की बताई वस्तुएँ और दीवार के खोखल में रखे कलश में से कुछ स्वर्ण निकाल कर मैं ग्राम-पुरोहित के पास गयी। स्वर्ण के लिए मेरे उदारमना स्वामी ने मुझे कभी इनकार नहीं किया था।

“सहस्र पुत्रों की माता बनो!” ग्राम-पुरोहित ने कहना आरम्भ किया, “तुम्हारी पुत्री का विवाह यशस्वी राजा से हो!” ये पुरोहित सदैव मुझे हास्यास्पद लगते थे और उनकी ये बेतुकी प्रार्थनाएँ मेरी जुगुप्सा को और बढ़ा ही रही थीं। अपने आह्वान समाप्त करने से पहले उन्होंने गला खँखारा। “ये पथ्य बीज लो। अगली अमावस्या को धरती पर सिन्दूर लगाकर इसे रोप देना। अगली भोर में निराहार मेरे पास आना। तुम्हारे प्रयास अवश्य सफल होंगे!”

पुरोहित के अनुष्ठान पर सन्देह होते हुए भी मैंने उनके कथनानुसार किया। उनके द्वारा दिये गये औषधेय पटुए के पौधे की चमत्कारिक शक्तियाँ माँ ने मुझे बतायी थीं। नवचन्द्र के प्रथम दिन मैंने स्वयं को मन्दिर में पीपल के वृक्ष के नीचे खड़ा पाया, जहाँ ग्राम-पुरोहित अपनी पूजा-अर्चना करते थे। “पवित्र पथ्य रोप दिया?” उन्होंने प्रश्न किया। अभी भी वे कुछ उनींदे से थे और निश्चय ही मुझे विश्वास नहीं था कि वे आकाशीय व धरती की शक्तियों को हिला सकते हैं, कि एक दासी और मेरे मध्य छिड़े एक अज्ञात संघर्ष में मेरा पक्ष लेने के लिए वे धर्म-कर्म के चक्र को चलाने वाली महान शक्ति का आह्वान कर सकते हैं।

मन्दिर के एक ओर गोल हवन-कुंड था। पुरोहित ने हवन की अग्नि प्रज्वलित की, पारम्परिक रूप से दो चकमक पत्थरों को टकरा कर नहीं, अपितु आलस्य और सुविधापूर्ण ढंग से मन्दिर की अग्नि से एक जलती हुई लकड़ी लाकर फूँक मारकर, हवा कर उसे जला दिया।

“अच्छा, बताओ,” उसने अनमने भाव से कहा, “हमें क्या करना है? प्रतिद्वन्द्वी के नाश के मन्त्र पढ़ने हैं शायद। क्या हैं वे मन्त्र?” उसने मन ही मन एक मन्त्र पढ़ा। “नहीं, ये वाला नहीं है!” कुछ देर और प्रयास करने के पश्चात् उसके मुख पर चमक आयी। “चलो, आरम्भ करें!,” उसने कहा और लकड़ी के दो-चार छोटे टुकड़े और शुद्ध घी हवन-कुंड में डालने के पश्चात उसने प्रतिद्वन्द्वी पत्नियों का नाश करने के लिए सप्तवासन का पारायण आरम्भ किया।

“सूर्य की भाँति मेरा सूर्य भी ऊँचा उठे!
मेरी जय हो, और मेरे स्वामी मेरी इच्छाओं के दास हों!
मेरे पुत्र शत्रुविनाशक हों,
मेरी पुत्री पटरानी बने!
मैं अपने स्वामी को जय करूँ,
मेरा जय गान सर्वोच्च हो।

हे देवताओं, मेरी ये भेंट स्वीकार करो!
और प्रतिद्वन्द्वी स्त्रियों से मुझे मुक्ति दो!
सौत विनाशक, एकमात्र पत्नी, यशस्वी विजेता
अन्य की आभा का मैंने हरण कर लिया है!
सभी अबला स्त्रियों का रूप और सम्पदा!
ये अब मेरे हों!''

मन्त्रोच्चार प्रचंड और उन्मादपूर्ण था। उनका सुर, लय और भाव-स्वर सब दोषरहित थे। अन्त में ग्राम-पुरोहित ने पूरी शक्ति से शंख बजाया, मानो एक लम्बी, एकाकीकरण-भेरी बजाई हो जिसकी प्रतिध्वनि पहाड़ियों से टकरा कर लौट आयी थी। किन्तु मेरी परिस्थिति में ये मन्त्र सटीक नहीं थे। ''आपसे त्रुटि हो गयी है,'' मैंने कहना चाहा। ''आपको तो ज्ञात ही है मेरी कोई सन्तान नहीं है। न शत्रुनाशक पुत्र हैं, न पटरानी बनने के लिए कोई पुत्री है।''

''अहां, ये तो है,'' पुजारी सहमत थे। ''चलो, पुनः देखें...'' उन्होंने पुनः आरम्भ किया। हवन-कुंड की अग्नि धुआँ देने लगी थी, मेरे नेत्र जलसिक्त हो गये। और शुद्ध घी, और लकड़ियाँ डाली गयीं और एक बार पुनः अग्नि भड़क गयी।

''चिन्तित मत हो, बहन शकुन्तला, ये मन्त्र सही हैं,'' ग्राम पुरोहित ने मुझे सान्त्वना दी। उनके धीर-गम्भीर स्वर में उदारता झलक रही थी। स्पष्ट था कि मेरी परिस्थिति ने उन्हें द्रवित कर दिया था, और बदले में उनकी चिन्ता ने मुझे भावुक कर दिया।

''धरती की कोख से मैंने ये पौध निकाली है,
जो अत्यधिक शक्तिशाली है
इससे प्रतिद्वन्द्वी पत्नियों का शमन करके पति को वश में करते हैं।
सर्वथा शुभ, अनगिनत पत्तियों वाली,
देवताओं द्वारा प्रदत्त यह यशस्वी पौध,
पतिपत्नी को दूर करके मेरे स्वामी को केवल मेरा बनाये!
उसका नाम मैं नहीं लूंगी : वह इस पुरुष में न रमे
दूर, अत्यन्त दूर वह चली जाए।
मेरी जय हो, और तू, तेरी सदैव जय हो।
मेरी सहपत्नी पर हम दोनों की जय हो।
मैंने तुम्हें प्राप्त किया, तीव्रतर जादू से तुम्हें बाँध लिया
तुम उसी भाँति शीघ्र मेरे पास आओ,
जिस प्रकार गाय अपने बछड़े की ओर लपकती है,

तुम उसी प्रकार मेरे पास आओ,
जिस प्रकार जल अपने रास्ते पर आगे बढ़ता है!''

उसने पूरे अलंकरण के साथ मन्त्रोच्चार पूरा किया और दम तोड़ती हवन-कुंड की अग्नि में एक अन्तिम चम्मच घी डाला। ''अब ठीक है, शकुन्तला बहन?'' उसने प्रश्न किया। ''अब तुम प्रसन्न हुईं?''

''मुझे सन्तान चाहिए। बालक होने से सब ठीक हो जाएगा,'' मैंने उत्कंठा से कहा।

''तुम तो स्वयं ही बालक हो!'' ग्राम-पुरोहित ने परिहास किया, उनके कथन में उपहास नहीं था। ''तनिक ठहरो, मैं कुछ जड़ी और लाता हूँ।'' कह कर वे मन्दिर के पीछे स्थित वन में समा गये। जब बाहर आये तो उनके हाथ में पटुए की कुछ पत्तियाँ थीं, पित्त से अपच तक हर रोग का एक निदान। ''बस सावधानी के लिए,'' उन्होंने कहा और एक बार पुनः मन्त्र गुनगुनाने लगे।

''तुम्हें अपने हृदय म विचारते देखा,
गर्भधारण करने की प्रार्थना करते
आओ, युवती, अपनी संतति को विस्तार दो, हे संततेच्छुक!
पौधों में, जड़ियों में, सभी प्राणी मात्र में उपस्थित
मैंने विकास का बीज संचित कर दिया है
धरती की सारी सन्तति मैं उत्पन्न करूँ,
अब जो भी पुत्र, योद्धा उत्पन्न हों!''

इस बार उन्होंने बिना किसी तामझाम या अलंकरण के बड़ी हड़बड़ी में इस मन्त्र को पढ़ डाला। फिर मेरी बायीं कलाई में दूर्वा घास का गुँथा हुआ कलावा बाँधा और मस्तक पर सिन्दूर-अक्षत लगाया। एक पुष्प मेरे केशों पर रख कर शीघ्रता से मुझे आशीर्वाद देने उठ खड़े हुए।

''सावित्री की अनुकम्पा तुम पर बनी रहे!'' उन्होंने अनुष्ठान समाप्त किया और ऋग्वेद की उच्च गाम्भीर्य पूर्ण संस्कृत छोड़ अपनी मधुर कर्णप्रिय देसी बोली पर आ गये। ''मैं तुम्हारे लिए चिन्तित हूँ, शकुन्तला बहन,'' उन्होंने कहना आरम्भ किया। ''तुम घर-गृहस्थी व अपने प्रतिष्ठित स्वामी से दूर रात-बिरात वनों में विचरण करती हो। उस मूर्ख अधम मछुआरे के साथ बैठी रहती हो। तुमने एक स्त्री और सुशील पत्नी के कर्त्तव्यों को बिल्कुल ही भुला दिया है। महासामन्त सृजन शक्तिशाली हैं, सुसम्पन्न हैं, फिर भी तुम प्रसन्न क्यों नहीं हो?''

मैं क्या कहती? क्या उचित प्रत्युत्तर देती? ''मैं संसार को देखना चाहती हूँ,'' मैंने झिझकते हुए कहा। मेरे अपने कानों को भी ये उत्तर

अनुपयुक्त सुनाई दिया। "पुरुषों की भाँति मैं भी दूर देशों की यात्रा करना चाहती हूँ।"

"अपने चरणों को तो देखो, शकुन्तला!" पुजारी ने गम्भीरता से कहा। "तुम्हारे पाँवों में आलता रची है, बिछुए तुम्हारे वैवाहिक जीवन के सन्तोष को ज्ञापित करते हैं, नूपुर तुम्हारे पाँवों को घर-परिवार में बाँधते हैं। पुरुष स्त्री का स्वामी है। पिता बालिका की बचपन में रक्षा करता है, स्वामी युवावस्था में और पुत्र वृद्धावस्था में स्त्री की रक्षा करते हैं, किसी भी आयु में स्त्री स्वतन्त्र रहने के योग्य नहीं होती, यह संसार का चलन नहीं है। ये तुम्हारा सौभाग्य है कि तुम सम्पन्न स्त्री हो, तुम्हें चिन्ताएँ-दुश्चिन्ताएँ नहीं हैं। अपने सौभाग्य को कभी न भूलना। यह अमंगलकारी है।"

घर पहुँचने तक दिन चढ़ आया था। कमलिनी सृजन के पाँव दबा रही थी। मेरे प्रवेश करते ही वह शीघ्रता से उठी और कक्ष से चली गयी। मुझे देखते ही सृजन का मुख खिल उठा। "प्रियतमे," वे कह उठे, "दिन-प्रतिदिन तुम अति सुन्दर होती जा रही हो। तुम्हारे मुख पर मुझे एक विशिष्ट आभा दिख रही है, गर्भवती स्त्री का सा तेज।"

उस विस्मृत मन्दिर में बिताई प्रेमोन्माद भरी रात मेरे मन में साकार हो उठी। मातृका सन्तान दे कर मुझे उपकृत करेंगी। मुझे ग्राम-पुरोहित की भक्तिपूर्ण पूजा-अर्चना और उपदेशों की आवश्यकता नहीं है। मन में दास्यु और उसके बछड़े का विचार भी आ गया, अचानक ही मुझे स्पष्ट आभास हो गया कि हमारी पुत्री होगी, जिसे हम अत्यन्त लाड़ से पालेंगे। हमारे ऊपर ईश्वर की अनुकम्पा होने वाली है।

इसके पश्चात दिन हल्के हो गये थे, और मेरी इन्द्रियाँ अधिक सजग। अमरूदों के कुंज में तोतों का डेरा था, कोयल की कुहू-कुहू बसन्त के गीत गाने लगी थी। बासन्ती बयार में किंशुक कुंजों की मादक सुगन्ध घुल गयी थी, और लाल पुष्पों से लदे पलाश के वृक्षों से जैसे वन भर गया था। पूरे परिवार में यह सुसमाचार फैल गया कि मैं गर्भ से हूँ। मैंने न इसका अनुमोदन किया, न ही नकारा। मकई की फसल को गाहने के लिए नियुक्त दासी अमला उत्साह से मेरे समीप आयी।

"मेरी एक बहन नीचे नदी के पास रहती है," वह कहने लगी। "वो बता रही थी कि गंगद्वार के मन्दिर के निकट गंगा मैया के बीचोबीच एक शिला है। यह पवित्र शिला सती-सावित्री स्त्रियों की रक्षा करती है और सुरक्षित प्रजनन में सहायक होती है। आप इस मन्दिर में दर्शन करने अवश्य जाएँ, स्वामिनी, और वहाँ पूजा करें।"

तीन महीने से मैं स्त्री-कक्ष में नहीं गयी थी। यह स्वाभाविक ही था कि सब मेरे गर्भवती होने का अनुमान लगा लें, तथापि अपनी स्थिति को लेकर मैं अनिश्चय में झूल रही थी। अपने भीतर मुझे कोई परिवर्तन नहीं लगता था। कोई ऐसा समीप भी तो नहीं था, जिससे इस विषय में कुछ पूछ पाती, न बहन, न माँ, न सास, न सह-पत्नियाँ। भले ही अपने पुत्रवती होने की बात वह मुझे बता चुकी थी, पर नेत्रों में घृणा समेटे धरती को देखते रहने वाली कमलिनी पर मुझे विश्वास नहीं होता था। अमला के अतिरिक्त रसोई बनाने वाली धनिया और कुदरी और थीं, किन्तु मैं न तो उनकी उत्सुकता ही बढ़ाना चाहती थी, न उनसे निकटता।

"अमावस्या के बाद एकादशी को इस शिला पर जा कर आप दूध से अभिषेक करें और पुष्प अर्पण करें," अमला कहती जा रही थी। "मैं स्वामी से कह दूँगी कि यह पूजा करना आवश्यक है।"

सृजन का बायाँ नेत्र और बायें अंग फड़क रहे थे। यह शुभ लक्षण नहीं था, किन्तु फिर भी उन्होंने आग्रह किया कि मैं नियत तिथि पर दर्शन करने जाऊँ। अमला ने दही और शहद मिला पके अनाजों का बना मधुमन्थ मुझे खिलाया और मस्तक पर सिन्दूर और चन्दन लगाया। चलने को उद्यत हुई, तो घबराहट में मेरा दायाँ नेत्र फड़कने लगा, किन्तु अमला ने कहा ये मेरा वहम मात्र है।

10

ऐसा लगता है जैसे कल की ही बात हो। वैशाख की वह शुष्क सुबह थी, पालकी निकलवाई गयी, खेत में काम कर रहे चार कहारों को बुलाया गया। चारों ही मरियल से थे, एक की भौंह पर नीबू के आकार की गाँठ थी। कमलिनी और मैं कपड़े और खपच्चियों के परदों से ढके नक्काशीदार लकड़ी के बक्से में जा बैठे। कमलिनी इतनी लम्बी थी कि ठीक से पालकी में समा भी नहीं पा रही थी। उसकी असुविधा मुझे बहुत भली लग रही थी।

ऊबड़-खाबड़ रास्तों के हिचकोलों के बीच हम आगे बढ़ रहे थे। हमें कन्धों पर उठाये पहाड़ी उतरते कहार कोई गीत गाने लगे। मधुर, उदास-सा गीत, जैसे हमारे अन्य पहाड़ी गीत होते हैं। मैंने अपने पीछे पगडंडी को पार करते एक एकाकी मोर को देखा।

यात्रा शुरू किये अधिक देर नहीं हुई थी कि मुझे लघुशंका की तीव्र इच्छा होने लगी। मैंने कहारों को ठहरने का आदेश दिया। पालकी से उतर कर मैं पगडंडी के किनारे उगी लम्बी घास के बीच समा गयी। ग्रीष्म की धूल भरी हवाओं के बीच भी चमकती, काँपती नदी दीख पड़ रही थी। सामने की पहाड़ी पर मुझे अपना गृह दिख रहा था, जहाँ हमारी पुत्री बड़ी हो कर स्त्रीत्व को प्राप्त करेगी, जहाँ हमारे पुत्र शौर्य और पराक्रम की राह पर चलना सीखेंगे। गौशाला में बँधी अपनी गायें, पिछवाड़े स्थित उद्यान में लगे गुलाबी अमरूद, और घर के सामने फूलों से लदे जवाँकुसुम के कुंजों का दृश्य मेरे नेत्रों के सामने उभर आया। पालकी में लौट कर आयी, तो मेरा हृदय सुख-सन्तोष से परिपूर्ण था।

दोपहर बाद हम उस मोड़ पर पहुँचे थे, जिसके बारे में अमला ने मुझे बताया था। वहाँ से सीधी ढलान पर बनी पगडंडी नदी तक जाती थी। मैंने कहारों को वहीं रुक कर अपनी प्रतीक्षा करने के लिए कहा।

मुझे वहाँ अकेले ही जाना होगा। अपनी सन्तान के लिए प्रार्थना करते समय मैं कमलिनी को साथ नहीं रखना चाहती थी। मैंने पाया गृह और सृजन से दूर होने पर मैं कमलिनी को सहज ही आदेश दे पा रही थी। कहना न होगा मैं कभी अपने गृह से इतनी दूर नहीं गयी थी—मैदानों की ओर तो कभी नहीं।

यहाँ किनारा पथरीला था, रेतीला नहीं। इसके चिकने श्वेत पत्थर मेरे नग्न पाँवों को तपते अंगारों से लग रहे थे। किन्तु नदी का जल शीतल और आमन्त्रण भरा था। नदी मेरे पाँवों से लिपट मुझे अपनी ओर खींचे जा रही थी, मानो खिलंदड़े सर्प मेरे पाँवों से रेंगते, लिपटते मेरी टाँगों पर ऊपर चढ़ते जा रहे हों। मैंने अपने भारी और दुर्वहनीय चाँदी के नूपुर नदी तट पर ही उतार कर रख दिये थे। अचानक मैं स्वतन्त्र हो गयी। जब घर लौटने का समय होगा, तो उन्हें पुनः धारण कर लूँगी।

मन्दिर तक जाने के लिए लकड़ी और शिलाओं का एक कामचलाऊ सा पुल है, जो लहरों के थपेड़ों से थोड़ा ही ऊपर निकल रहा था। किसी तरह दूध से भरे मटके को सिर पर और हाथ में पुष्प भरी टोकरी सँभालते, लड़खड़ाते हुए मैं वहाँ पहुँची। सूरज पूरे तेज पर था, धूप से मेरी आँखें चौंधिया रही थीं। जहाँ तक दृष्टि जाती थी, दोनों ओर बस विशाल समतल भूमि दिखाई पड़ती थी। सब कुछ सर्वथा भिन्न था। छोटी-छोटी झाड़ियाँ और गोलमटोल दबके से पेड़ हमारे वनों की भाँति आकाश से होड़ लेते लगते ही नहीं थे। गंगा भी बदल गयी थी। अब वह पहाड़ों वाली चंचला नदी नहीं रही थी, वह धीर-गम्भीर, परिपक्व, आत्मविश्वास से परिपूर्ण, शक्तिशालिनी नदी हो गयी थी। दूर क्षितिज पर जहाँ नदी आकाश में एकाकार हो जा रही थी, वहाँ पवन में लहराता एक श्वेत पाल मुझे दिखाई दे रहा था।

फिसलन भरी शिलाओं पर पग धरती मैं आगे बढ़ी। एक सपाट, ऊबड़-खाबड़ सी शिला पर नदी के काले पाषाण का शिवलिंगम स्थापित था, जिस पर प्राकृतिक तौर पर तीन शुभंकर रेखाएँ उकरी हुई थीं। इसे नर्बदेश्वर कहते हैं, यद्यपि यह किसी भी प्रकार नर्बदा नदी से लुढ़क कर यहाँ नहीं आ सका होगा। इसके सामने खड़ी अचानक ही इसके साधारणपन से मैं संज्ञाशून्य हो गयी, पल भर को मैं समझ न पायी कि मैं यहाँ क्यों आयी हूँ। फिर मुझे ध्यान आया और मैंने पुष्प अर्पित किये, लाल जवाँकुसुम और पीले चम्पक पुष्प, और ममतामयी दास्यु के दुग्ध से अभिषेक किया। अपनी सारी श्रद्धा और पूरे कर्मकांड

के साथ मैंने शिवलिंग का दुग्ध से अभिषेक किया, सायास उच्च पवित्र विचारों को मन में लायी। किन्तु जितने भी वैदिक मन्त्र व प्रार्थनाएँ मुझे ज्ञात थे, वे सब के सब मेरे स्मृति-पटल से जाने कहाँ तिरोहित हो गये थे। मुझे कुछ याद नहीं था। स्मृति-पटल पर केवल एक बिम्ब उभर रहा था, वह था उस परित्यक्त मन्दिर के मार्ग में स्थित चींटियों का बिल और घास पर नियमनिष्ठ पंक्ति में जाती चींटियाँ।

शिलाओं पर थपेड़े मारती, काले पाषाण को चूमती-चाटती लहरों की ध्वनि मुझे सुनाई दे रही थी। सूर्य की किरणों से जल चमक रहा था, लहरें मानो एक-दूसरे को पकड़ने को भाग रही थीं। ऐसे मुखर मौन से मैं अपरिचित थी, जल की ध्वनि का स्थान कोई नहीं ले सकता, पक्षियों की चहचहाहट भी नहीं। संसार इस तरह कभी केवल मेरा नहीं रहा था, यहाँ तो मैं नितान्त अकेली थी, कोई साथ था तो बस नीचे बहती नदी, तट पर स्थित शिलाएँ और ऊपर विशाल आकाश। मेरी आँखें कुछ समय पहले नदी में देखी नाव के श्वेत पाल को खोजने लगीं, परन्तु वह कहीं दृष्टिगोचर न हुई।

मैं तट पर लौट आयी। जाने से पहले मैंने नदी के पार देखा, क्षितिज में, जहाँ संसार का अन्तिम छोर हो सकता था या कोई महान नगर, काशी या पाटलिपुत्र। अपने पीछे मैंने मद्धिम-सी छपाक की ध्वनि सुनी और एक हँसी का स्वर। मैं पलटी। नदी किनारे एक पुरुष खड़ा था। मेरे नेत्र पहले ही नदी के निर्मल जल पर पड़ते सूर्य के प्रकाश की चौंध से चुँधियाए हुए थे, और जब उस पर दृष्टि पड़ी तो जैसे मेरा सिर घूम गया। सम्भवतः अचानक उसे वहाँ देखने से सदमा लगा था, मेरे, नदी और आकाश के सिवा बस एक वही वहाँ था। उस पल की अन्तरंगता लगभग वर्जित थी। वह नाटा था, उसकी जाँघें मांसल और पिंडलियाँ सुगठित थीं, और ऐसे घुँघराले बाल तो मैंने कभी देखे ही न थे। उसका जैसा पहरावा मैंने कभी किसी पुरुष को पहने नहीं देखा था : पाँवों में विचित्र-सी ऊपर को मुड़ी पादुकाएँ थीं जो टखनों पर बँधी थीं, वह छोटा-सा कंचुक पहने था, कमर में चर्म-मेखला बँधी थी। वह एकदम चिन्तामुक्त, उतावला व प्रसन्नमना प्रतीत हुआ, उसके चौरस दृढ़ मुख पर विस्मयभरा उल्लास था और मैं अनायास ही जान गयी थी कि वह बहुत दूर से और बहुत से देशों की यात्रा करके यहाँ पहुँचा है। वह मुस्कुराया। उसकी मुस्कुराहट ने मुझे मोह लिया।

मैं उसकी ओर बढ़ चली। उसके समीप ही एक तेजस्वी अश्व खड़ा था, उसके उन्नत मस्तक पर एक बड़ा-सा श्वेत चिह्न है। उस पुरुष ने

कुछ नहीं कहा, न अभिवादन किया, न पूछा कि मैं कौन हूँ। एक हाथ से अश्व की रास थामी और दूसरे से उसने मुझे अपने निकट खींच कर चूमना आरम्भ कर दिया। हमारी जिह्वाएँ मिलीं और नदी की लहरों की तरह एक-दूसरे से लिपट गयीं। यह संसार भर की सम्भवतः सर्वाधिक स्वाभाविक एवं अदमनीय क्रिया है। मेरा मस्तिष्क हाथ में लिए मटके की भाँति ही रीता और नभ की तरह विस्तृत महसूस हुआ। मैं जानती थी कि ऊपर कहीं पहाड़ी पर कमलिनी कहारों के साथ मेरी प्रतीक्षा कर रही है। किन्तु उस पल यह किसी अन्य जीवन का नितान्त अनावश्यक एवं मूर्खतापूर्ण विचार प्रतीत हुआ।

उसने प्रश्न जैसा कुछ पूछा। मैं उसकी भाषा समझ न सकी। मेरे असमंजस को भाँप कर वह प्राकृत बोलने लगा, एक-एक शब्द को वह अत्यन्त धीमे, सावधानीपूर्ण, मगर अपरिचित से उच्चारण में बोल रहा था। वे मात्र ध्वनि बन कर रह गये, जैसे पंछी उड़ रहे हों। मैं भली भाँति समझ भी न पायी कि उनका क्या अर्थ है। अश्व की रास थाम उसने इसे निकटस्थ झाड़ी की एक शाख से बाँध दिया। वह मेरे पीछे है, उसकी तप्त साँसें मेरे कानों में गुनगुना रही हैं। इस अपरिचित की आँखें स्लेटी हैं, या सम्भवतः नीली? वे आकाश में छाये उन बादलों सी थीं, जो अपनी दिशा, अपना लक्ष्य तय न कर पाये हों। बिजली से चमकते बादलों की तरह उनमें गहरी काजल की रेखा खिंची थी, नेत्रों के विचित्र रंग को उभारता अंजन। हम नदी के तट पर लेट गये। आकाश में सूरज अपनी पूरी तीव्रता के साथ चमक रहा था। कामोत्तेजना भड़काने के लिए नियत क्रियाओं को हमने छोड़ दिया, न कोई नख-दन्त क्षत लिये दिये गये, न कोई लुभावने और न ही चंचल, नटखट स्मित। हम इस तरह एक-दूसरे से लिपट गये थे, जैसे बिल में ख़रगोश हों। उसने स्वयं को मेरे भीतर रिक्त कर दिया, मेरी योनि पर आनुष्ठानिक नैवेद्य अर्पण किया। मैंने स्वयं को कभी इतना अकेला अनुभव नहीं किया था, नितान्त मैं, केवल स्वयं में लीन, प्रत्येक परिचित व्यक्ति और वस्तु से कटी हुई। मेरा जीवन परिवर्तित हो चुका था। जहाँ से आयी थी, अब वहाँ वापस नहीं जा सकती थी।

मेरे शरीर का पोर-पोर जी उठा था और इस पर भी मैं सन्तुष्ट और तृप्त थी। इस चरमानन्द के लिए मैं बिल्कुल तैयार नहीं थी। इसने मेरे जीवन और नियति को चुनौती दे डाली थी, इसे कर्त्तव्य और धर्म के पथ से डिगा दिया था और अकस्मात ही मेरे जीवन को मेरे अपने हाथों में सौंप दिया था।

"मेरा नाम नीरकस है और मैं ग्रीस, अर्थात् यवन प्रदेश का हूँ," उसने मुझे बताया। उसकी बात समझना मेरे लिए अत्यन्त श्रमसाध्य था। 'नीरकस,' मैंने उसका नाम दोहराया। यवनों के बारे में मैं बस इतना जानती थी कि वे म्लेच्छ होते हैं, अपवित्र विदेशी, जिनकी उपस्थिति मात्र उच्चवर्णों में उत्पन्न व्यक्तियों की प्रार्थना व पवित्रता को दूषित कर देती है। "मेरे साथ चलो, जल-देवी," वह कह रहा था, "मैं सदैव तुम्हारे जल में सिक्त रहना चाहता हूँ।"

इस कथन में न केवल अतिशयोक्ति व कपट झलक रहा था, अपितु यह हास्यास्पद भी प्रतीत होता था, किन्तु उस ठहरे हुए पल में मुझे उस पर पूरा विश्वास था और सम्भवतः उसे भी। वह मेरे कानों में कुछ बुदबुदा रहा था, पर किसी अन्य भाषा में। उसकी यवन श्वासों की गन्ध मीठी थी, देवदारु फल और अन्य हरी वस्तुओं की गन्ध उसमें समायी हुई थी। उसके होंठों ने मेरे कान की लौ को छुआ, तो कामेच्छा से मेरे भीतर विचित्र सी तरंगें उठने लगीं। फिर उसके मुख ने मेरे मुख को ढाँप दिया। चुम्बन इतना लम्बा और गहरा था कि अन्ततः जब मैंने स्वयं को अलग किया तो मेरा कुछ अंश सदैव के लिए उसके भीतर रह गया था।

वह युवा था, धूप ने उसकी रंगत को गहराया ही था, पकाया नहीं था। उसके केश और चिबुक पर निकले आये नर्म रोएँ सुनहरे भूरे थे, लोमड़ी के बालों की भाँति। मैंने कोमलता से उसके कपोल थपथपाये, तभी शकुन्तला नाम की स्त्री की स्मृति, उसका जीवन मेरे सामने आ खड़े हुए। मेरे भीतर दो स्वर उभरे। एक ने मुझे इस प्रवंचना, वैवाहिक प्रेम के इस उपहास को छोड़ घर लौट जाने का परामर्श दिया। दूसरा स्वर, जो लोलुप भँवरे की भाँति मेरे कानों में गुनगुन कर रहा था, उसने मुझे शीघ्रातिशीघ्र और दूर से दूर भाग जाने की राय दी, कि कहीं अन्य जीवन के घुसपैठिए कमलिनी और कहार मुझे खोजते वहाँ न आ जाएँ।

मैंने नदी की ओर देखा, जैसे उसकी लहरों में मुझे अपना समाधान प्राप्त हो जायेगा, और मेरी दृष्टि अपने चाँदी के नूपुरों पर पड़ी जिन्हें मैं तट पर छोड़ गयी थी। यवन के आलिंगन से स्वयं को मुक्त कर मैं उन्हें उठाने को झुकी। उनके चिर-परिचित भार ने मेरे पाँवों को रोक दिया और मैं फिर से शकुन्तला बन गयी। जब मैं घर के रास्ते पर आगे बढ़ी, तो नूपुर खनक उठे।

"लौट आओ, नदी की देवी!" यवन वासना से अभिभूत हो कर बोला। मैंने मुड़कर नहीं देखा। "मैं जानता हूँ तुम लौट आओगी," वह

कह रहा था। "कल, हाँ, तुम मेरे पास आओगी। मैं यहाँ, नदी किनारे तुम्हारी प्रतीक्षा करूँगा।" एक कर्कश प्रतिध्वनि उसके शब्दों को मेरे पास लौटा लायी, जैसे लहरों का दबा स्वर हो।

कहार सो गये थे। वे गहरी नींद में विभिन्न मुद्राओं में पड़े थे, मुख खुले, उनके खर्राटों का स्वर दूर बहती नदी के स्वर में डूब रहा था। मैंने उन्हें देखा, अनिश्चय से।

कहारों में सबसे बड़ी आयु के मनोमथ के मुख में एक मक्खी घुस गयी। वह चौंक कर उठ बैठा, खाँसता। मैं पालकी की ओर बढ़ी। कमलिनी अन्दर ही बैठी थी, और बाँस के बने भीतरी भाग में कस्तूरी और गुलाबों की गन्ध भरी हुई थी। अलसाये नेत्रों से उसने मेरी उपस्थिति को दर्ज किया। थोड़ा-सा एक ओर हट कर उसने मेरे लिए स्थान बना दिया। इस भंगिमा में चिढ़ाने वाला भाव भरा हुआ था। मेरे अधरों पर अभी तक यवन के चुम्बनों का स्वाद था।

हिलती-डुलती पालकी में बैठे जब हम घर की ओर चले, तब तक साँझ ढलने लगी थी। घर पहुँचने तक अँधेरा हो गया था। सृजन व्यस्त से थे। उन्होंने त्वरित औपचारिकता के साथ मेरा स्वागत किया, उनके नेत्र मुझसे ऊपर, पीछे कहीं देख रहे थे, जहाँ वह खड़ी थी। हम अपने कक्ष में लेटने चले गये, एक-दूसरे के स्थान पर अपने प्रेम की छायाओं का सामना करते हुए। यवन के स्पर्श से तप्त स्थलों को सृजन के अधरों ने रगड़ दिया। मेरी देह को खोजते, प्रेम करते समय वे मुझे ढूँढ़ रहे थे या मेरी दासी कमलिनी को?

मैं नहीं जानती। मुझ पर मेरी इच्छाएँ हावी थीं, सृजन की सुविधा की ओर से मैं बेपरवाह थी। हमारी कामुकता के चरम पर वे पीछे हट गये। "तुम गर्भ से हो, शकुन्तला," उन्होंने कहा "यह प्रेम करने का काल नहीं है।"

उन्होंने मुझे अपनी बाँहों में समेट लिया। मैं शान्त हो गयी थी, उनके श्वास-प्रच्छवास की लय को सुनती, हर श्वास प्रच्छवास का लगभग दुगुना होता था। चुपचाप से कि कहीं वे जग न जाएँ, मैं शय्या से उठी। दीवार पर रखा तेल का दीया कबका बुझ गया था। मैं कक्ष में घूमी, चिर-परिचित एक कोने से दूसरे कोने तक, गवाक्ष तक गयी। बाहर, रात्रि के स्वर सुनाई दे रहे थे, शहतूत के पेड़ पर बैठा उलूक, तट पर पछाड़ें खाती नदी। मेरे नूपुरों की खनक ने मेरे पति को जगा दिया। सोते-सोते ही उन्होंने मुझे पुकारा।

मैं उनके पास वापस नहीं गयी। रात्रि और नदी मुझे बुला रहे थे,

किसी अनजान के प्रति मेरी पुरानी तृष्णा भी मुझे खींच रही थी। सृजन फिर सो गये, मेरी अनुपस्थिति से बेखबर। भोर होने तक मैं जगी रही, तब थोड़ी देर के लिए मैं उनके समीप जा कर लेट गयी। "आज सुबह मैंने एक स्वप्न देखा," पति के जागने पर मैंने उनसे झूठ बोला। "मुझे एक बार और गंगद्वार मन्दिर जाकर पूजा करनी होगी।"

धनिया मेरे लिए एक उपहार लायी थी। पिंजरे में बन्द काले पंखों और अभेद्य आँखों वाली एक मैना। पिंजरा बाँस और मुड़ी बेंत का बना था। "अब आप घर पर ही रह कर इसे बोलना सिखाना," धनिया ने उत्साह से कहा! "इस स्थिति में आपको अकेले पहाड़ों में नहीं घूमना चाहिए।"

गवाक्ष से मुझे आकाश दिख रहा था। ये स्लेटी था, कुछ-कुछ नीला सा, यवन के नेत्रों के समान। "मुझे फिर से गंगद्वार जाना है," मैंने अपने पति से कहा।

"कल नहीं जा सकतीं?" उन्होंने पूछा।

"कल तो बहुत देर हो जायेगी," मेरा उत्तर था।

अमला को बुलाकर गाँव से कहारों को लाने के लिए कहा गया। "अभी भी समय है," मैंने स्वयं से कहा। मैंने अपने आसपास देखा, इस परिचितता में अब सुख नहीं था, मेरी दृष्टि ऐसी थकी सी थी जितनी बाँज की लकड़ी की बनी घर की देहरी थी। यहाँ मुझे रोकने के लिए क्या था? सृजन का प्रेम नहीं, वह तो मैना की चटर-पटर के समान ही झूठ है।

"तुम गर्भ से हो," मेरे भीतर से एक स्वर उभरा। "अभी भी समय है।"

मैना कुछ-कुछ बोलने लगी। धनिया ने उसके पिंजरे में अमरूद की एक फाँक रख दी थी। 'पिंजरे में प्रेम है, क्रोध में प्रेम...' वह गा रही थी। यह गीत मैंने पहले कभी नहीं सुना था। यह क्या जानती है? जानती भी है तो मेरे ऊपर इसका कोई प्रभाव क्यों नहीं पड़ रहा? मैना चिल्लाई। इस सारे कोलाहल से मेरा सिर घूमने लगा था।

"कमलिनी को भेज, मेरे बाल सँवारेगी," मैंने धनिया से कहा। यह मुझे पता था कि मैं सुन्दर दिखना चाहती थी। अपने स्तनों पर मैंने चन्दन का तेल लगाया, और अपने साथ ले जाने के लिए एक रेशमी अन्तरीय भी रख लिया। "कपड़े गीले हो सकते हैं, नदी का क्या भरोसा," मैंने मन्द स्वर में कहा, यद्यपि धनिया ने कुछ पूछा नहीं था।

कमलिनी कंघी ले कर आयी और मेरे बाल सँवारने लगी। उसकी

उँगलियों में झल्लाहट भरी थी। वह मेरे केशों को इस तरह खींच रही थी कि मैं पीड़ा से चिल्ला पड़ी। "आराम से नहीं कर सकतीं?" मैंने डाँटते हुए कहा।

"मैं अस्वस्थ हूँ," कमलिनी ने भावहीन स्वर में कहा, "आप गंगद्वार अमला या कुदरी को नहीं ले सकतीं?"

इस चिढ़ाने वाली बात पर मैं क्रोध से भर उठी। "जिससे कि तुम यहाँ अपने स्वामी के साथ अकेली रह सको?" मैंने तीक्ष्णता से कहा। मैं बाण छूटे धनुष की डोरी के समान काँप रही थी।

"उनका ध्यान खींचने की मुझे आवश्यकता नहीं है," उसने धृष्टता से कहा। "आप कहती हैं तो मैं चलूँगी।" जब हम चलने लगे, तो मैंने मुड़ कर घर को देखा। अमला और धनिया बाहर खड़ी बातें बना रही थीं। वे पालकी में मेरा रेशमी अन्तरीय रखना भूल गयी थीं।

और सृजन, वे कहाँ थे? मुझे उनसे मिलने की तो प्रतीक्षा करनी चाहिए थी, कि वे मुझे जाते हुए देखते। पर अब मुझे जाने की शीघ्रता थी।

कहार मौन थे, फिर मैंने ही सिर निकाल कर उनसे गाने के लिए कहा। उन्होंने मेरा मान रखते हुए माँ का घर छोड़ कर जाती नववधू की विदाई का गीत गाया। सूरज के चढ़ने से पहले ही हम नदी किनारे पहुँच गये थे। "तुम अस्वस्थ हो, तो अच्छा होगा कि यहीं विश्राम करो," मैंने व्यंग्य से कमलिनी से कहा। उसने उबासी ली और लेट गयी।

मैं पगडंडी से नीचे उतरी। नदी पर पहुँची, तो उसकी हँसी सुनाई दी। अपने चाँदी के नूपुर उतार कर मैंने उन्हें जल में फेंक दिया और उसकी ओर दौड़ गयी। यवन मुझे अपने अश्व की ओर ले गया। एक झटके में सुघड़ता से वह अश्व पर सवार हुआ और मुझे अपने पीछे खींच लिया। मेरी भुजाएँ उसकी कटि में बँधी चर्म-मेखला पर कस गयीं, शीघ्र ही मैं पशु की गति की लय में बँध गयी। उस पथरीले तट पर मैं शकुन्तला और उसकी स्मृतियों को छोड़ आयी थी।

11

पहाड़ हमारे पीछे छूटते जा रहे थे, अश्व के हर पग के साथ वे दूर, और दूर होते हुए हल्के नीले धब्बे में बदलते जा रहे थे। केश उड़-उड़ कर मेरे मुख पर आ रहे थे, तीव्र भावातिरेक जिसमें शायद थोड़ा दुख भी था और गर्म वायु की चुभन मेरे नेत्रों को जलसिक्त किये दे रही थी। मैंने यवन के कन्धे पर लटके चर्म जलपात्र को निकाल कर लोलुपता से अपनी प्यास बुझायी। पात्र में जल नहीं था, अपितु अत्यन्त मधुर, स्वादिष्ट मदिरा थी। मेरी इन्द्रियाँ पहले से ही तृप्ति की मादकता से शिथिल थीं, अब मदिरा की सुखद मादकता ने इन्हें शान्त भी किया और उत्तेजित भी। यवन की कटि पर मेरी पकड़ कस गयी और मैं उसकी पीठ से चिपक कर बैठ गयी। वह हँस पड़ा, उसने कुछ कहा—कोई निर्देश या प्रेम भरी बात, मुझे पता नहीं। मैदानी क्षेत्र में घोड़ा तीव्रता से दौड़ रहा था।

नदी तट से हमने पलायन किया था, तब दो प्रहर बीत चुके थे। गंगा के टेढ़े-मेढ़े पथ का अनुसरण करते हुए हम एक बहुत बड़े, चौड़े मार्ग पर आ पहुँचे, जहाँ से आगे दो राहें हो जाती थीं। नीरकस अश्व से उतरा। मैं भी लड़खड़ाती हुई उतरी और हाथों से अपने अस्त-व्यस्त कपड़ों की धूल झाड़ी। वह कुछ प्रार्थना सी कर रहा था, फिर उसने एक पत्थर उठा कर अपने पीछे फेंका। ''जहाँ तीन रास्ते मिलते हैं, वहाँ पाताल की देवी हीकेट पथिकों के मार्ग को सुगम बनाती हैं,'' उसने मुझे समझाया। ''हीकेट उन्हें भूत, वर्तमान और भविष्य से ले जाती है।''

पर अब मेरे साथ भूत या भविष्य की धारणा शेष नहीं रही थी। हवा से भी हल्का मेरा हर पल स्वयं में ही जीता था, पहले या बाद के पलों से उसका सम्बन्ध नहीं था। जब वह बोल रहा था, तो मैं उसे

देख रही थी, उसके जलपात्र की मदिरा पीने से मेरी इन्द्रिया तीक्ष्ण हो गयी थीं। उसके छोटे से कंचुक के ऊपर एक कढ़ाईदार लबादा पड़ा था। चर्म-मेखला में एक कटार और चाबियों का गुच्छा लटका था। उसकी धूप में झुलसी गर्दन में स्वर्ण माला पड़ी थी, कनिष्ठिका उँगली में एक अँगूठी चमक रही थी। यह बात बुद्धि से परे थी, किन्तु फिर भी स्वाभाविक लगती थी कि मैं उसके साथ रहूँ, उसकी त्वचा के स्वेद को चखना चाहूँ।

उसने अपनी उँगली से अँगूठी उतारी। ''इसे ले लो,'' उसने कहा। ''मेरे समान यह भी तुम्हारी है।'' मैंने अँगूठी पहन कर देखी, किन्तु मेरे लिए यह बहुत बड़ी थी, मैंने अँगूठी उसे लौटा दी।

''यह अँगूठी मेरे पिता की है,'' उसने अश्व पर सवार होकर मुझे थामने के लिए हाथ बढ़ाते हुए कहा। ''उन्हें लीबिया के रेगिस्तान में देश निकाला दे दिया गया था। जाने से पहले उन्होंने मुझे यह अँगूठी दी। मैंने फिर उन्हें जीवित नहीं देखा।''

मैंने उसका हाथ थामा और उसके पीछे सवार हो गयी। अश्व दौड़ पड़ा, जैसे हम कभी रुके ही न हों।

''यह रेगिस्तान क्या होता है?'' मैंने पूछा। ''और लीबियाई रेगिस्तान क्या हैं?''

''यह अफ़रीद के रेतीले मैदान में एक स्थान है।'' यवन ने बताया। ''मेरे पिता को निकाला दिया गया, तब मैं ग्यारह बरस का था, मैं एक भले सम्भ्रान्त व्यक्ति के अश्व की देखरेख करने लगा। मैंने उनके एक बिगड़ैल अश्व को पालतू बना दिया, तो उनका प्रिय सेवक बन गया, उनके साथ अफ़रीद और एजिप्टस की यात्रा करने लगा। फिर हम मैग्ना ग्रेसिया और फ़ारस होते हुए सेरिंडिया आये। मैं उनका प्रतिनिधि बन गया, उनकी ओर से हर प्रकार की वस्तुएँ लाने, ले जाने लगा। मेरे स्वामी की मृत्यु हो गयी, तो मैं यहीं रह गया, अश्वों का क्रय-विक्रय करता हूँ। मैं और मेरा साथी, आर्यन, जिसकी पीठ पर तुम सवार हो, हमने इस धरती को ही अपना लिया है।''

वह रुक-रुक कर बोल रहा था। हवा और अश्व की गति के कारण उसके शब्द पीछे छूटते मार्ग पर गिरते जा रहे थे। मैंने उससे और प्रश्न नहीं किये, क्योंकि जिन वस्तुओं व स्थानों का वर्णन वह कर रहा था, मेरी कल्पना में उनका कोई चित्र न था। इसके स्थान पर मैं आसपास देखने लगी। जिन सड़कों पर हम चल रहे थे, वे समीप की पगडंडी की अपेक्षा थोड़ी-सी ऊँची थीं। इनके किनारे रेतीले गढ़े थे

और फिर सावधानीपूर्वक रक्षित खेत थे। खेतों की रक्षा करने के लिए डंडों पर बने बजूके थे। हम कच्चे-पके फलों से लदी गाड़ियों को पीछे छोड़ते चले जा रहे थे। सड़क के किनारे छायादार वृक्ष थे, जो दोपहर के सूरज के अतिशय ताप से हमें बचाये हुए थे।

साँझ घिरने तक हम गंगा के किनारे स्थित एक सराय में पहुँच गये थे। प्रवेश-द्वार के समीप एक चमचमाती अश्व चालित गाड़ी पूरे वैभव के साथ खड़ी थी। इसके समीप ही अनेक क्लान्त बैलों की पंक्ति लकड़ी की बाड़ से बँधी थी। राहदारी में जलती हुई मशालें लगी हुई थीं, और अहाते के बाहर रखे संगमरमर के पात्र अत्यन्त वैभवपूर्ण प्रतीत हो रहे थे। हाथी को देखने की उत्सुकता से मैंने चारों ओर दृष्टि घुमाई, किन्तु हाथी कहीं दिखायी न दिया। अपनी अज्ञानता न दिखाने का निर्णय ले मैं नीरकस के पीछे चल दी, मानो जन्म-जन्म से हम यूँ ही साथ-साथ यात्रा करते रहे हों।

सराय का स्वामी यवन से भलीभाँति परिचित जान पड़ा, यहाँ तक कि मुझे साथ देख कर भी उसे किंचित आश्चर्य न हुआ। हमें एक छोटे-से विश्राम-कक्ष में ले जाया गया, जहाँ एक शयनिका थी और एक रात्रि दीपक जल रहा था। कक्ष में मनुष्य और पशु की मिलीजुली एक विचित्र सी गन्ध भरी थी और इसी में लोबान की गन्ध भी मिली थी। इस गन्ध से मुझे मितली सी आने लगी थी, गर्मी से मेरा सिर चकरा रहा था। तन पसीने से तरबतर था। मुझ पर सवार पागलपन अभी तक कम नहीं हुआ था। मेरी सभी इन्द्रियाँ जैसे उत्तप्त थीं, यवन के साथ शयनिका पर जा लेटने और अपनी प्रेमक्रीड़ा में एक बार पुनः रत हो जाने को मैं अधीर थी। मेरी भाँति वह भी उस पल के लिए विकल था। हम शयनिका और एक-दूसरे के ऊपर पूरी उत्तेजना से जा गिरे। हमारी यह उत्तेजना रात भर शान्त न हुई। जब हम पूर्णतया चुक गये, जब उषा ने अपना आँचल नभ में पसारा और लड़खड़ाती भोर दिवस में पाँव रखने लगी, तब कहीं जाकर उसने मेरा नाम पूछा।

"यदुरि," बिना किसी हिचकिचाहट के मैंने उत्तर दिया। एक वृद्ध स्त्री वैद्यक कार्यों में मेरी माँ की सहायता करती थी, उसका नाम था यदुरि। नीरकस को मेरा उत्तर उपहासपूर्ण नहीं, तो किंचित हास्यास्पद तो लगा ही। वह ठठा कर हँस पड़ा, अनियन्त्रित हँसी से वह छोटे से कक्ष में लोटपोट हुआ जा रहा था। 'यदुरि, क्या उचित नाम है!" हँसी रोक कर उसने कहा। उसकी इस प्रतिक्रिया से मैं हतप्रभ थी। बहुत बाद में मैं यह जान सकी थी कि अशिष्टों की गालीगलौज की अश्लील

भाषा में इस शब्द का तात्पर्य स्त्रियों के गुप्तांग योनि से लिया जाता है। मेरा नाम पूछने के बाद, जिसे सुन कर उसका पर्याप्त मनोरंजन हुआ था, उसने मुझसे मेरी स्थिति या मेरे अतीत के बारे में अन्य कोई प्रश्न नहीं किया। मैं भी मौन रही। शकुन्तला और उसके जीवन को मैं उसकी जानकारी से दूर ही रखना चाहती थी। उसे जान कर करना भी क्या था?

सवेरा होने से पहले सराय के स्वामी ने हमें जगा दिया। "लुटेरों की बातें सुनने में आ रही हैं," उसने नीरकस से कहा। "आप कारवाँ के साथ यात्रा करें तो ठीक रहेगा। एक कारवाँ अभी जाने वाला है, थोड़ा-सा शुल्क दे कर आप उनके साथ जा सकते हैं।"

उनींदे से हम कक्ष से बाहर आये, देखा एक कारवाँ चलने की तैयारी में है। गठीले, बौने से वृक्षों पर बैठे पक्षियों का एक झुंड उड़ा, ऐसे पक्षी मैंने पहाड़ों पर कभी नहीं देखे थे। कारवाँ का नेतृत्व करने वाले सार्थ ने मुझे घूरा, और फिर गाड़ियों और पशुओं में लग गया। बैल और भैंसों को चारा-सानी खिलाया जा रहा था। गाड़ियों के पहियों में तेल डाला जा रहा था, जल के विशाल पात्र और भोजन सामग्री लादी जा रही थी। आकाश में भोर की पहली किरण के साथ ही लकड़ी के पहियों का घूमना और बैलगाड़ियों की धीमी लयात्मक यात्रा आरम्भ हो गयी। दिन भर हम चलते रहे। कारवाँ के चलने से धूल के बादल उठ रहे थे, जिससे मेरे नेत्रों में पीड़ा होने लगी थी। रात होने पर हमने वन के खुले से भाग में पड़ाव डाला। गाड़ियों को एक घेरे में खड़ा करके पशुओं को बीच में कर दिया गया। पड़ाव के चारों ओर आग जला दी गयी। पुरुषों ने छह-छह घंटे चौकसी करने की बारी बाँध ली।

दल में एकमात्र स्त्री मैं ही थी। सहयात्रियों ने हमसे सम्मानजनक दूरी बना रखी थी। वे हमारे साथ भोजन नहीं करते थे, क्योंकि वर्ण-धर्म के उनके नियम उन्हें म्लेच्छों और अशुद्ध विदेशियों के साथ भोजन करने से रोकते थे। "मुझे तुम लोगों की बातें समझ नहीं आतीं," नीरकस ने प्रतिवाद किया। "युद्ध में भी वे अलग से भोजन पकाते हैं, जाति-दूषित होने के भय से हर सिपाही अपना अलग चूल्हा जलाता है। इस तरह युद्ध कैसे जीता जा सकता है? दूसरी ओर मैंने देखा कि तुम्हारे पुरोहितों ने हमारे प्रदेश के एक यवन को ब्राह्मण बना दिया। विचित्र देश है यह!"

अकेले छोड़ दिये जाने से सन्तुष्ट हो हम खुले में तारों को देखते हुए सोए। आकाश गंगा, मन्दाकिनी धनुष की भाँति लकदक कर रही

थी। मैंने सतीत्व के प्रतीक अरुन्धती नक्षत्र को पहचानने का प्रयास किया, जिसे बहुत समय पहले एक पुरुष ने अपनी युवा पत्नी को दिखाना चाहा था। इस स्मृति के साथ जैसे शूल-सा चुभा। अब मैं यदुरि थी, मैं सृजन और शकुन्तला दोनों को त्याग चुकी थी। आकाश इतना चमकीला था, पर कितना दूर। ऐसा प्रतीत होता है जैसे वह हम मनुष्यों के हर दोष को क्षमा कर देता है। उसकी इस दूरी में एक आश्वासन था।

मुझे तीन कोणों वाले बाण का परिचित तारामंडल दिखाई दिया, मैंने नीरकस को दिखाया। "हो ही नहीं सकता!" उसने प्रतिवाद किया। "यह तो ओरायन नक्षत्र है, तीन कोणों वाला बाण नहीं। और वह जो लाल तारा है जो मध्य में विक्षिप्त श्वान की भाँति चमक रहा है, वह सिरियस है, श्वान-नक्षत्र! जब श्वान-नक्षत्र चढ़ता है, तो एजिप्टस नदी के आसपास के क्षेत्रों में बाढ़ आती है।" मुझे तो वह अभी भी बाण ही प्रतीत हो रहा था, श्वान का नेत्र कहीं से नहीं, मैं सोचने लगी कि कैसे एक ही वस्तु को भिन्न-भिन्न लोग भिन्न प्रकार से देखते और समझते हैं।

तड़के ही हम पुनः चल दिये। खेतों के ऊपर सूर्य उठा और मार्ग के साथ-साथ चलने वाले जल पर उसकी किरणें चमक उठीं। दूरी बताने वाले स्तम्भ भली प्रकार से लगे थे। एक पथ-कर चुंगी पर कारवाँ रुका जहाँ मार्ग अधिकारी अन्तःपाल राजपथ से निकलने वाले हर कारवाँ से कर वसूलता था।

'प्रतीत होता है कन्नौज और महाकौशल के राजा राजकोष भरने में लगे हैं, ताकि फिर से युद्ध छेड़ सकें।" नीरकस ने कहा। "जहाँ तक मेरा प्रश्न है, राजाओं की अपेक्षा मैं डाकुओं को धन देना उचित समझूँगा।" हम कारवाँ से अलग हुए और पथ-कर चुंगी से बचने के लिए एक पतली पगडंडी पर चल पड़े। स्पष्टतः मेरे साथी को रास्ते का भलीभाँति ज्ञान था, क्योंकि एक उथली नदी को पार करके कुछ ही देर बाद एक पगडंडी से निकल कर हम पुनः मुख्य राजपथ पर आ गये थे।

अगले दिन हम बस चलते रहे। हमारे पीछे सड़क भागते हुए चोर की भाँति दौड़ती जा रही थी। धरती समतल और नीरव सी थी। यवन के स्कन्ध पर लटके पात्र की लाल मदिरा ने मेरी पिपासा शान्त करने के स्थान पर तीव्र ही कर दी थी। भीषण गर्मी थी, हम गंगा के तट पर विश्राम के लिए रुके। सन्ध्या की मन्द पवन जल में हिलोरें उठा रही थी। मुझे लगा जैसे मैं घर लौट आयी हूँ। सन्तोषपूर्वक, मैंने बचपन से

अपना पालन-पोषण करने वाली नदी में स्नान किया। आर्यन नर्म घास खाता रहा, जबकि हम पुष्पों और लताओं से भरे कुंज में चले गये। यवन के साथ जब मैं माधवी और मधुमालती के सुगन्धित पुष्पों पर लेटी, तो मुझे अपनी नामराशि शकुन्तला का ध्यान हो आया, मालिनी नदी की लताओं से भरे तट पर अलसाई-सी लेटी शकुन्तला, कमल-कलियों के कंगन पहने, कानों में कोमल शिरीष पुष्प धारण किये। उसके विषय में सोचते हुए मैंने बेध्यानी में एक लाल जवाँकुसुम का पुष्प तोड़ा और अपने कान के पीछे खोंस लिया, यद्यपि मैं जानती थी कि सन्ध्या तक यह मुरझा जायेगा। सम्भवतः मैं सुन्दर लग रही थी।

नीरकस की पिपासा कभी शान्त नहीं होती थी। वह न थकता था न हार मानता था, उसकी क्षुधा अन्तहीन थी, इसे सन्तुष्ट करने की उसकी क्षमता से कहीं अधिक। नीरकस के बार-बार प्रवेश करने से मेरी जंघाएँ छिल गयी थीं, अश्व की शक्तिपूर्ण गति से मेरे कूल्हे दुखने लगे थे, रकाब से निरन्तर टकराने के कारण मेरी पिंडलियों पर घाव हो गये थे। इस प्रेमक्रीड़ा में आनन्द भी था, और पीड़ा भी।

पूर्व से जब भोर की प्रथम किरणें फूट रही थीं, कुछ पल को मेरी आँख खुल गयी। मेरे समीप ही मेरा प्रेमी पुरुष सोया हुआ था। बन्द पलकों के नीचे कोटरों में उसकी पुतलियाँ व्याकुलता से घूम रही थीं। वह स्वप्न में कुछ कह रहा था, विचित्र सी भाषा में कुछ टूटे-फूटे वाक्य, मुझे कुछ समझ नहीं आया। कुछ पल को उसका निद्रामग्न चेहरा सुबकियों से भर गया। मैंने उसकी भौंहों पर हाथ फेरा, मेरे स्पर्श से उसका मुखड़ा शान्त हो गया।

अगला दिन, फिर अगला, और फिर अगला। वन, खेत, जल अनथक निरन्तरता से एक-दूसरे के पीछे भाग रहे थे। हमने गंगा पर बहती लोगों और सामान से भरी नावों और बजरों को पार किया। राजपथ पर हमें घोड़ागाड़ी और बैलगाड़ियों के कारवाँ मिलते। मैंने ऊँटों का एक कारवाँ देखा, मुख पर असहनीय दर्प का भाव ओढ़े लम्बे विचित्र से पशु। नीरकस ने उनकी भाँति मुख बनाया, वह इतना ऊँट जैसा प्रतीत हुआ कि हँसते-हँसते मेरे पेट में बल पड़ गये।

और फिर, आँख के कोने से मैंने एक भीमकाय पशु को देखा। यह मेरी कल्पना से भी विशाल था। धीर-गम्भीर, मदमस्त चाल देखकर मैं मन्त्रमुग्ध रह गयी। "हाथी!" मैं चिल्लाई, उत्तेजना में मैं आर्यन की पीठ से गिरते-गिरते बची।

"तुम्हारे देश के हाथी अत्यन्त गरिमापूर्ण हैं। इन राजसी पशुओं के

महावत संसार भर के लिए प्रेरणास्रोत हैं। यह गंग-देश अपने हाथियों और श्रेष्ठ महावतों के लिए अग्रणी हैं। लीबिया, जहाँ मेरे पिता की मृत्यु हुई थी, वहाँ के रेगिस्तानों में और एजिप्टस नदी के किनारे मैंने हाथी की सवारी की है। वहाँ और यहाँ के हाथियों में वैसी ही भिन्नता है, जैसी चूहों और मूसों में होती है!"

"और बताओ न," मेरी साँसें जैसे थम गयी थीं।

"अच्छा, तो सुनो। नर मादा के साथ अत्यन्त विचित्र ढंग से सम्भोग करता है," वह छद्म गम्भीरता से कहने लगा। उसके नेत्रों में हास्य की रेखाएँ चमक रही थीं। "इस सुख-भोग के फलस्वरूप हथिनी एक बार में एक शिशु को चौदह से अठारह माह तक अपने गर्भ में रखती है। और तो और, अभागे पशु सौ बरस तक जीवित रहते हैं, और कभी-कभी तो दो सौ वर्ष तक भी, मेरे समान नहीं, जो तीस वर्ष की अवस्था पर पहुँचने तक इस संसार को विदा कह चुकेगा!"

मेरी दृष्टि मृगहस्तिन के नेत्रों से टकरायी। वे शान्त, बुद्धिमान थे। मैं उस ज्ञानी दृष्टि को झेल नहीं पायी, उन्हें देख कर मुझे किसी का ध्यान हो आया था। मैंने अपनी आँखें मूँदीं और यवन को कस कर पकड़ लिया, धीरे-धीरे हाथियों के गले में बजती घंटियों का स्वर मद्ध म हो कर पीछे छूटता गया।

रात-दिन की वह यात्रा मुझे स्मरण है, नदी निरन्तर हमारे साथ रही थी। रोमांच का उल्लास तिरोहित होने लगा था। ग्रीष्म आ पहुँची थी, समय से पहले अचानक ही, और मैं जीवन में पहली बार मैदानों में उतरी थी। दिन भर आकाश में आग के थपेड़े उठते, यात्रा करते हुए गर्म धूल उठती और हमारे कपड़ों और बालों में भर जाती।

मैं थक कर चूर हो गयी थी। स्वयं को समेट-बटोर कर मैं अश्व पर सवार हो नीरकस को थामे इस अन्तहीन यात्रा को जारी रखे थी। गोधूलि वेला में अपने बाड़ों को लौटती गायों के खुरों से उड़ती नर्म धूल, उनके गले में बँधी घंटियों की मधुर ध्वनि, अपनी दिशा में जाते हुए उनकी निश्चयात्मकता—सबको देख अनायास मुझे घर का ध्यान आ जाता। इस उदासी को दूर रखने के लिए मैं मधुर मदिरा पर निर्भर होती जा रही थी।

हम नदी तट पर चल रहे थे। पगडंडी के किनारे घास के सूखे, भूरे अवशेष थे। साँझ के उतरते धुंधलके में अचानक ही बाँसुरी की मधुर स्वरलहरी गूँज उठी। अनजान बाँसुरीवादक की खोज में मैंने चारों ओर अपनी दृष्टि घुमाई, किन्तु कहीं कोई दृष्टिगोचर न हुआ। सायंकाल की

हल्की बयार में नदी किनारे उगे सरकंडे झूम रहे थे। हमारे दायीं ओर ग्रीष्म की अन्तिम फसल तैयार थी। कुछ तो काट ली गयी थी, शेष ग्रीष्म में कुम्हलाने लगी थी। बाँसुरी का स्वर निरन्तर सुनाई पड़ रहा था, वस्तुतः वह हमारे पीछे-पीछे ही चला आ रहा था।

अचानक नीरकस ने झटके से अश्व को रोक दिया। मैंने सहारे के लिए यवन को पकड़ना चाहा, किन्तु वह तो क्रोध में अपशब्द कहता अश्व से उतर भी चुका था। अत्यन्त कठिनाई से अपने अकड़े अंगों की सारी शक्ति समेट-बटोर कर मैंने धरती पर पग धरा। हमारे सम्मुख बीच मार्ग में एक पुरुष पड़ा था, जैसे सो रहा हो, या नशे में धुत्त अथवा मरा पड़ा हो। उसका मुख विचित्र विकृत से ढंग से फैला हुआ था, जो हास्य भी रहा हो सकता है। एक नेत्र खुला था जैसे आकाश को देख कर आँख मार रहा हो। मेरे मना करने पर भी नीरकस ने पाँव के दक्ष सहारे से उसे पलट दिया। पीछे से उसकी खोपड़ी कुचली हुई थी, वहाँ रक्त ने जम कर एक सिन्दूरी ढेर बना लिया था।

वह दृश्य मेरे सपनों में आता रहा। दूर तक फैला नीला आसमान, झूमते सरकंडे, और न जाने कहाँ से बयार के साथ बह कर आता बाँसुरी का उदास स्वर। नीरकस बैठा और हौले से उसने शव को सीधा कर दिया। तभी न जाने उसे क्या हुआ, क्रोध और आवेश की झोंक सी उस पर सवार हो गयी, मुट्ठियाँ कस कर भींच उसने लाश को पाँव के तीव्र प्रहार से सड़क के नीचे खेत में फेंक दिया। उसी तीव्रता में वह अश्व पर सवार हुआ और मुझे खींच कर अपने पीछे बिठा लिया।

बाँसुरी का स्वर अभी भी हमारे पीछे चला आ रहा था। अँधेरा गहराने लगा था, किन्तु सूर्य के प्रकाश के अवशेष अभी भी क्षितिज पर टँगे थे, ग्रीष्म की धूप से धरती अभी तक तप रही थी।

एक बार पुनः हम रुके, एक और निश्चल शरीर हमारा मार्ग रोके पड़ा था। नीरकस उतरा और उसके पीछे-पीछे मैं भी लड़खड़ाती हुई उतरी। शव जल कर कोयला हो गया था, मृत मांस का वह ढेर इतना घिनौना लग रहा था कि मदिरा की मधुरता एक खट्टी मरोड़ के रूप में उदर के भीतर से उमड़ पड़ी। वहीं मार्ग के एक ओर मैंने कै कर दी। और यवन तो अब पहले से भी अधिक क्रोधित था, अपनी विदेशी भाषा में गरियाता, चिल्ला रहा था। इस बार उसने शव को लात नहीं मारी। हम अश्व पर सवार हुए और सावधानीपूर्वक आगे बढ़े।

बाँसुरी का स्वर अभी तक हमारे पीछे आ रहा था। हमारे नेत्र अन्धकार के अभ्यस्त हो गये थे, तभी मुझे कुछ दूर पर प्रकाश का एक

घेरा दिखा। लहराती ज्वालाओं से विक्षिप्त जनसमूह के मुख प्रकाशित हो उठे। एक व्यक्ति जल रहा था, उसके जलती देह पीड़ा में तड़प रही थी। उसके चारों ओर जमा समूह क्रोध में हुंकारे भर रहा था, इस अवस्था में भी वे उसे धमका रहे थे। मुझे लकड़ी, तीक्ष्ण धुएँ, भुनते मांस और जलते केशों की तीव्र दुर्गन्ध आ रही थी।

जनसमूह का ध्यान हमारे आगमन की ओर नहीं था। वे स्वयं में लीन थे, उस व्यक्ति में उनका सारा अस्तित्व केन्द्रित था जिसकी वे हत्या कर रहे थे। वह तड़प रहा था, फड़फड़ा रहा था, याचना में उसकी बाँहें फैली हुई थीं, अन्ततः वह धरती पर गिर पड़ा।

अकस्मात सारा जनसमूह शान्त खड़ा हो गया। उन्होंने अपनी मशालें हवा में उठा ली थीं और मार्ग के एक ओर पंक्तिबद्ध खड़े हो कर हमें निकलने दिया। आर्यन सहमते हुए उनके पास से निकला। नीरकस ने उसकी रास थाम रखी थी, मुझे आभास हुआ कि वह भी भयभीत था। मैं पसीने से भीग रही थी, कै की कड़वाहट मेरे कंठ में बसी हुई थी।

हम कुछ देर चलते रहे, फिर नीरकस और आर्यन नदी की लम्बी, घनी घास के झुरमुट की ओर मुड़ गये। हम गंगा-किनारे आ गये थे। चन्द्रमा अभी नभ में ऊपर नहीं आया था, मुझे जल की ध्वनि सुनाई दे रही थी। बाँसुरी की भी, वह यहाँ तक निरन्तर हमारे पीछे आ रही थी। मेरी दृष्टि एक नाव पर पड़ी, उस पर प्रकाश था, और वह बाँसुरीवादक भी था, जो अपने वाद्य से उदास स्वरलहरी उत्पन्न कर वातावरण को गुंजायमान कर रहा था।

''यदि वे हमारा पीछा करें, तो नदी में कूद जाना,'' नीरकस ने धीरे से कहा। अपरिचित बाँसुरीवादक ने हमें देख लिया था। वह अपनी नाव को किनारे पर लाया और उतर कर बाहर आ गया। पावन नदी किनारे रात्रि के अन्धकार में एक यवन, अश्व और एक स्त्री को देख कर वह हैरान था, अपनी हैरानी को उसने छुपाया भी नहीं।

''नदी किनारे के तुम्हारे प्रतिवेशियों को हत्याएँ करने में विशेष रुचि जान पड़ती है,'' नीरकस ने रुक्षतापूर्वक कहा। उसका हाथ अपनी मेखला में छुपी कटार पर था।

''हर वर्ष यही होता है,'' पतले-दुबले नाविक ने प्रत्युत्तर दिया। ''ग्रीष्म के आते ही धरती सूख जाती है, घास-पात नष्ट हो जाते हैं। पशु भूख से मरने लगते हैं। बोमरिया कबीले के लोग उनका चर्म उतार लेते हैं और उसका व्यापार करते हैं। यदा-कदा वे मरते हुए पशुओं के मरने की प्रतीक्षा करने के स्थान पर उन्हें मार डालते हैं। ग्रीष्म का समय है,

असहनीय गर्मी है, यादव और ग्वाले भी तुच्छ बोमरियों के समान ही उत्तेजित हैं। वे उन्हें मारते पहले हैं और तत्पश्चात उसके कारण और बहाने खोजते हैं। जितनी विधवाएँ, उतने शव। जहाँ तक मेरा प्रश्न है, मैं नदी पर ही रहना पसन्द करता हूँ, अपनी बाँसुरी बजाता रहता हूँ। उनका किनारा मेरा स्थान नहीं है।''

चन्द्रोदय हो गया था, चाँद नदी के ऊपर आकाश में नीचे ही टँगा था, भारी-भरकम, गहरे पीत वर्ण का गोला। गंगा-किनारे कमलिनियाँ खिल गयी थीं। हम तीनों ने मिल-बाँट कर खाना खाया। यवन के थैले में रखी रोटी और नाविक की लाई उबली लई खाई। अश्व भी भूखा था। नीरकस ने उसे जई खिलाई और हम रात बीतने की प्रतीक्षा करने लगे।

बाँसुरीवादक ने आग्रह किया कि हम उसकी नाव पर सो सकते हैं, किन्तु मैं देख रही थी कि नीरकस को भय था कहीं हमारी हत्या कर हमारा अश्व न चुरा लिया जाए। उसकी सतर्कता को समझबूझ कर मैंने भी नाविक के आग्रह को ठुकरा दिया।

नदी पर चलती ठंडी बयार से किनारे के सरकंडे और घास के झुरमुट मानो विकल हो उठते थे। सर्पों, बिच्छुओं या नदी के केकड़ों के कारण मुझे लेटने में भय हो रहा था। रात भर हम एक-दूसरे का सहारा लिए बैठे रहे, कभी मैं अपना सिर उसके कन्धे पर रखती, तो कभी वह मेरी गोद में अपना सिर रख लेता। आर्यन की लगाम उसने कस कर थाम रखी थी। मुझे याद है कि सारी रात उदास बाँसुरी बजती रही थी।

12

हर दिन एक नया संसार लिए आता था। मैं अपनी परिवर्तित परिस्थिति में सुगमता से रच-बस गयी थी। मैं किसी के विषय में अधिक नहीं विचारती थी, न अपने घर-बार के। इस नयी युवती यदुरि का न कोई अतीत था, न कोई इतिहास। वह इस पल में जीती थी, चिन्तारहित वर्तमान में। बस एक नदी उसके साथ थी, इसकी सतत कलकलाहट उसकी प्राणशक्ति थी।

''हम शीघ्र ही काशी पहुँच जाएँगे,'' नीरकस ने कहा। इस यात्रा में गाँवों-बस्तियों के अतिरिक्त अनेक छोटे नगर भी मार्ग में पड़े थे। किन्तु उस महानतम, दर्प से भरी, अमर नगरी काशी को देखने के लिए मैं उत्सुक थी। गुरेश्वर ने अक्सर मुझे काशी के विषय में बताया था, शिव-मन्दिर, जलते हुए घाट, स्मृतिशीला और क्षमाशीला पवित्र पावनी नदी। किन्तु जिन स्थानों का उसने वर्णन किया था, वे मेरी कल्पना में बसे विशाल प्रासादों और स्वर्णजटित रथों से सर्वथा भिन्न थे।

काशी के अतिरिक्त अन्य अनेक नगर भी थे। गंगा के साथ ही और नीचे जा कर काष्ठ के परकोटों वाली पाटलिपुत्र थी, फिर नर्मदा नदी के तट पर बसी आधुनिका और प्रभामयी उज्जयिनी थी। मैंने मथुरा, मगध और मिथिला के विषय में भी सुन रखा था। मैंने नीरकस से पूछा कि वह अब तक कितने नगरों में भ्रमण कर चुका है।

''अनेक,'' वह हँस दिया, ''नगर तो, मेरी प्रियतमा, सुन्दर स्त्रियों की भाँति होते हैं! कुछ समय के उपरान्त वे सब एक से प्रतीत होने लगते हैं। काशी जा कर हम तुम्हारे लिए सुन्दर वस्त्र लेंगे। सुन्दर स्त्रियों को प्रसन्न करने के लिए सुन्दर वस्त्रों की आवश्यकता होती है।'' वह मुस्कुराया। उसकी श्वेत दन्तपंक्ति सूर्य के प्रकाश में दमक उठी। उसने मदिरा का एक घूँट भरा और चषक मेरी ओर बढ़ा दिया।

मैंने लोलुपता से मदिरापान किया। कंठ से शरीर में गहरे तक उतरती उष्णता के साथ ही मदिरापान से उत्पन्न स्वछन्दता मुझे भाती थी। जब आकाश में अँधेरा घिर आया और तारे अपने आवरण से बाहर झाँकने लगे, तब अश्व से उतर कर कामातुर हो हम चुम्बनों में रत हो गये।

यवन की कामक्रीड़ा का ढंग मेरे दूसरे जीवन के अनुभव से सर्वथा भिन्न था। इसमें एक विचित्र सी रुक्षता, क्षुधा और एक प्रकार की अदक्षता थी। इस सबके बाद भी वह मुझे इतनी भिन्न तरह से कामोत्तेजित कर देता था, जिससे मैं अब तक अनजान थी। मैंने यह सत्य भी जाना कि आहत होना मुझे अच्छा लगता था और यह पीड़ा मेरे दैहिक सुख को बढ़ाती ही है।

अपनी सन्तुष्टि के लिए यवन की बेपरवाह माँगें मेरी निम्नतम इच्छाओं को जगा देतीं। कर्तव्य-अकर्तव्य और मर्यादा की भावनाएँ मुझे कब का त्याग चुकी थीं। हमने लज्जाहीन कामक्रीड़ा की। व्यभिचार में हमने पशुओं को भी पीछे छोड़ दिया था, वे कम से कम प्रकृति के स्वभाव और लय के अनुरूप तो चलते हैं। और इस पर भी मेरी क्षुधा शान्त नहीं होती थी। गुदा-रन्ध्र से उसने मुझसे सम्भोग किया।

उसका व्यवहार अत्यधिक अशिष्ट था, उसने मेरे मुख पर तमाचे मारे, कहा उसे सारी स्त्रियों से घृणा है। सब स्त्रियाँ वेश्याएँ व अत्यन्त फूहड़ होती हैं, वे प्रेम करने के लिए नहीं हैं। मैंने तनिक विरोध नहीं किया, क्योंकि मैं तो अपनी इस नवीन नियति को स्वीकार कर चुकी थी। उसके असभ्य शब्द और व्यवहार मुझे और अधिक उत्तेजित ही करते थे। वे मेरी इस नूतन आत्मखोज पर साकार उतरते थे कि मैं पथभ्रष्ट पतिता स्त्री हूँ और अपने इस रूप में वास्तव में मैं आनन्दित और उल्लसित थी।

यदुरि अपने तन की शक्तियों को भरपूर भोग रही थी। पूरे दृढ़ निश्चय के साथ वह आनन्द-सागर में डूब-उतरा रही थी, अपने मन के किसी अँधेरे कोने में छिपे दर्द को उसने बिसरा दिया था।

आनन्द एक ऐसी अनुभूति है जिसे समझाया नहीं जा सकता। गर्मी की दोपहरों में गंगा के साथ चलते मार्ग पर बनती-बिगड़ती मरीचिकाओं की भाँति निकट आते ही इसकी सीमाएँ लुप्त हो जाती हैं। यह एक अनवरत खोज है, इसकी प्राप्ति के क्षणों में ही इसका आखेट अपनी पिपासा बुझाने के नये अनुभवों को खोजने लग पड़ता है।

हमारी ही एक प्रतिच्छाया निरन्तर हमारे साथ चलती है, हमें पथभ्रष्ट

करने के अवसर तलाशती। कहते हैं कि जो कुछ हम इस जन्म में खाते हैं, वह अगले जन्मों में हमें खाता है : सम्भवतः शकुन्तला के कर्म-बीजों में ही यदुरि की अवज्ञा का प्रतिफल निहित था।

यदुरि मधुर, नमकीन और इच्छाओं से भरी थी। उसका आनन्द-छिद्र भोग के लिए सदैव क्षुधित व लोलुप रहता, इसकी क्षुधा कभी शान्त न हो पाती थी। स्वयं को बिसरने के उन क्षणों में, जब वह पूर्णतया इन्द्रियों के अधीन होती थी, यदुरि भूल जाती थी कि किसी समय वह कौन थी और सम्भवतः अभी भी वही थी।

एक रात, मदिरा और किसी सीमा तक प्रेम के नशे में चूर हो नीरकस ने मुझे अपनी मातृभूमि के विषय में बताया, जहाँ ग्रीष्म ऋतु में अंगूर के उपवन बैंगनी रंग के हो जाते हैं, और जहाँ स्वर्ण के समान मूल्यवान प्रकाश होता है। उस रात मेरे साथ उसका व्यवहार अत्यन्त भला था, हम एक-दूसरे के साथ और एक-दूसरे में समाए मानो स्वप्नलोक में विचरते रहे थे। उसने अपने बचपन, लड़कपन की बातें बताईं, अपने जन्मस्थान इस्तानबूल के विषय में बताया। ''यह रुक्ष नगर है, व्यापार और युद्ध में श्रेष्ठ,'' उसने कहा, ''यहाँ सम्राट और प्रजा बराबरी से शासन करते हैं। वे जहाँ जाते हैं, व्यापार करते हैं, विजय प्राप्त करते हैं। हमारे यहाँ एक शस्त्र यवनाग्नि होता है, जिसका रहस्य केवल सम्राटों को ज्ञात होता है। ये अग्नि-वर्षक शत्रु नौकाओं और सेनाओं पर आग उगलते हैं, जिससे हमारा राष्ट्र अजेय रहता है। अरबों ने इसके हाथों भयंकर पराजय पायी।''

उसके एक-एक शब्द को सुनते हुए मैंने प्रश्न किया कि यवन अपनी मातृभूमि से इतनी दूर कैसे चले आये। ''हम यवनवासियों को यात्रा करना भाता है,'' उसने उत्तर दिया। प्राचीन समय में हम पर पथिकों के देवता पाँवों में पंखधारी हर्मीज की कृपा थी। यह देवता सन्धि करवाने और व्यापार वृद्धि में सहायक होता है और संसार में किसी भी मार्ग पर यात्रियों को उचित मार्ग दिखाता है।

''हम मनुष्यों की भाँति देवता भी यात्रा करते हैं। कम से कम हमारे देवता तो करते हैं, और उन्हीं देवताओं में मैं अभी भी विश्वास करता हूँ,'' वह कहता जा रहा था। ''जब सहस्र वर्ष पहले सिकन्दर भारत आया था, तो आकाश के देवता यूरेनस उसके साथ आये थे। उन्हें तुम लोग वरुण के नाम से जानते हो। फिर हेरेक्लीज़ हैं, जो उत्तरी पहाड़ों में उतर गये और उन्हीं को अपना निवास बना लिया।''

मेरा निवास भी तो पहाड़ों में है। उत्तर में स्थित वादियाँ मुझे स्मरण

हो आयीं, वहाँ बीता मेरा शैशव, और वह सब कुछ जो मैं पीछे छोड़ आयी थी, मुझे याद आ गया। इस स्मृति-दंश को मैंने झटक दिया और उसके स्थान पर अंगूर के उपवनों और उन पर पड़ते चमकते स्वर्णिम प्रकाश की कल्पना करने का प्रयास करने लगी।

उस रात फिर नीरकस स्वप्न में कुछ कहता-बुदबुदाता रहा, वह ऐसे रो रहा था जैसे स्वप्न में यातना भोग रहा हो। एक नाम वह बार-बार ले रहा था, कभी प्रेमातुर हो, तो कभी दर्द से व्याकुल होकर। वह नाम था हिप्पोलाइटस। मैं चुपचाप सुनती रही, सोचती रही कि क्या वह उसकी पत्नी होगी, या माँ, या फिर उसकी प्रेमिका। मैंने उसे सान्त्वना दी, उसके घुँघराले सुनहले केशों को सहलाया, किन्तु वह शान्त नहीं हुआ। दुःस्वप्नों को भगाने के लिए गन्धर्व वैवस्वत का आह्वान करने वाला स्वप्न मन्त्र तक मैंने पढ़ डाला, किन्तु मेरा प्रियतम अतीत की किसी अत्यन्त भयानक, दर्दीली स्मृति में उलझा हुआ था, जिससे मैं उसे बाहर नहीं निकाल सकी।

सूर्योदय होते ही, उसके दुःस्वप्न लुप्त हो गये। दैनिक कर्म करते हुए वह गुनगुना रहा था। यवन में एक विचित्र आदत थी। वह एक तीक्ष्ण धारदार फलक से अपने कपोलों पर उभर आने वाले पुरुषत्व के द्योतक रोमों को हटा देता है। गुरेश्वर अपना चेहरा और कपाल केशहीन रखता था, किन्तु मेरे स्वामी सृजन सदैव एक सुन्दर-सी दाढ़ी रखते थे। नीरकस के मुख पर बहुत कम रोम थे, किन्तु फिर भी वह स्त्रैण नहीं दिखता था। उसकी त्वचा पर निकलने वाले नवरोमों का स्पर्श मुझे बहुत भला लगता था।

कपोल पर सावधानीपूर्वक फलक फिराते हुए नीरकस मेरी रुचि देख कुछ असमंजस में था, यद्यपि उसे अच्छा भी लग रहा था, क्योंकि मैं सामने बैठी उसे निहार जो रही थी। वह मुझे अपनी यात्राओं के अनुभव बताने लगा।

वह संसार के अनेक स्थानों का भ्रमण कर चुका था। उसकी कहानियाँ असम्भव सी, पर रुचिकर थीं। उसने मुझे विचित्र नामों वाले स्थानों के विषय में बताया, जिन्हें न तो कभी गुरेश्वर ने देखा था और न ही अपनी अनेक यात्राओं में मेरे स्वामी सृजन वहाँ गये थे। उसने काबुल, कन्दहार और हिन्दुकुश के पहाड़ों के विषय में बताया, जहाँ उसने नेत्रहीना स्त्रियों के डाकू कबीले को देखा था। एजिप्टस के पश्चात सिन्धु संसार की विशालतम और भयंकरतम नदी थी, फिर हिडेस्पस, कोएसपस और हिफ़ेसिस थीं। मेरे प्रियतम ने जितनी भी नदियों को

देखा था, उनमें उसे दान्युब सर्वाधिक प्रशंसनीय लगती थी। यवनों के देश के पश्चिम में बहने वाली नीली नदी।

''अपनी भूमि के विषय में मुझे और बताओ ना,'' मैंने उससे प्रार्थना की।

''वहाँ सेरिन्डया की स्त्रियाँ बहुत प्रशंसा पाती हैं,'' उसने कहा। ''व्यापारी उन्हें वहाँ दासियों या नर्तकियों के रूप में बेच देते हैं। जितने सुदूर प्रान्त की वे होती हैं, उतनी ही उनका मोल बढ़ता जाता है। दास-व्यापार लोभी अरबों के नियन्त्रण में है। इस देश के राजसी अन्तःपुरों में वे निर्धन आयोनियाई बालिकाओं को बेच देते हैं, जहाँ उन्हें दासी या सैन्य रक्षक बना दिया जाता है।''

मैं इन कथाओं के लिए लोलुप थी, सारे नामों को स्मृति में सुरक्षित रखने का प्रयास करती, अपने मस्तिष्क में उनके काल्पनिक बिम्ब सहेजती। नीरकस ने मुझे सागर के विषय में भी बताया, जिसमें धरती को त्याग कर सारी नदियाँ जा समाती हैं। कल्पना में भी मैं उसका बिम्ब न उकेर सकी, जल, और बस जल ही जल, दृष्टि की पहुँच तक बस जल! ऐसी उन्मत्त लहरें जो बिजली की भाँति गरजती हैं, और पर्वतों के समान ऊँची उठ आती हैं। सागर में यवनों, रोमवासियों और अरबों के जलपोत तैरते हैं, विशालकाय लकड़ी के आवास, जो डूबते नहीं हैं, जो अपने भीतर अनेक अश्व और हाथी तक ले जा सकते हैं। निश्चय ही संसार एक आश्चर्यजनक विचित्र स्थान है, मैं प्रसन्न थी कि स्वतन्त्र और अकेली हूँ और इस संसार पर इतना अधिक देख-जान चुके यवन के साथ भ्रमण कर पाने का सुयोग मुझे प्राप्त हुआ है।

नीरकस अश्वों का व्यापार करता था, जिन्हें वह हिमपर्वतों के पार फ़ारस और अरैबी या खोटान से लाता था। अश्व-व्यापारी लम्बी और जोखिमभरी यात्राएँ करते थे, कभी-कभी तो राजदरबारों में विक्रय के लिए पाँच सौ पशु तक लाते थे। उसने मुझे वन्य अश्वों के विषय में भी बताया, जो साधारण अश्वों से दोगुने आकार के होते हैं, जिनकी पूँछें स्त्रियों के केशों के समान ही काली, घनी और उत्तम होती हैं। इन्हीं सुन्दर पूँछों के कारण इन पशुओं का आखेट किया जाता है, ताकि विशाल नगरों की कुलीन स्त्रियाँ इनसे केशविन्यास कर सकें या अपने केशों में गूँथ कर चोटी बना सकें। स्त्रियों पर अश्व-केश! मुझे उसकी ऐसी मूर्खतापूर्ण कथाओं पर विश्वास नहीं हुआ, मैंने उससे याचना की कि मेरे अल्पज्ञान का लाभ उठा कर वह मुझे मूर्ख न बनाएँ।

"अरे नहीं, मेरी प्रिय यदुरि, सत्य प्रायः विचित्र ही होता है," उसने कहा। "अब देखो, क्या यही विचित्र नहीं है कि तुम और मैं, जो एक-दूसरे से ठीक से परिचित भी नहीं हैं, दुआब के मैदानों में इस प्रकार साथ-साथ यात्रा कर रहे हैं?"

मैं ज्ञान पाने के लिए उसी प्रकार क्षुधित रहती थी, जिस प्रकार भालू शहद के लिए। मेरी उत्सुकता का नीरकस उपहास नहीं बनाता था, उसे मेरा इतने प्रश्न पूछना अनुचित नहीं लगता था। भले ही वह मिथ्या कहता हो, मगर मैं जीवनपर्यन्त इन बातों को सुन सकती थी। वह सुदूर प्रदेशों और लोगों की कथाएँ सुनाता, मुसलमानों, यहूदियों और अनेक देशों व लोगों की बातें करता। भारत से व्यापार की वस्तुएँ लेकर संसार भर में जाने वाले जलपोतों और कारवाँओं की कथाएँ सुनाता। व्यापार की इन वस्तुओं में सर्वाधिक मूल्यवान हस्तिदन्त होता था, जिसका उपयोग तलवारों की मूठ, म्यान, केश चिमटी, वस्त्राभूषण और पक्षियों के पिंजरे बनाने में होता था। सुदूर देशों के लोग भैंसों-गैंडों के सींग, कछुए के कर्पर, सीप और अमूल्य रत्नों माणिक, नीलम, मूँगा, सुलेमानी, गोमेदक आदि का व्यापार करते थे। चीन से आये रेशम के धागों से भारत में वस्त्र बनाये जाते थे और पश्चिमी घाटों से सूती वस्त्र सागर पार इजिप्ट भेजा जाता, वहाँ पुनः व्यापारियों द्वारा बेचा जाता था।

मैं सम्मोहित-सी सुनती रहती और वह किसी ज्ञानी की तरह मुझे अदरक, दालचीनी, कर्पूर पत्तियों, लौंग, इलायची और तिल के विषय में बताता। "इत्र और सुगन्धियों के व्यापार में बहुत लाभ है," उसने मुझे बताया। "चन्दन, लोहवान, गुलमेहँदी और सिन्दूर तो स्वर्ण से भी अधिक मूल्यवान होते हैं। कारवाँ तिब्बत से लायी कस्तूरी को अच्छी तरह बन्द पात्रों में रखते हैं। क्योंकि राह में डाकू इसकी घात में बैठे रहते हैं, ये तो राजा को बन्धक बनाने से मिली राशि से भी अधिक मूल्य की होती है। भारत से क्रय-विक्रय की जाने वाली वस्तुओं का कोई अन्त नहीं है। व्यापारी जलपोतों के भीतरी भाग में मोर, बोलने वाले तोते, पालतू वानर और हाथी तक भरे होते हैं!"

ज्ञान या नवीन जानकारी की कोई भी छोटी से छोटी बात जानने में मेरी रुचि देख कर नीरकस आश्चर्य से भर जाता। "तुम विचित्र स्त्री हो," वह कहता। "मेरे चुम्बनों से अधिक आनन्द तुम्हें मेरी ज़ुबान में आता है! क्या सत्य ही तुम व्यापार और वाणिज्य के विषय में अधिक जानना चाहती हो?"

"यद्यपि मैं न तो व्यापारी हूँ, न कर-समाहर्ता, फिर भी जितना

सम्भव हो, वह मैं जानना चाहती हूँ," मैंने प्रत्युत्तर दिया। मैं हास्यास्पद नहीं लगना चाहती थी, मगर नीरकस ठठा कर हँस पड़ा, हँसने में उसके नेत्र मुँद गये, सिर इतना पीछे चला गया कि उसके लम्बे घूँघर स्कन्धों पर आकर ठहर गये थे।

"सम्भवतः तुम स्त्री ही नहीं हो, यदुरि!" उसने चिढ़ाया। "तुममें तनिक दर्प नहीं है, यात्रा में भी तुमने कभी परिवाद नहीं किया, और असामान्य बातों में तुम रुचि लेती हो!" मैं समझ नहीं पायी कि अपने इस विश्लेषण से आहत होऊँ या इसे अपनी प्रशंसा मानूँ। पर अभी तो मैं अपनी इस पूर्ण और चरम स्वतन्त्रता, इस बाधाहीन गति के मद में खोयी हुई थी। मैं चलते जाने को तैयार थी, आगे और आगे, निरन्तर, आवश्यक हो तो संसार के अन्तिम छोर तक।

13

काशी की वह पहली छवि मैं कभी नहीं भूल सकूँगी। देर रात गये हम काशी पहुँचे थे। दूसरे किनारे पर सीढ़ीनुमा घाटों पर अनेक चिताएँ जल रही थीं, गहन जल में उनके प्रतिबिम्ब बन-बिगड़ रहे थे। मैंने सुना है यहाँ मृत्यु का वास है, जो सदैव जीवन और इसकी यात्रा का उपहास करती है। मैं अन्धकार में डूबे नगर को देखती रही, उसके ऊपर धीर-गम्भीर, पीले गोले सा चन्द्रमा टँगा था, किसी पूर्वाभास से मैं काँप उठी।

काशी, शिव की नगरी। भक्त जन यहाँ मोक्ष पाने की आशा से आते हैं। शिव की इस नगरी में प्राण त्याग जीवन-मृत्यु के दुश्चक्र से बचने, अनन्त काल तक छुटकारा पाने के लिए। शिव मृतकों और मरणासन्नों के ऊपर झुकते हैं, शवों के कानों में मन्द स्वर में मुक्ति का मन्त्र पढ़ते हैं। उनका तारक-मन्त्र उन्हें मुक्ति देगा, उन्हें स्मृति-नाशक नदी पार करवा कर दूर स्थित मोक्ष तक ले जाएगा।

मैंने नीरकस से अधीर आर्यन को रोकने को कहा। काशी को उसके पूरे वैभव के साथ देखने के लिए हम अश्व से उतर गये। यहाँ शिव के विश्वनाथ रूप की पूजा की जाती है, देह पर राख पोते हुए वे श्मशान भूमि पर शासन करते हैं। ''सारी सृष्टि काशी में है,'' गुरेश्वर ने कहा था, ''यद्यपि हमारे मस्तिष्क या हाथ इसे उसी तरह नहीं समेट सकते, जैसे कि बहते पानी की धारा को नहीं पकड़ सकते।''

शाम ढलने पर हम किसी सराय में ठहर सकते थे और भोर होने पर आ जाते, किन्तु नीरकस यात्रा से थक गया था और मंज़िल पर पहुँचने को आतुर था। अभी तक मैं वही सूती अन्तरीय और उत्तरीय पहने हुए थी, जिन्हें पहन कर मैं घर से चली थी। मुझे पता था मैं बहुत अस्तव्यस्त और मैली-कुचैली लग रही थी, यद्यपि मैंने अनेक

बार नदी पर अपने वस्त्र धोए थे और उँगलियों से अपने उलझे केश सँवारने का प्रयास किया था।

मेरा प्रियतम मेरी ओर पीठ करके खड़ा था, और तीव्र ध्वनि के साथ एक गड्ढे में मूत्र त्याग कर रहा था। आर्यन को मैंने थाम रखा था। उसकी गन्ध, अपने अयाल को झाड़ने और खुर पटकने के उसके ढंग से मैं परिचित और सहज हो चुकी थी। हम साथ खड़े काशी को दृष्टि में भरते रहे, अन्ततः नीरकस आया और कूद कर अश्व पर सवार हो गया।

इस पावन नगरी में मैं खड़ी थी, एक म्लेच्छ के साथ, अपवित्र यवन के साथ। "सम्पूर्ण भारत में काशी सर्वाधिक महत्त्वपूर्ण नगरी है," नीरकस ने साधारण भाव से बताया। "यह बारह संघों में फैला है, जबकि मिथिला और इन्द्रप्रस्थ जैसे शक्तिशाली राज्यों में भी सात संघ ही हैं। मुख्य नगरी नदी के पार है, किन्तु हम विदेशियों को तट के इसी ओर रहना होता है, हमारी अपनी सुविधा के लिए भी और तुम्हारे ब्राह्मणों व उच्च पुरोहितों की तथाकथित पवित्रता बनाये रखने के लिए भी।" उसकी साँसों से मदिरा की मधुर गन्ध आ रही थी, जो वह साथ लेकर चल रहा था।

मदिरा से महकती श्वासें, अश्व और स्वेद मेरे मस्तिष्क में सदैव के लिए काशी के प्रथम दर्शन से जुड़ कर रह गये थे।

हम और आगे चले, फिर एक निचले से श्वेत भवन पर पहुँचे, उसके सामने एक वर्गाकार जलकुंड था। एक बहुत विशाल-सा दीपक वहाँ जल रहा था। इतना विशाल दीपक था वह कि एक क्षण को मैं उसे चन्द्रमा समझ बैठी थी। जल में उसका रमणीक प्रतिबिम्ब पड़ रहा था, कुंड में नीली पत्तियों वाले ढेरों कमल भरे पड़े थे। फ़व्वारे की हल्की-सी सरसराहट और असंख्य मेढकों की अनवरत टर्र-टर्र रात के सन्नाटे को तोड़ रही थी। पहले भी मैं अनेक मेढक देख चुकी हूँ, किन्तु मेढक राग की इस विस्मयकारी जुगलबन्दी ने मुझे घबरा दिया था। मेरी प्रतिद्वन्द्वी कमलिनी की भवों के सुस्पष्ट घुमाव के समान ही इसने मुझसे मेरा आत्मविश्वास छीन लिया और मैं स्वयं को मूर्ख और फूहड़ समझने लगी थी।

एक बार पुनः नीरकस आर्यन को मेरे पास छोड़ कर चला गया। वह इतनी सहजता से मकान में चला गया, जैसे बहुत दिन बाद घर लौट कर आया हो। उसकी चाल में सहजता और शिथिलता सुस्पष्ट थी। बहुत देर तक वह भवन के भीतर ही रहा, जब बाहर आया तो

अत्यन्त क्रोध में था मानो उसका प्रयोजन सिद्ध न हुआ हो। एक शब्द भी कहे बिना वह अश्व पर सवार हुआ और खींच कर मुझे बिठा लिया। बहुत दूर चलने के बाद एक अन्य भवन पर पहुँचे, पाषाण और ईंटों का बना भवन, जिसमें संगमरमर के स्तम्भ और जंगले लगे थे। उसके पीछे सकुचाते हुए मैं भवन में गयी, कुछ नहीं जानती थी कि कहाँ जा रही हूँ, भवन विशाल प्रतीत हुआ, मेरे लिए यह सर्वथा नया-सा था। भीतर पुरुष ही पुरुष थे, नीरकस के समान यवन, दाढ़ी वाले भी और बिना दाढ़ी के भी। कुछ ने छोटे-छोटे कंचुक पहन रखे थे, तो कुछ ने हमारे देश के ही श्वेत सूती वस्त्र। मांस, खाद्य पदार्थों और पुरुषों की गन्ध वहाँ बसी हुई थी। वे हमारे महासामन्तों की भाँति चन्दन का लेप किये पुरुष नहीं थे, अपितु स्वेद और कस्तूरी से महकते पुरुष थे।

थकान और असमंजस के कारण मुझे कुछ समझ नहीं आ रहा था कि आसपास क्या हो रहा है। हँसी के स्वर मुझे सुनाई दे रहे थे, किन्तु वे स्वर कहाँ से आ रहे हैं ये मैं नहीं समझ पा रही थी। सीढ़ियों से ऊपर हमें कई कक्षों से जुड़े एक कक्ष में ले जाया गया, उसमें लकड़ी की एक नक्काशीदार शैया पर पुआल का गद्दा पड़ा था। मैं शैया पर लुढ़की और सो गयी, अपने चारों ओर हो रहे कोलाहल और सम्भ्रम से बेख़बर। न जाने कितने स्वप्न गड्डमड्ड हो मुझे दिखते रहे। भोर से तनिक पहले एक चीख के साथ मेरी आँख खुली। दृष्टि घुमाकर चारों ओर देखा। उस अपरिचित कक्ष में चाँदनी का मद्धम-सा प्रकाश था। कुछ समझ नहीं आया मैं कहाँ हूँ, अतः उसी असुविधाजनक शैया पर गुड़ीमुड़ी हो मैं लेटी रही, स्थानच्युत होने का धुँधला-सा भाव मुझ पर हावी था। कुछ ही देर में सम्भवतः सो गयी होऊँगी, क्योंकि जब दोबारा जागी तो आकाश में उजियारा हो चुका था।

दिन होने के साथ ही मैंने स्वयं और स्वतन्त्र स्त्री के व्याकुल आत्मविश्वास को समेट लिया था। गवाक्ष से मैंने उस स्वर्गिक नदी की जल धारा को और दूर किनारे पर गगनचुम्बी भव्य मन्दिरों को देखा। काशी : अगर यह न होती, तो देवताओं को इसका निर्माण करना पड़ता। अन्ततः मैं अपनी कल्पनाओं में बसे नगर में आ पहुँची थी।

मैं अपनी कल्पनाओं के नगर में थी भी और नहीं भी थी। नियमानुसार यवन नदी के दूसरी ओर नहीं रह सकते थे, अतः मैं बायें तट के विदेशियों के भाग में ही रही, जातिच्युत-सी। मैं दूसरे तट के भीड़भरे घाटों और सुनहरे शिखरों को देखती और काशी की प्राचीनता और वास्तविक वैभव की कल्पना करती। इसके विषय में मुझे जो

थोड़ा-बहुत पता था, वह इधर-उधर की बातों से सुना भर था, गुरेश्वर से, सृजन से और अब नीरकस से। सहस्रों मन्दिरों से घिरे, देवताओं को प्रिय काशी साम्राज्य के प्रतिवेश में ईर्ष्यालु कोशल व विदेह राज्य थे।

बायें तट पर जहाँ हमारा पड़ाव था, वह निम्न काशी थी, वहाँ संसार भर के व्यापारी तथा भृतक सैनिकों का पड़ाव था। वे काशी में बुने उत्तम श्रेणी के वस्त्र का व्यापार करने, यहाँ से रत्न-जवाहरात क्रय करने और कभी-कभी यहाँ के विद्वानों-ब्राह्मणों से शिक्षा प्राप्त करने आये थे। उनमें अनेक यवन भी थे, और मैंने शीघ्र ही जान लिया कि सभी यवन यूनान से आये हुए नहीं हैं, यद्यपि सभी यूनानी यवन थे। अफ़रीद से आये कृष्ण वर्ण के काले यवन भी थे, तो बिल्कुल भिन्न पहनावे और परम्पराओं वाले दक्षिणी यवन भी थे।

काशी के जिस क्षेत्र में हम ठहरे थे, वह इन विदेशी म्लेच्छों की थी जो भारत आकर यहीं के हो गये थे। नगर का यह भाग, माग, तीर्थ में नहीं था। जो दुर्भाग्य से बायें किनारे से प्रवेश करते थे, उन्हें अगले जन्म में गधे की योनि प्राप्त होगी। यहाँ के स्थानीय लोगों में जब कोई वृद्ध या बीमार हो जाता है, तो मोक्ष की इच्छा से काशी चले जाते हैं।

यवन इन अन्धविश्वासों पर हँसते, उन्हें ये हास्यास्पद लगते। नीरकस भी पुनर्जन्म में अन्धविश्वास पर हँसता था। ''यूनानी आत्माओं के देह बदलने में विश्वास करते हैं,'' उसने मुझसे कहा, हम नदी के पार जलती चिताओं को देख रहे थे। ''और ईसाई भी दावा करते हैं कि उनके मसीहा जीज़स भी मृत्यु के बाद पुनर्जीवित हो गये थे। जीज़स को सूली चढ़ाया गया था। पर मनुष्य की देह इतनी जल्दी नष्ट नहीं होती। किन्तु तुम लोग—मृतकों को जलाते हो, भूनते हो और सोचते हो कि उनका पुनर्जन्म हो जायेगा! उन्हें वर्तमान में जीना सीखना चाहिए, जैसे मैं जीता हूँ।''

नीरकस के काशी में अनेक कार्य थे, उसे धन की उगाही करनी थी, ऋण चुकाने थे, आगामी योजनाएँ बनानी थीं। इन सब बातों की वह मुझसे चर्चा करता था। मैं तन्मयता से सुनती, जितना सम्भव होता, समझने का प्रयास करती। अनेक बातें मैं जान गयी थी, जैसे एक सौ चौबीस स्वर्ण मुद्राएँ मिल कर एक दीनार बनता है, उत्तरी पहाड़ों के याक की पूँछों की माँग कभी समाप्त नहीं होती, कि यूनान और रोम के व्यापार में गिरावट आ रही है, जबकि पूर्वी देशों में वाणिज्य फल-फूल रहा है। पर विदेशियों से घिरे होने के कारण, इतने सारे पुरुषों और विचित्र भाषाओं के कारण यह ज्ञान मुझे उत्साहित नहीं कर पाता था।

मुझे अजनबियत-सी लगती थी। मैं अपने कक्ष में ही रहना पसन्द करती, नीरकस के बिना बहुत कम ही बाहर निकलती थी, और सदैव कुछ चिन्तित, सकपकाई-सी रहती थी।

हमारे कक्ष में नीरकस की रजत मुद्राओं से भरी एक मंजूषा थी, जिसे वह सदैव तालाबन्द रखता था। निषक और कौड़ियों को तो वह ठीकरों की भाँति पड़े रहने देता था। यद्यपि वह कहता था कि उसे धन का लोभ नहीं है, किन्तु द्यूत को ले कर उसमें विचित्र-सी लालसा थी। मैं सुबह तक अकेले सोने की अभ्यस्त हो गयी थी। सुबह होने को होती, तब वह आता, द्यूत-क्रीड़ा में बिताई रात्रि का उछाह, उल्लास उसके पोर-पोर से छलकता था, वह मुझे हैरत से देखता, तो कभी क्रोध से जैसे कि मैं कोई घुसपैठिया हूँ या कोई बच्चा जो ज़बर्दस्ती उसके पीछे लग गया है।

नीरकस विचित्र से लोगों के साथ उठता-बैठता था। उसके मित्र भुजाओं में स्वर्ण कंगन पहनते थे, और कंठ में चमचमाती स्वर्णलड़ी और इन आभूषणों को स्त्रियों के से दर्पभाव से प्रदर्शित करते थे। प्रायः घंटों वे चतुरंग के समक्ष बैठे अगली चाल पर विचार करते रहते। एक हाथी या मोहरा उठा कर रखने में इतना अधिक सोच-विचार मुझे उकता देता था। उनकी बातें भी असहनीय रूप से असभ्य होती थीं। उनमें से एक कृशकाय पुरुष जिसकी आँखों के कोटरों के नीचे काले गढ़े थे, ने एक बार मुझसे पूछा कि क्या मुझे क़ब्ज़ का निदान पता है। घबरा कर मैंने कह दिया कि मुझे नहीं पता, तो उसने मुझे इस रोग में अनार के छिलकों के निश्चित प्रभाव के विषय में बताना आरम्भ कर दिया। एक अन्य दिन उसने कहा कि अगर मैं बदन की जुओं से परेशान हूँ तो ऊँट का मूत्र पिऊँ। "मैं गन्दी यवन नहीं हूँ," मैंने प्रतिवाद किया, "कि मुझे इस प्रकार की समस्याएँ हों।"

यवनों के यात्रा करते रहने के कारण मित्र-समूह निरन्तर बदलता रहता। मैं उनके रहन-सहन को सहजता से लेने का प्रयास करती, किन्तु स्वीकार करती हूँ कि कभी-कभी इन बर्बर प्राणियों को मनुष्य मान पाना कठिन हो जाता था। मैं निरन्तर अश्वों के विषय में सुनते-सुनते थक गयी थी, यद्यपि अश्व व्यापार में काम आने वाली चालाकियों को सुनकर मैं अभी भी हैरान रह जाती थी। अश्वों के विक्रय से पूर्व उन्हें धतूरा, तम्बाकू, मदिरा या सस्ती शराब पिलाना सामान्य व्यवहार था, इससे वे अधिक जोशीले लगते थे। अस्तबलों के रखवाले प्रायः ही अपने अश्व दुबारा बेच देते थे। इस तरह के रहस्योद्घाटन छिपी प्रशंसा के

साथ होते थे, फिर विषय बदल कर अश्वों की नस्ल, या पशु प्रजनन या बन्दरगाहों से मिले समाचारों पर आ जाता।

नीरकस का एक व्यापारी मित्र काशीवासी था। जब पहलेपहल नीरकस नगर में आया था, तब उन्होंने साझेदारी में अश्व क्रय-विक्रय किये थे। व्यापारी जलपोतों और कारवाँओं को प्रायोजित करता था और धनी, सुसम्भ्रान्त व्यक्ति था। व्यापारी काशी में रहता था, मगर नदी के पार उसका एक आमोद-गृह था। वह स्थान हमारे आवास से बहुत दूर नहीं था। ग्रीष्म ऋतु का उत्सव मनाने के लिए आयोजित एक ग्रीष्मोत्सव में उसने हमें भी आमन्त्रित किया था।

मैदानी क्षेत्र की लम्बी थका देने वाली यात्रा के दौरान ग्रीष्म ऋतु की उष्ण वायु के थपेड़े हमारे लिए असहनीय हो गये थे, मुझे समझ नहीं आया इस निर्दयी ऋतु का क्या उत्सव मनाना और क्या आनन्द उठाना, फिर भी मैं किसी अनजाने भय से त्रस्त थी। साही के काँटे की सलीली से मैंने अपने केशों को दो भागों में बाँट माँग निकाली और मोगरे और चमेली के नवकुसुम लगा कर वेणी गूँथने का प्रयास करने लगी।

जब अपने केशों की किसी तरह वेणी गूँथने में मैं संघर्षरत थी, तभी अनायास मेरे स्मृतिफलक पर कमलिनी उभर आयी। कैसे अपनी दक्ष अँगुलियों से वह मेरे केश सँवार देती थी, कैसे अपने भावहीन नेत्रों से वह अपने परिश्रम का फल जाँचती थी। उसके साथ ही एक और स्मृति ने मुझे घेर लिया, वह थी मेरे स्वामी सृजन की, जिनके अस्तित्व को ही मैं अपने इस स्वगृहीत निर्वासन काल में नकारे हुए थी। इन स्मृतियों के मीठे दंश में मैं खो गयी, जिसमें अतीत के सुखों की प्रतिध्वनि भी थी। जब नीरकस मुझे लेने कक्ष में आया, तो मैं इस स्मृति पाश से बाहर निकली।

मैंने चोटी को स्कन्धों से नीचे अधखुला ही छोड़ दिया था। नीरकस ने मेरे इस केशविन्यास को देख कर टिप्पणी की, कुछ व्यंग्यात्मक स्वर में उसने कहा कि मेरी चोटी अश्व की पूँछ के समान लटकी है। यह अच्छी टिप्पणी तो नहीं ही थी, उसके स्वर में चिढ़न भरी कड़वाहट स्पष्ट थी। मैंने महसूस किया कि मेरी उपस्थिति उसकी स्वतन्त्रता में बाधक बन रही है, किन्तु मैं असहाय थी, मैं जानती भी तो नहीं थी कि मेरी किस बात से वह प्रसन्न या अप्रसन्न हो जायेगा। अपने विषय में भी यह नहीं जानती थी।

वाणिज्यिक ने हमें लाने के लिए एक सजीधजी गाड़ी भेजी थी। उसमें पहले से ही अनेक व्यक्ति उपस्थित थे। कुछ पुरुषों को तो मैंने

पहचान लिया, सामान्यतया उनकी दाढ़ी की लम्बाई या वर्ण से, समूह में केवल दो ही व्यक्ति चिकने मुखड़े वाले थे।

अपने सारे जीवन काल में मैंने केवल काले, भूरे या फिर श्वेत केश ही जाने थे। सृष्टि ने यवनों के केशों को वर्णों की कितनी भिन्नता दी है, यह देख कर मैं सदैव विस्मय में पड़ जाती थी। पीला, केसरिया, गेरुआ और कभी-कभी तो चमकीला लाल वर्ण भी उनके सिरों और मुखड़े की सज्जा करता था। केशों के अतिरिक्त उनके नेत्रों में भी वर्णों की बहुत भिन्नता थी, आसमानी से ले कर हरा और नीला भी। स्त्रियों में मैं किसी को न पहचान सकी—उनके मुखड़े प्रसाधनों और कपट से इतने लिपे-पुते थे कि निश्चय ही उनकी अपनी माँओं के लिए भी यह दुष्कर होगा। वे इतनी पाखंडपूर्ण, दिखावटी और चमक-दमक से परिपूर्ण थीं कि मैं रोष और उच्चता के भाव से भर उठी।

हम एक विशाल विलासोपवन में पहुँचे, जिसमें एक छोर पर पताकाओं एवं आम्रपत्रों के तोरणों से सुसज्जित एक मंडप था। घास को अभी सींचा गया था, वह तो अच्छा था कि ग्रीष्म ऋतु की धूल भरी हवाएँ थम गयी थीं। हमारे आतिथेयों ने (वे एक से अधिक थे, नीरकस के मित्र के साथ इस उत्सव की तैयारी में कुछ और लोग भी सम्मिलित थे) पुष्पहारों से हमारा स्वागत किया। पुष्पकुंजों के मध्य संगमरमर की चौकियाँ लगायी गयी थीं, घास पर बैठने के इच्छुक नागरिकों के लिए पुआल के आसन बिछाए गये थे। अतिथियों को कमल-पत्रों की व्यजनिकाएँ थमा दी गयीं।

मंडप में एक रंगमंच बनाया गया था, हमें सूचित किया गया कि उत्सव के एक भागस्वरूप संस्कृत का महानतम नाटक *अभिज्ञानशाकुन्तलम्* खेला जायेगा। आश्चर्यचकित होकर मैंने नीरकस को देखा, पर इससे उसका कोई लेना-देना नहीं था। उसके लिए तो मैं यदुरि थी, न कि कालिदास की नायिका की नामराशि।

गुरेश्वर के शिक्षक द्वारा सुनाई शकुन्तला की कथा मुझे याद थी, किन्तु इसके मंचन के वास्तविक रोमांच के लिए मैं तनिक भी तैयार न थी। वीणा, बाँसुरी और नगाड़ों के मनोहर संगीत के साथ नाटक आरम्भ हुआ, फिर सभी कलाओं के स्वामी भगवान शिव की स्तुति हुई। इसके बाद सारे नाटक का संचालक सूत्रधार मंच पर आया, उसने इतनी सहज स्वाभाविकता से दर्शकों को सम्बोधित किया मानो वह हमारा ही एक अंग हो। उसका स्वर तीव्र, किन्तु पूर्णतया सधा और परिष्कृत था। उसने एक-एक शब्द को जीवन्त बना दिया था।

यह अनुभव जितना वास्तविक था, उतना ही अवास्तविक भी था। मैंने स्वयं को परत दर परत खुलती कथा के समक्ष समर्पित कर दिया था।

सूत्रधार के श्वेत घुँघराले केश थे, वह अनायास ही मेरे भाई के शिक्षक सा प्रतीत हुआ, मेरे देहाती अतीत की गुहा से निकला। उसने भले से स्वर में नायिका का आह्वान किया। उसका सुमधुर, उच्च स्वर पार्श्व से गूँज उठा। "मैं उपस्थित हूँ, श्रीयुत!" उसने कहा। "इस विदुषी सभा के लिए अब हम कालिदास के महानतम नाटक *अभिज्ञानशाकुन्तलम्* का मंचन करेंगे।" सूत्रधार ने घोषणा की। "सभी पात्र अपनी भूमिकाओं में रम जाएँ!"

शकुन्तला की भूमिका निभाने वाली नायिका सूत्रधार को देख कर मुस्कुरा दी। उसके अंग-संचालन में कुछ अतिशयता थी, किन्तु ऐसा होना भी यथार्थता थी। "आपके योग्य निर्देशन में कुछ भी समझ से परे नहीं रह सकेगा।" उसने हल्की हँसी के साथ कहा। उसका स्वर वीणा के समान मधुर था।

सूत्रधार दर्शकों की ओर मुड़ा और एक नाटकीय मुद्रा में खड़ा हो गया। "सत्य तो यह है...," उसने प्राकृत में कहना आरम्भ किया। कुछ पल अर्थपूर्ण मुद्रा में ठहर कर वह शुद्ध संस्कृत पर आ गया :

"कोई भी मंचन तब तक उत्तम नहीं होता
जब तक विद्वान आलोचक प्रसन्न न हों...
जितना अधिक हम शिक्षित होते हैं,
उतना ही स्वयं पर अविश्वास बढ़ता है!"

मैंने कभी न जाना था कि जीवन को इस प्रकार एक साथ देखा और जिया जा सकता है। शब्दों के गेयात्मक प्रवाह और अभिनेताओं के नपे-तुले भावों की मादकता में डूब कर मुझे पूरा विश्वास हो गया था कि मंच पर मेरे सम्मुख कोई शाश्वत सत्य या अन्तर्दृष्टि उद्घाटित होगी। जब राजा दुष्यन्त और उनका सारथी मृग का आखेट करने के लिए गहन वनों में भ्रमण करने का अभिनय कर रहे थे, तो मैं भी आखेट के रोमांच से सराबोर हो उठी। अपनी कल्पना में मैं भी राजा के साथ श्याम मृग का पीछा कर रही थी। सारथी गतिमान रथ की तीव्र गति का अभिनय कर रहा था, तो मुझे प्रतीत हुआ मैं भी साथ बैठी गाँवों को पार करती जा रही हूँ। मैं अपने आसन के बिल्कुल किनारे पर बैठी थी और उत्तेजना में नख हथेलियों में गड़ाये जा रही थी। नीरकस अत्यन्त विनोदी भाव से मेरी प्रतिक्रियाओं को निरख रहा था, किन्तु मुझे किसी की चिन्ता नहीं थी।

दृश्य परिवर्तित हो कर शकुन्तला के दत्तक पिता ऋषि कण्व के आश्रम में पहुँच गया था। वृक्षों, लताओं और माधवी, चमेली और लाजवन्ती के कुंजों के वर्णन ने मुझे पहाड़ों में बसे अपने आवास में पहुँचा दिया था। जब राजा ने कहा :

इन वन स्त्रियों का सा सौन्दर्य
राजप्रासादों में कहाँ!
इन वन्य लताओं के समक्ष
मेरे आमोद-उपवनों की लताएँ कहाँ!

—तो मैं सहमति में अपना सिर हिला रही थी।

वैसे मेरी नामराशि शकुन्तला ने मुझे निराश किया। वह कुछ अधिक ही लज्जालु और सुसंस्कृत थी, निरन्तर लज्जा और असमंजस के आवेगों से जूझती रहती। उसकी सखियाँ प्रियंवदा और अनसूया कहीं अधिक जीवन्त थीं। नीरकस उनके अश्लील परिहासों पर ठहाके लगा रहा था। शकुन्तला ने अपने छाल के वस्त्र के कसे होने का उलाहना दिया और प्रियंवदा से उसे ढीला करने का आग्रह किया। ''अरी, अपने यौवन को दोष दो जिसने तुम्हारे वक्षों को इतना उभार दिया है, मुझे क्यों दोष देती हो?'' उसकी सखी ने अश्लीलता से कहा। इस भद्दे परिहास पर मेरा प्रेमी हँसी से दोहरा हो गया, जो मुझे अत्यन्त अरुचिकर जान पड़ा।

मैं मूक हो कर दुष्यन्त की कामचेष्टाओं के आगे शकुन्तला को आत्म-समर्पण करते देखती रही। मुझे अचरज हो रहा था कि अपनी पालिता पुत्री की इस प्रवंचना को जानने के बाद उसके दत्तक पिता क्या कहेंगे। नाटक चलता रहा। गर्भवती शकुन्तला ने अब स्मृति-चिह्न मुद्रिका भी खो दी थी, जो उनके गन्धर्व विवाह की एकमात्र साक्षी थी और उसका प्रेमी राजा दुष्यन्त उस स्त्री को भूल गया था, जिसे उसने आश्रम के पवित्र कुंज में अपने मोहपाश में बाँध लिया था।

''जब निष्कपट स्त्रियों के हृदय धूर्तता प्रदर्शित करें,
तो कपटी स्त्रियों से क्या अपेक्षा करें?''

दुष्यन्त ने उससे प्रश्न किया, और कहा :

''कोकिला भी अन्य पक्षियों को अपने अंडे सेने
और शावकों को उड़ना सिखाने देती है!''

मैंने देखा दर्शकों में बैठे पुरुष सहानुभूति में अपना सिर हिला रहे थे। शकुन्तला उनके सामने खड़ी थी, लज्जित, परित्यक्त, अवशिष्ट सी, उसके साथ मैं भी दैहिक सुख में रत होने के परिणाम झेल रही थी।

''गुप्त सम्मिलन करते समय

व्यक्ति को सतर्क रहना चाहिए,''
ब्रह्मचारी शार्गंरव ने उपदेश दिया, क्योंकि :
''यदि प्रेमी का हृदय शुद्ध न हो,
तो यह प्रेम विष हो जाता है।''

किन्तु शकुन्तला साधारण मानव नहीं थी। उसकी माँ मेनका देवलोक की अप्सरा थी। देवताओं ने मध्यस्थता की और सारे घटनाक्रम को सही मार्ग पर ला दिया। सभी के जीवन में सुख की स्थापना करने के साथ नाटक समाप्त हुआ।

मंचन के पश्चात्, सुसंस्कृत पुरुषों में चौंसठ कलाओं पर चर्चा छिड़ गयी और वे विद्वत्तापूर्ण वादविवाद में रत हो गये कि शूद्रक कालिदास से श्रेष्ठ नाटककार थे और उनके द्वारा रचित *मृच्छकटिकम्* श्रेष्ठतम नाटक है। लाल रंगे अधरों और केशों में मुक्तामाला धारण किये एक युवा स्त्रैण पुरुष ने मुझे भली प्रकार बँधा और लौंग जड़ा पान का बीड़ा दिया। भर-भर हाथ चूड़ियाँ पहनी सेविकाओं ने हमें काशी का विशिष्ट पेय आम की महासुरा वितरित की। इस मदिरा से मेरा तो जी मिचला गया, किन्तु नीरकस ने जी भर कर इसका सेवन किया था। मैंने कमल की पत्ते पड़ा गन्ने का रस और अंगूर व खजूर के स्वाद युक्त पनाका चख कर देखा। मैंने बहुत सारे मीठे पुए, चावल के पकौड़े तथा तीक्ष्ण स्वाद वाले अन्य अनेक व्यंजन खाये।

नाटक के पात्र मंच से उतर कर हम लोगों के मध्य बैठ गये थे। निकट से देखने पर शकुन्तला पुरुष निकला, मंच पर तो वह बहुत सुन्दर दिख रहा था, किन्तु निकट से देखने पर उसका आधा भी सुन्दर नहीं लगा था। विदूषक ही सारथी और ऋषि कण्व की भूमिकाएँ कर रहा था। नाटक भली प्रकार रचा स्वप्न था, किन्तु अब मंच पर भूमिका निभा रहे बहुरूपियों को देख मुझे यह उपहास सा प्रतीत हुआ।

अपने कक्ष में आने के बाद, नीरकस ने नाटक पर मुझसे चर्चा की। इसका कथानक उसे पसन्द आया था, जो उसे अपने देश में सुनी पैलीक्रिटस नामक राजा की कथा से मिलता-जुलता लगा था। ''पुरुषों के लिए अपने जीवन में आयी स्त्रियों को भुलाना बहुत सहज है।'' उसने कहा, ''मैं भी स्वीकार करता हूँ कि मेरे जीवन में भी कुछ ऐसी घटनाएँ हुई हैं।''

मैंने सोचा क्या सृजन ने भी मुझे भुला दिया होगा। मेरा अतीत एक निर्दयी थपेड़े की भाँति मुझे झकझोर गया था। नीरकस अभी भी कालिदास के नाटक पर बातें कर रहा था। ''दूसरे अंक, हाँ दूसरे अंक

में राजा की अंगरक्षक बनी स्त्रियाँ बिल्कुल अविश्वसनीय लग रही थीं!'' उसने कहा। ''कोई भारतीय तरुण चर कैसे यूनानी या आयोनियाई स्त्रियों की सुगठित देह के साथ न्याय कर सकता है?''

उस रात कमल-पत्र व्यंजिका से मैंने नीरकस की हवा की, जो मैं अपने साथ ले आयी थी, फिर उसकी कामुक क्रीड़ाओं में डूब गयी। किन्तु उस रात यह मैंने अत्यन्त अरुचि के साथ किया, और जब वह अपनी कामेच्छाओं में हिंसात्मक होने लगा, तभी मैं अपनी वासना को जगा सकी। मेरा प्रेमी आम की मदिरा के मद में मस्त था, अपनी क्षुधा शान्त होने तक वह मेरे कानों में अशिष्ट शब्द कहता रहा।

अपमान के क्षणों में भी कालिदास की शकुन्तला ने अपने गन्धर्व विवाह की मर्यादा बनाये रखी, किन्तु मैंने तो सर्वथा वंचना की थी। मैंने तो अपने नाम को भी त्याग दिया था। मैं अब शकुन्तला नहीं रही थी, मात्र यदुरि थी, जो उच्चारण योग्य नाम भी नहीं था। मैंने अपने स्वामी को त्याग दिया था, जिनकी मैं वास्तविक पत्नी थी। इससे क्या कि मुझसे पूर्व उनकी अन्य पत्नियाँ रही थीं। राजा दुष्यन्त की भी अनेक पत्नियाँ थीं, फिर भी शकुन्तला के साथ उनके प्रेम में कलंक नहीं था। शकुन्तला की माँ अप्सरा मेनका ने महर्षि विश्वामित्र को रिझाया था, किन्तु वह तो दैवी थी और दैवी जनों में इस तरह के कृत्य मान्य हैं। केवल मैं ही कलंकित रही।

उस रात मैंने स्वप्न में स्वयं को श्याम मृग के रूप में देखा, राजा और उसका सारथी मेरा पीछा कर रहे थे। जब तीर मेरे रक्तस्राव करते मृग-हृदय में धँसा, तो मैंने राजा के नेत्रों में देखा और वहाँ राजा के स्थान पर अपने स्वामी सृजन को पाया। उन्होंने वक्ष पर स्वर्णाभूषण और अपने चौड़े स्कन्धों पर मृग-चर्म धारण किया हुआ था। निद्रा में ही मैं सुबक-सुबक कर रोने लगी थी, नीरकस ने प्रेमपूर्वक मुझे सान्त्वना दी। आँख खुली तो मैं उसकी बाँहों में थी, मेरा रुदन और तीव्र हो गया।

14

यवन क्षेत्र के जिस विश्राम-गृह में मैं और नीरकस रहते थे, वहाँ प्रतिदिन झाड़-बुहार करने कुछ स्त्रियाँ आया करती थीं। वे निम्न वर्ण में उत्पन्न म्लेच्छ थीं, जिनकी जाति अस्पष्ट थी। विदेशियों का मैला उठाना उनके जात कर्म में नहीं था, किन्तु यहाँ से उन्हें स्थानीय गृहस्थों की अपेक्षा अधिक धन प्राप्त होता था। उनमें से एक लम्बी सुडौल-सी स्त्री अनायास मुझमें कुछ अधिक ही रुचि लेने लगी थी। उसके अच्छे सुन्दर से मुखड़े पर हल्की-सी मूँछें थीं। अतिथि-कक्षों के सार्वजनिक व निजी भागों एवं स्नानगृहों की सफाई करने का अपना दैनिक कर्म आरम्भ करने से पूर्व झाड़ू और झाड़न पास धर वह नित्य मेरे कक्ष में धरती पर बैठ जाती। ध्यान से मुझे देखती रहती, विचित्र भद्दी-सी उत्सुकता उसके मुख पर झलकती रहती। प्रतिदिन बिना नागा, मेरी रुचि जाग्रत करने की आशा में अपनी कोई चटपटी घरेलू बात मुझे सुनाती। वह मुझे अपने रुग्ण बेटे, पति द्वारा पिटाई किये जाने की घटना अथवा चौक में पकड़े गये चोर की बात बताती। ये समाचार वह स्वयमेव सुनाती रहती और फिर प्रतिक्रिया जानने को मेरी ओर देखती।

मैं मौन रहती। मुझे किसी से अन्तरंगता बढ़ाने में कोई रुचि न थी। अपने गृह में भी, मैं दासियों की गपशप से दूर ही रहती थी। मैं उससे पर्याप्त दूरी बरतती, यहाँ तक कि मैंने उसका नाम जानने का प्रयास भी नहीं किया।

"मेरा नाम नारंगी है," एक दिन अपने सामने रखे गन्दे पानी के पात्र को अत्यन्त दार्शनिक भाव से घूरते हुए उसने स्वयं कहा। "आपका क्या है?"

"शकुन्तला," मैंने उत्तर दिया। मेरे नाम की प्रतिध्वनि कक्ष में

गूँज उठी, मुझसे सम्बोधित होती, मुझे दोष देती। "किन्तु यवन मुझे यदुरि नाम से जानता है।"

"यदुरि—क्या नाम चुना है उसने!" उसने मनन किया। "यही तो इन्हें चाहिए, इन पुरुषों को, फिर चाहे साधु हों या पापी, स्वामी हों या प्रेमी। सबको वही मेवा चाहिए जो हमारी टाँगों के बीच है या फिर अपनी माँओं की गोद। यदुरि! उचित ही नाम है!"

अगले दिन वह फिर मेरे कक्ष में आयी। मैं उससे दृष्टि बचा रही थी, किन्तु नारंगी इससे तनिक विचलित नहीं थी। "नाम में क्या रखा है?" उसने दक्षता से हमारे वार्तालाप के सूत्र को पकड़ते हुए कहा। "बचपन में मेरी माँ ने मेरा नाम राजरानी रखा था! बताओ तो, कहीं से रानी या राजकुमारी लगती हूँ? कचरे की रानी! स्वयं को प्रसन्न करने के लिए मैंने अपना नाम नारंगी रख लिया।" उसने अपने वस्त्रों में न जाने कहाँ से एक मिट्टी का पात्र निकाला और गवाक्ष में रख दिया। "आपके लिए थोड़ा-सा आम का अचार लायी हूँ। गाँव से मेरी माँ ने भेजा था। निश्चय ही यवनों के बेस्वाद भोजन से आप उकता गयी होंगी।"

कड़वे तेल और कच्चे आमों की तीक्ष्ण गन्ध से कक्ष भर गया। दीर्घ श्वास ले इस गन्ध को मैंने अपने अन्तर तक सहेज लिया। मैंने सुन रखा था गर्भवती स्त्रियों को खट्टे पदार्थ भाते हैं। और वास्तव में दिन-प्रतिदिन चावल, रोटी और मांस खा-खा कर मैं उकता गयी थी। कनिष्ठिका को अचार के पात्र में डाल पहले तो मैंने आतुरता से उस चिरपरिचित गन्ध को श्वास में समोया, फिर पूरी लोलुपता से अँगुली चाट ली। इसमें मेरे बचपन की, गर्मी की मासूम दोपहरियों की गन्ध बसी थी।

सायंकाल कक्ष में प्रविष्ट होते ही नीरकस इस गन्ध के कारण ठिठक गया। "ये कैसी सड़ी गन्ध है?" उसने क्रोध में भर कर पूछा। गन्ध निकालने के लिए उसने तुरन्त गवाक्ष के पट खोल डाले।

"अचार है, और सारे अचारों की भाँति इसमें भी तेल और मसालों की ही गन्ध है।"

तदुपरान्त जब हम देह सुख में लिप्त हुए, तो उसने उलाहना दिया कि वेश्याओं की भाँति मैं तेल और अचार से गन्धा रही हूँ, किन्तु इसके पश्चात भी उसके वासनावेग में कमी नहीं आयी। सुबह उसकी अप्रसन्नता पुनः लौट आयी थी, पर अब इससे मैं नितान्त अप्रभावित थी, आम के अचार के दैवी स्वाद के सम्मुख मैं इसे त्यागने को तैयार

थी। अति लोलुपता से मैं इसे खाती थी, इसके तीक्ष्ण स्वाद को अपने अन्तरतम में सहेजती, मैंने एक बार भी यह न सोचा कि वह अचार मुझे एक म्लेच्छ जाति की स्त्री ने ला कर दिया है। एक अपवित्र यवन के साथ रहने के कारण मेरी जाति तो नारंगी से भी निम्न हो गयी थी।

इसके पश्चात जब नारंगी ने मुझे अपने विषय में बताया, तो सुनने के अतिरिक्त मेरे समक्ष कोई उपाय भी न था। उसकी कहानी मेरी एकाग्रता की भाँति ही भटक रही थी। उसकी उलझी-भटकी नीरस कहानी मैं टुकड़ों में ही समझ पायी थी। जैसा वह पहले ही बता चुकी थी कि उसका जन्म का नाम राजरानी था। राजरानी, उतना ही व्यंग्यात्मक राजसी नाम था जितना निम्न मेरा 'यदुरि' नाम था। बचपन में अपने गाँव के ही एक पुरुष के साथ उसका ब्याह हो गया था, उसके साथ वह काशी चली आयी। परस्त्री के लिए वह पुरुष इसे छोड़ कर दूसरे नगर में जा बसा। उसने सुना था कि वह उज्जयिनी में रहता है, जहाँ वह अपनी अनेक अनेक सन्तानों और पौत्र-पौत्रियों के साथ रहता है। नारंगी को उससे एक पुत्री हुई थी, किन्तु जाते समय वह उस बालिका को भी ले गया।

उसकी कहानी का बीच का अंश मैं नहीं सुन सकी थी। वैसे मैं सुन भी नहीं रही थी, बस इस उधेड़बुन में थी कि नारंगी से उसकी माँ का भेजा और अचार कैसे माँगूँ। जो कुछ भी कठिनाइयाँ उसने झेली होंगी, उन्हें आसानी से समझा जा सकता है। पर जब मेरा ध्यान वापस उसकी कहानी पर आया, तब तक वह पुनर्विवाह कर एक जवान पुत्र की माता बन चुकी थी। उसका पति नाई था। वह निरा काला और चेचकरू था, किन्तु अत्यन्त भला, उदार और उससे प्रेम करने वाला था। वह ठीकठाक धन अर्जित करके उसे सुख से रखता था। अपने नव-पति के लिए रसोई पकाना, उसका घर सँभालना और उसे देहसुख देना, अपने भाग्य के इस नवीन चक्र और सुखी जीवन में वह रम गयी थी। नारंगी का यह नया पति काशी के एक प्रतिष्ठित सामन्त की सेवा में नियुक्त था, जो यवनों की भाँति प्रतिदिन अपनी दाढ़ी बनवाता था।

एक प्रातः उस सामन्त की दाढ़ी बनाते समय नाई का हाथ तनिक फिसला और उसके उस्तरे की तीव्र धार ने उसके स्वामी का कंठ काट दिया। माणिक जैसी रक्त की बूँदें उस्तरे से गिरीं, रक्तस्राव से सामन्त मरते-मरते बचा। वह बच तो गया, मगर चर्चा यह फैल गयी कि सामन्त के दुश्मनों ने उसकी हत्या करने के लिए नारंगी के पति को धन दिया था। उसकी आजीविका छिन गयी, नाम मिट्टी में मिल गया। इसी दुख

में पीपल के वृक्ष से लटक उसने आत्महत्या कर ली। समय रहते उसे वृक्ष से उतार लिया गया था, किन्तु वह बच न सका। मरने से पूर्व अपने स्वामी के लिए दिये अन्तिम सन्देश में उसने स्वयं को निर्दोष बताते हुए अपने मान-सम्मान की रक्षा की।

नारंगी ने अतिशय भावुकता, विचित्र ध्वनियों और हावभावों से परिपूर्ण नाटकीयता के साथ अपनी कहानी कही थी। मुझे हाल ही में देखे नाटक का ध्यान हो आया। मैं एक वास्तविक नाटक घटित होते देख रही थी, किन्तु भीतर से। मैंने नारंगी से यह कहा, मगर मेरे व्यवधान पर ध्यान दिये बिना वह अपनी कहानी सुनाती रही। पति के मरने के बाद उसकी कपटी सौतेली पुत्रियों ने नारंगी के घर और सामान पर अधिकार जमा लिया, कहा कि वह उनके पिता के लिए अपशकुनी थी, कि वह डायन है और टोने-टोटके करने के लिए वे उसे दंड दिलवाएँगी और भी न जाने क्या-क्या कहा। इस बीच उस सामन्त को अत्यन्त पश्चात्ताप होने लगा। भूल सुधारने के लिए उसने नारंगी के पति के छोटे भाई को अपनी सेवा में नियुक्त कर लिया। वह भी नाई था। नारंगी के इस देवर को अपनी आवश्यकताओं की पूर्त्ति के लिए एक स्त्री की आवश्यकता थी। अन्ततः वह भी पुरुष था, उसके भीतर स्वाभाविक कामेच्छाएँ थीं, तो उसे अपनी दुखी भाभी का ध्यान आया। आरम्भ में तो नारंगी बेमन से अपने देवर के साथ सोने के बाद दिन भर अपने मृत पति का स्मरण कर दुखी होती थी, किन्तु उसका यह नवीन प्रेमी शयन-सुख में इतना निपुण और उत्साही था कि शीघ्र ही नारंगी उसके वश में हो गयी थी।

"प्रेम तो रस्साकशी का खेल है," नारंगी ने घोषणा की, जबकि मैं तो उसके पतियों के जटिल क्रम को समझने के प्रयास में ही उलझी थी। "बस इसके नियम उल्टे हैं। शक्ति लगा कर आप खींचें, तो पराजय मिलेगी–यदि आपको खींच लिया जाए, तो समझ लें कि विजय आपकी है!" मैंने इस लोक-व्यवहार के विवेक को समझने और आत्मसात करने का प्रयास किया, किन्तु कुछ समझ न सकी।

नारंगी का नव-प्रेमी जिसे वह अभी भी अपना देवर कहती थी, अब उनकी मुँह से बास मारती, मोटी पड़ोसन के टोटकों के जाल में फँस गया था। नारंगी को विश्वास था कि उसका देवर उस स्त्री के चक्कर में है, उसने उन्हें एक साथ देखा था, उसके प्रेमी में उस स्त्री की देह की गन्ध नारंगी ने महसूस की है। यद्यपि वह स्वयं को निर्दोष कहता है, किन्तु अपनी सारी कमाई उस व्यसनी औरत पर उड़ा देता

है और इसी कारण नारंगी को समाज-बहिष्कृत विदेशियों और यवनों का मैला उठाना पड़ता है, जिससे कि वह अपना पापी पेट भर सके।

अब तक मैं अपना सम्पूर्ण दम्भ त्याग उससे और अचार माँगने का निश्चय कर चुकी थी, इसलिए अधीरता से उसकी कहानी समाप्त होने की प्रतीक्षा कर रही थी। किन्तु इस दुखद अन्त पर अपनी लोलुपता प्रकट करना मुझे अनुचित लगा। उसे सान्त्वना देने के प्रयास में मैंने माँ को कहते सुनी वही घिसीपिटी बातें कि जीवन तो संघर्ष है, साहस से इसका सामना करो, आदि कहीं। अगले दिन अपनी जीवन-कथा को और विस्तार से बताने का वचन दे वह चली गयी।

उस रात नीरकस कुछ अधिक ही अप्रसन्न था। उसने मुझे इसका कोई कारण नहीं बताया, बस मुझसे अपेक्षा की कि मैं उसके इस क्रोध के आगे समर्पण कर दूँ, और मैंने यह किया भी। उसने मेरे नितम्बों पर बर्बरता से तमाचे मारे, स्तनों को इतनी तीव्रता से नोचा कि मैं आर्तनाद कर उठी। ''तुम जैसी स्त्रियों को मैं भली प्रकार जानता हूँ!'' उसने कहा, उसका चेहरा घृणा से विकृत हो रहा था। ''तुम्हारी जैसी स्त्रियाँ मेरी सारी शक्ति को चूस मेरे विनाश को तत्पर रहती हैं!'' उसके इन क्रूर वचनों से मैं दुखी नहीं हुई। उसके क्रोध ने मुझे और उत्तेजित किया, उकसाया, मैंने अपने त्रिया-चरित्र से उसे लुभाने का भरपूर प्रयास किया। जब हम अपने-अपने आनन्दों की पूर्ति के लिए संघर्षरत थे, तब अन्ततः मैंने नारंगी की बात के मर्म को जान लिया। प्रेम एक प्रतिलोमी रस्साकशी है, अधिक शक्ति से खींचने वाला इस खेल में पराजित होता है।

नीरकस सो गया, सुदूर प्रदेशों और अनजान स्त्रियों के स्वप्नों में लीन हो गया। मैं पुनः कालिदास, शकुन्तला और स्मरण-चिह्न मुद्रिका पर विचार करने लगी। अपने जीवन और नारंगी की कहानी पर भी मैंने सोचा।

एक स्त्री की इच्छा क्या है? यह चन्द्रमा के बढ़ने-घटने जैसी है, अस्थिर। मुझे अरुन्धती नक्षत्र का ध्यान हो आया, निष्ठा का प्रतीक, जिसे दिखा कर शकुन्तला के स्वामी सृजन ने उसका पथ-निर्देशन करना चाहा था। नग्न, लज्जाहीना मैंने गवाक्ष से बाहर झाँककर आकाश को निहारा। रात्रि-देवी राका की किरणों से मेरी देह नहा गयी। आकाश में एक तारा नहीं था, बस चाँदनी में झिलमिलाते, चिताओं की अग्नि के लपलपाते प्रतिबिम्ब से प्रकाशित बादलों का धूमिल झुंड था।

नारंगी मेरे लिए अचार ले आयी थी, किन्तु अब मेरी इच्छा मर

गयी थी। उसने अपनी कथा आगे बढ़ाई थी, वह देवर को वश में करने वाली कुटनी स्त्री के विषय में बता रही थी, किन्तु मैं इसे न सुनने को प्रतिबद्ध थी। मैंने अपने मस्तिष्क को भटकने दिया। मैंने प्रयास करके बचपन में गुरेश्वर के शिक्षक द्वारा सिखाए गये संस्कृत रूपों का स्मरण किया। ''शकुन्तला, शकुन्तले, शकुन्तलाः।'' शरीर मस्तिष्क पर शासन करता है अथवा मस्तिष्क शरीर पर? व्याकरण के पंडित तो कहेंगे कि दोनों एक-दूसरे को उत्तेजित एवं नियन्त्रित करते हैं...

''आपका यवन तो बड़ा ही नीका छबीला है,'' नारंगी ने अर्थपूर्ण ढंग से आँख मारी। ''वह तो अश्वों और स्त्रियों पर चढ़ाई करने के लिए ही बना लगता है।''

अचार के लिए मैंने उसे अनेकशः धन्यवाद दिये। उसके जाते ही मैंने सारा अचार गवाक्ष के नीचे स्थित सुन्दर उपवन में फेंक दिया। नारंगी पुनः हमारे कक्ष में नहीं आयी। उसकी अनुपस्थिति से मुझे अत्यन्त शान्ति मिली थी। मैंने निर्णय कर लिया था कि उसके स्थान पर आने वाली किसी भी अन्य स्त्री के वार्तालाप से दूर रहूँगी।

पर जब पुरबिया हवाएँ अपने साथ वर्षा ऋतु के शीघ्रागमन के सूचक मेघ लेकर आयीं, तो खट्टे, तीक्ष्ण स्वाद के लिए मेरा जी मचल उठा। मुझे आम के अचार की अभीप्सा थी, किन्तु नारंगी नहीं आयी।

एक दिन सुबह-सुबह नयी सफाईकर्मी कुछ अधिक ही वाचाल और उत्तेजित सी आयी। ''आपको नारंगी की याद है?'' उसने प्रश्न किया, उत्तेजना से उसके नेत्र चमक रहे थे। फिर मेरे उत्तर की प्रतीक्षा किये बिना स्वयं ही बोल पड़ी, ''वह मर गयी! उसके देवर ने ही मार डाला! अपने उस्तरे से उसकी गर्दन रेत दी, रक्त बह जाने से मर गयी, बेचारी! उसके देवर को सन्देह था कि उसका अपने पड़ोसी से सम्बन्ध है!''

मैं कक्ष से बाहर चली गयी। स्त्रियों के भयावह जीवन, उनके दुखों, उनके विश्वासघातों, उनकी मौतों की कथाओं को मैं नहीं जानना चाहती थी। आम के अचार की तीखी खटास मेरे मुख में भरती चली गयी, मेरा जी मिचला गया।

15

"यदुरि," उसने द्वार से पुकारा, इससे पहले कि वह लड़खड़ाता हुआ भीतर आता, मैं उसकी जिह्वा पर तिरते मदिरा के स्वाद को चख चुकी थी और सोच रही थी कि कितनी अतिशयता मुझे जलाएगी, आज रात उसे किस क्रीड़ा में आनन्द आयेगा...

स्मृतियाँ जैसे किसी गह्वर में जा छिपी हैं और सामने आने से भय खा रही हैं—पर मस्तिष्क दया-माया नहीं जानता। मैं एक अपरिचित नगर में हूँ, एक ऐसे पुरुष के साथ, जिसे मैं भली भाँति जानती तक नहीं। जब पौ फट कर दिवस में परिवर्तित होती है तो उसका स्वागत करने के लिए यहाँ वन और पहाड़ नहीं होते, नदी में मृत्यु की ज्वालाओं के बीच भोर होती है। यहाँ तक कि नदी, मेरी चिरपरिचिता गंगा भी अब पहचानी नहीं जाती। यह धीमी पड़ गयी है, न चंचला है, न इसकी गति में आनन्द रहा है, न वह स्वच्छन्दता है जो पहाड़ छोड़ कर इन नीरस मैदानों की ओर बढ़ते हुए इसमें होती है।

और मैं, मैं भी तो भिन्न हूँ। यह वह स्त्री नहीं है जिसने मृग-चर्मधारी पुरुष के वामांग बैठ सोम-मदिरा पान किया था। वह कौन थी जो मछुआरे के समीप बैठ बुद्धिमत्ता भरी गूढ़ बातें सुना करती थी, जो रात-रात भर परित्यक्त मन्दिर में बैठी रहती थी और पाषाण-योनि पर टिमटिमाते तेल के दीये को निहारा करती थी? यह वह नहीं है। यह अन्य कोई है : इसे चेताया नहीं जा सकता, क्योंकि इसका कलंक इतना गहरा है कि उसे किसी प्रकार धो पाना सम्भव नहीं है। यह ऐसी स्त्री है जिसके लिए अब कोई मार्ग शेष नहीं है।

जहाँ तक काशी का प्रश्न है, जहाँ मैं अपने विनाश की साक्षी बनी, यह द्विजों की वह निवासस्थली नहीं है, जिसके विषय में उस अन्य जीवन

में मेरे भाई ने मुझे बताया था। यह यवनों का क्षेत्र है, गृहहीन अपवित्र पुरुषों का क्षेत्र, जिन्हें पावन नगरी से दूर रखा जाता है। ऐसी ही मैं हूँ।

रात-दिन, आठों प्रहर मेरे आसपास मँडराने वाले शब्द प्रायः मुझे समझ नहीं आते। ये पुरुष, उनकी अस्थिर स्वभाव की लिपी-पुती स्त्रियाँ—मैं उनके मध्य अनुपयुक्त हूँ—वे विदेशी भाषा बोलते हैं। वे असभ्य हैं, सदैव परस्पर चीखते-चिल्लाते रहते हैं। हँसते बहुत हैं, ऊँचे और खोखले स्वर में। गुरेश्वर और मैं तो बचपन में भी अधिक नहीं हँसते थे। हम लज्जाशील और विनीत थे, वयस्क होने के पश्चात तो हमारा हँसना और भी कम हो गया था। हँसना असंयम का द्योतक है और असंयम लज्जाजनक होता है।

यहाँ मेरे तन ने लज्जाशीलता को त्याग दिया था। इसकी अपनी क्षुधा थी, वासनाएँ थीं, यह आनन्द में विकृत होता था, जो दिन-प्रतिदिन शक्तिहीन हो निराशा में डूबता जा रहा था। कलुषित और दयनीय तन। मुझे अपनी देह से जोड़े रखने वाले सूत्र कहीं टूट गये थे। ये किसी अन्य की ही देह थी, मैं इसे भय, जुगुप्सा और एक विचित्र से मोह से निहारती थी। मैं कोई नहीं हूँ। मैं एक देह मात्र हूँ। एक यात्री ने यूँ मुझे उठा लिया है जैसे किसी वृक्ष से कोई फल तोड़ लिया हो, और अब इस चुसी गुठली को फेंक देने के लिए वह अधीर है।

उस रात कोई भोज है। अनेक राजाओं के लिए कई युद्ध लड़ चुके एक प्रसिद्ध यवन भृत्य की युवा नयी पत्नी ने अपनी नयी पोशाक मुझे पहनने के लिए दी। यह एक लम्बा-सा श्वेत वस्त्र है जिस पर सुनहरे धागे से पुष्प कढ़े हुए थे। इससे मेल खाती पादुकाएँ भी हैं, काष्ठ की नक्काशीदार, जिन पर रत्न जड़े हैं। पोशाक मेरे लिए बहुत बड़ी है, इसमें उलझ कर गिरने से बचने के लिए मैंने इसे हाथ से थाम लिया है। पादुकाएँ दिखाने का भी विचार इसमें निहित है। नीरकस ने मुझे स्वर्ण और मूँगे जटित एक कंठहार दिया, जिसे पहन कर मैंने स्वयं को अत्यन्त सुरुचिपूर्ण महसूस किया। मेरे अधर पुष्प रस से निर्मित प्रसाधन से लाल रंगे हैं।

मैं लोगों से भरे एक विशाल कक्ष में हूँ। हँसी और बातों के उच्च स्वर गूँज रहे हैं। मोमबत्तियों के प्रकाश से रात भी दिन के समान जगमगा रही है। स्त्री-पुरुष बिना किसी लज्जा संकोच के वार्तालाप कर रहे हैं। नीरकस एक स्त्री से बात कर रहा है, उसका वस्त्र इतने खुले गले का है कि मुझे उसके स्तनों का आकार और गोलाइयाँ तक स्पष्ट

दिखाई दे रही हैं। स्पष्ट ही वह उस स्त्री को भली प्रकार से जानता है। नीरकस को उससे यूँ बातें करते देख मुझमें ईर्ष्या और असुरक्षा का भाव पनप रहा है।

नीरकस ने अपनी यवनी भाषा में उसे कोई पद्य सुनाया है। कक्ष में उपस्थित सभी स्त्री-पुरुष ठठा कर हँस पड़े। उसने इस परिहास का अनुवाद कर मुझे सुनाया :

''अगर प्रेम कला के दस अंग माने जाएँ,
तीन गुणा तीन स्त्रियों के, मात्र एक पुरुषों का।''

मुझे तो यह अच्छा नहीं लगा। मैंने अत्यधिक मदिरा पी ली। मैं इसके स्वाद की अभ्यस्त हो गयी हूँ। मुझे बताया गया है कि यह इटली नामक प्रदेश के अरेत्ज़ो नगर से आती है, कभी-कभी फ़ारस या बैक्टीरिया से भी। यह मदिरा अंगूरों व अन्य फलों से बनती है, जिसे पीकर इन्द्रियाँ शिथिल हो जाती हैं। कक्ष में एक लम्बी सी मेज़ थी। लोग इसके दोनों ओर बैठे हैं, स्त्री-पुरुष हँस रहे हैं, मदिरा पी रहे हैं और भोजन कर रहे हैं। प्रत्येक अतिथि के लिए पूरे-पूरे पक्षियों को भून कर पत्तों में लपेट कर लाया गया है। कक्ष में इतना कोलाहल है कि मुझे चक्कर आने लगे।

तीखी नासिका वाला एक व्यक्ति एक लम्बी-सी आयताकार पावरोटी और एक कटोरी में नमक ले कर आया और उसे मेज़ पर रख दिया। और मदिरा लायी गयी, एक रजत चषक जिस पर अनेक आकृतियाँ उकेरी हुई थीं, को घूँट भरने के लिए सबके बीच घुमाया गया। ''यह प्रेम-पात्र है,'' नीरकस ने मुझे बताया। ''मदिरा का सह-पान करके हम मैत्री और प्रेम का उत्सव मनाएँगे।'' मदिरा के साथ नमक भी दिया जा रहा है, अतिथि इसे चाटते जिससे उनकी प्यास तीव्र हो जाए। मैंने चषक में से घूँट भरा, उसमें एक बाल पड़ा है, किसी यवन की दाढ़ी का सुनहरा बाल। मुझे मितली उठी, मुझे किसी के साथ इस प्रेम-पात्र में सहभागी नहीं बनना।

नीरकस ने एक चाकू माँगा, किन्तु वहाँ नहीं मिला। उसके उसी प्रसिद्ध भृत्य मित्र ने म्यान से अपनी तलवार निकाली और मुझे थमा दी। मुझे समझ नहीं आया क्या करूँ, कुछ सन्देह और अचरज से मैं इसे देखती रही। नीरकस ने मेरा हाथ अपने हाथ में थामा और तलवार से मेज़ पर रखी पावरोटी को काट दिया। एक साथ हमने, मैंने और नीरकस ने पावरोटी के टुकड़े किये। वहाँ उपस्थित सभी स्त्री-पुरुषों ने

कोलाहल और करतल-ध्वनि कर अपना उल्लास प्रकट किया। उनकी भाषा मुझे समझ नहीं आयी, अतः मैं जान ही न सकी कि वे क्या कह रहे हैं।

अपने सभी मित्रों की उपस्थिति में ही नीरकस ने मेरे अधरों पर चुम्बन अंकित कर दिया। मुझे अपनी बाँहों में थाम ऊँचा उठा लिया, जिससे सभी मुझे देख सकें। "अब तुम मेरी पत्नी हो, मेरी मधुरा यदुरि!" वह मेरे कान में फुसफुसाया। मैं आतंकित हो उठी। मैं उसकी पत्नी नहीं हो सकती हूँ? मैं तो किसी अन्य पुरुष की पत्नी हूँ। किन्तु क्या कहती, किससे कहती?

वहाँ उपस्थित एक यवन स्वयं को कवि कहता है। उसकी नन्ही-सी दाढ़ी है और वह स्त्रियों की भाँति नेत्रों में मोटा-मोटा अंजन लगाए हुए है। वह विक्षिप्त सा लगता है, उसकी कविता में अनेक भाषाओं का अजीब-सा सम्मिश्रण रहता है। "जीवन समय की ताल पर होने वाला नृत्य है," वह कहता, सुनाते हुए वह स्थिर दृष्टि से मुझे देखता रहा। "तुम मेरा तात्पर्य समझीं?"

समझी तो नहीं थी, किन्तु सिर हिला कर हामी अवश्य भर दी। उसने मुझे प्रायपस के श्राप के विषय में बताया, जो देवताओं को क्रुद्ध कर देता है। मैं पूछ बैठी कि यह प्रायपस कौन है। मेरा प्रश्न सुनते ही वहाँ उपहासपूर्ण अट्टहास गूँज उठा।

"नीरकस, तुमने अभी तक यदुरि को प्रायपस से परिचित नहीं करवाया?" उसके मित्रों ने हँसी से दोहरे होते हुए परिहास किया। मैं किंकर्त्तव्यविमूढ़ थी। जो मैं कहती या करती, वह असंगत होता। अपने असमंजस को छुपाने के निमित्त मैं मुस्कराने लगी। कवि को मुझ पर दया आयी।

"प्रायपस का श्राप आनन्दरहित विषयासक्ति, सन्तुष्टिरहित परितृप्ति, दुख और भयरहित अपयश लाता है," उसने कहा। वह संस्कृत में बोल रहा था, यद्यपि इस गम्भीर वक्तव्य में प्राकृत के शब्द और यवन बोली मिश्रित थे।

मदिरा के मद में डूबा एक और अट्टहास गूँजा। वह भृत्य लड़खड़ाता हुआ मेरे अधर चूमने आगे झुक आया। "मैं समझाऊँगा तुम्हें प्रायपस," वह कह रहा था।

मेरा प्रेमी क्रुद्ध हो उठा, उसका मुखड़ा लाल हो रहा था, यह केवल मदिरा का प्रभाव नहीं था। "मैंने इससे विवाह किया है!" वह चीख

उठा। "इसके सतीत्व पर हाथ न डालना!"

"तुमने विवाह किया है इससे!" भृत्य ने भयभीत होने का स्वाँग किया। "और मैं इसके सतीत्व पर हाथ डाल रहा हूँ! अरे, मित्र, जैसे रसोई में रहने वाला रसोइया गुलाब की गन्ध नहीं पा सकता, उसी प्रकार यदुरि जैसी स्त्रियाँ सतीत्व नहीं प्राप्त कर सकतीं!"

मुझे न क्रोध आया, न मैंने अपमानित महसूस किया। मैं लज्जित थी। मैं मुस्कुरा दी और प्रेम-पात्र से और मदिरा पी ली। यवनों की रंगरेलियाँ चलती रहीं। कुछ झगड़े-झड़पें होती रहीं, जिन पर किसी ने ध्यान भी नहीं दिया। स्त्रियाँ तोतों-मैनाओं के समान चंचल हैं, बातों में रत हैं। वे कामुकता भरा व्यवहार करती हैं, क्योंकि वे भली स्त्रियाँ नहीं है। सब मेरे जैसी ही हैं।

मुझसे साँस नहीं ली जा रही। मैं कक्ष से निकल आयी। बाहर वायु शीतल और निर्मल है। मैं तरल रजत चाँदनी में नहाये शान्त उपवन में हूँ। उपवन नदी के तट पर स्थित है। लहरों पर सुनहली धाराएँ प्रतिबिम्बित हो रही हैं, मानो अहंकार से भरी सेना के ध्वज फहरा रहे हों। दूसरी ओर के पवित्र तट पर चिताएँ जल रही हैं। एक चिता में से अचानक ढेरों चिंगारियाँ फूट पड़ीं। लोगों से भरे विशाल कक्ष में गूँजते अट्टहास बाहर तक सुनाई दे रहे हैं। उपवन में आ कर वे थम जाते हैं, ठिठक जाते हैं, नदी पार करने का साहस नहीं जुटा पाते वे।

मृग तारामंडल का गुँथा हुआ बाण आकाश में फैला है। सप्तर्षि तारामंडल उत्तरी दिशा में अटल ध्रुवतारे की ओर संकेत कर रहा है। नीरकस इस तारामंडल को ग्रेट बीअर अर्थात विशाल भालू कहता है। मुझे यह किसी कोण से भालू जैसा प्रतीत नहीं होता। मैं यहाँ क्या कर रही हूँ?

गहन अँधेरे में, मुझे घंटियों की हल्की ध्वनि सुनाई दी। उपवन के किनारे क्षीण प्रकाश में मुझे एक भीमकाय छाया दिखाई दी। यह हाथी था—उसकी सूँड और चारों पैर मैंने देख लिए थे, मुझे ऐसा प्रतीत हुआ जैसे मैं उसके चमकते दाँतों को भी देख पा रही हूँ, यद्यपि यथार्थ में मुझे वे नहीं दिख रहे थे। इसकी चाल स्त्रियों के समान गरिमापूर्ण, मदमस्त थी, इसकी लय को देख कर मुझे बचपन में भाई के शिक्षक द्वारा सिखाये गये मत्तगयंड छन्द का स्मरण हो आया। हाथी की पीठ पर एक पुरुष सवार था, हाथी और वह पुरुष एकाकार हो गये थे, संसार से बेखबर, अपने एकाकी पथ पर अकेले बढ़ते। धीरे-धीरे वे

गहराती रात्रि में समा गये।

मेरे नेत्र छलछला गये। संसार अत्यन्त विशाल है। मेरे लिए अत्यन्त विशाल है यह। मैं घर लौटना चाहती हूँ।

रात्रि की प्रकृति है दिवस के पीछे आना, और दिवस की रात्रि के पीछे आने की। बहना जल की प्रकृति है। स्त्रियों की प्रकृति है सन्तान उत्पन्न करना, उनकी सन्तानें उत्पन्न होते और उन्हें बड़े होते देखना। मेरे गर्भ में भी एक सन्तान है और मैं अपना गृह त्याग आयी हूँ। उस दिन नदी तट पर किस पागलपन ने मुझ पर अधिकार कर लिया था? सम्भवतः उस स्त्री कमलिनी, जिसकी बस एक धुँधली सी स्मृति शेष है, मेरी उसी प्रतिद्वन्द्वी ने मुझ पर कोई टोटका कर दिया होगा। या सम्भव है उसने कुछ न किया हो, क्योंकि अपनी नामराशि शकुन्तला की भाँति मैं भी तो निर्वासन नक्षत्र में ही उत्पन्न हुई थी।

मैं कक्ष में वापस चली आयी। नीरकस एक अन्य पुरुष से बात कर रहा था। "इस धरती के फल अन्य स्थानों की अपेक्षा अति शीघ्र पकते और नष्ट हो जाते हैं," वह कह रहा है, "ऐसी ही यहाँ की स्त्रियाँ हैं।"

नदी किनारे जब हमारी भेंट हुई थी, यह पथिक और मैं, जब तन और आत्मा के रूप में हमारा सम्भोग हुआ था, तब उसमें एक सरलता थी, एक संकल्प था।

उस रात नीरकस कामावेग में अत्युदार था। किन्तु मेरी देह ने साथ नहीं दिया। उसने पार्श्व से मैथुन किया। उसकी कामेच्छा में पाशविकता और उग्रता थी। मैंने प्रसन्नता से दर्द को पी लिया, अन्ततः यह भी एक प्रकार का दंड ही तो है।

हम अभी तक विदेशी क्षेत्र में ही रह रहे थे। असली काशी, मृत्यु, विनाश और पुनर्जन्म के चक्र से मोक्षदायिनी नगरी तो नदी के पार है। नीरकस ने किसी प्रकार मुझे वहाँ ले जाने का वचन दिया है, किन्तु पहले उसे यहीं अनेक कार्य निबटाने हैं। अनेक ऋण चुकाने हैं। धन उगाहना है। वह सांसारिक कार्यों में उलझा हुआ है, नदी किनारे अचानक मिल गयी एक युवा स्त्री के स्वप्नों की चिन्ता करते रहने का समय नहीं है उसके पास।

ऐसा नहीं कि वह अनुदार है। प्रायः नीरकस संवेदनशील होता है। हम एक विचित्र से रहस्यमय और अपरिभाष्य सूत्र में बँधे हुए हैं। किन्तु जब वह मेरे केशों को सहलाता और प्रेमपूर्वक मेरे होंठों को चूमता है, तो उसके स्लेटी नीले नेत्र कुछ खोए-खोए से हो जाते हैं। उसने भी

कुछ त्यागा है, किसी ऐसे व्यक्ति को वह त्याग कर आया है जो कभी उसे अत्यन्त प्रिय रहा था। रातों को स्वप्न में कभी-कभी वह रोता है, हिप्पोलिटस का नाम लेता है। दिन में जब मैं इन दुःस्वप्नों के विषय में पूछती हूँ, तो कह देता है कि यह उसका पुराना रोग है। मेरे आग्रह करने पर कहता है कि कभी उसकी एक मित्र थी, हिप्पोलिटस नाम की, उसकी मृत्यु हो गयी। मैं जानती हूँ कि मैं उसके रहस्य जानने की अपेक्षा नहीं कर सकती, क्योंकि हमारे मध्य यह समझौता नहीं हुआ था। वह प्रायः परस्त्रियों के साथ हँसता-बोलता रहता, उसके ऐसा करने से मैं आहत हो जाती हूँ। जब हमारे तन एक-दूसरे के साथ नहीं होते, तो मैं व्याकुल हो जाती हूँ, और मेरा मस्तिष्क अतीत में भटक जाता है, यद्यपि मैं इसका भरसक विरोध करती हूँ।

एक दिन अपने सिर पर दो वानरों को बिठाए एक साधु विदेशियों के क्षेत्र में आ निकला। वानर उसके सिर पर इस तरह विश्राम कर रहे थे मानो उसका सिर न हो कर वह कोई वृक्ष हो। उसे देख मुझे अतीव प्रसन्नता हुई। मेरा मन एक बार पुनः हमारे पहाड़ों के वन-उपवनों और वहाँ विचरण करने वाले कृष्णमुखी वानरों में जा अटका। साधु ज्योतिषी भी था। वह शुल्क ले कर यवनों की हथेली और चेहरे देख कर भविष्य बताता था। उसने नीरकस को बताया कि उसकी अनेक पत्नियाँ होंगी, यह सुन उसके मित्र तीव्र अट्टहास कर उठे।

साधु की दृष्टि मुझ पर पड़ी, अपने श्रोताओं से संस्कृत-प्राकृत-यवनी मिश्रित भाषा में बात करते-करते वह ठहर गया। वह जान गया था कि मैं उनमें की नहीं हूँ। कोई भी जान जाता। उसने संस्कृत में एक श्लोक पढ़ा जो अपने झुंड से बिछड़े एक बछड़े के विषय में था, किन्तु गोधूलि तक वह पुनः अपने झुंड में, अपनी भाँ के पास लौट जायेगा। मुझे देखते हुए उसके नेत्रों में दुख डोल गया था।

"तुम यहाँ कैसे आ पहुँचीं, बहन?" उसने सहानुभूति से पूछा। "तुम्हें किसने पतित किया है?" जब वह मुझसे यह पूछ रहा था तो उसके वानर उसका सिर खुजाने और मुँह बनाने लगे।

"मैंने ही स्वयं को पतित किया है," मैंने विनम्रतापूर्वक कहा। "यह आदर मुझे ही प्राप्त हुआ है।" अपने भाई के शिक्षक द्वारा सिखाई व्याकरणज्ञाता की युक्तियाँ मुझे स्मरण थीं।

उसके सिर पर बैठे एक वानर ने तीव्र चीत्कार किया और अपना वक्ष पीटने लगा। उसने वानर को एक ओर ले जाकर हौले से उसके

कान में कुछ कहा। वे कुछ क्षण बतियाते रहे, तत्पश्चात लौट आये।

"तुम्हारा समय अच्छा नहीं है, बहन," उसने आदरपूर्वक कहा। वह प्राकृत में बोल रहा था, ताकि वे समझ ना सकें कि वह क्या कह रहा है। "तुम्हारे नक्षत्र तुम्हारे वास्तविक रूप के प्रतिकूल हैं। साहस से काम लो, और इस जन्तर को अपने कंठ में धारण कर लो।"

उसने काले धागे में पड़ा चाँदी का एक बेलनाकार जन्तर रक्षकारंडक मुझे दिया। भीतर से उभरे किसी अन्य के अपरिचित से स्वर ने मुझे चकित कर दिया। "मुझे इस जन्तर की आवश्यकता नहीं है, महानुभाव," मैं कह रही थी, "मैं साहस से काम लूँगी, आप मुझे मेरे भाग्य के सहारे छोड़ दें।"

प्रेम रस्साकशी का खेल है, और अधिक शक्ति से खींचने वाला इसमें पराजित होता है। उस शाम, नीरकस मेरे लिए एक उपहार लाया। एक वानर शिशु, जिसके कंठ में एक पट्टा और रस्सी पड़ी थी, ताकि वह कहीं भाग न जाए। मुझे दिख रहा था कि वह शिशु अपनी माता को खोज रहा है। उसके बन्धक होने का मुझे दुख हुआ। मैं उसे मुक्त कर देना चाहती थी, किन्तु इससे नीरकस की भावनाएँ आहत होतीं और मैं ऐसा भी नहीं चाहती थी।

मैं अपना अधिकांश समय वानर के साथ खेलते बिताती। उसे सान्त्वना देती, उसका मन बहलाती। हम एक-दूसरे को मुँह बिराते। अपने दक्ष हाथों से उसे केला छीलते देख मुझे अचरज होता। मैं देखती कि प्रायः वह अपनी रस्सी तुड़ा कर मुक्त होना चाहता है। सम्भवतः एक दिन मुझमें इतना साहस आ जायेगा कि मैं उसे मुक्त कर दूँ।

दिन बीतने के साथ अपने गर्भ के उभार को मैं महसूस करने लगी थी। मेरे स्तनाग्र कठोर हो गये थे। मैं प्रायः शिथिल रहने लगी थी। नीरकस ने भी मेरे उदर के उभार को देखा, इसकी गोलाई को जाँचा था। नीरकस से मैं कहूँगी कि यह शिशु उसी का है, मेरे उदर में उसकी पुत्री है, जिसके सुनहरे केश होंगे, नीली आँखें होंगी। वह मेरा विश्वास कर लेगा। सच्चाई वह कभी नहीं जानेगा। पर मैं जानती हूँ, सृजन का ध्यान आते ही मेरे हृदय में शूल सा उठता है। रात्रि के अँधेरे में, उसकी भुजाओं का आलिंगन, उसके चौड़े कन्धों की स्मृति मुझे कचोट जाती। मैं नीरकस की पीठ पर तकिया रख उसे सृजन समझने का बहाना करती। वह मेरा मन रख लेता। उसे क्या ज्ञात था कि मेरे मस्तिष्क में कैसे विचार उमड़-घुमड़ रहे हैं, मैं किस

यन्त्रणा को झेल रही हूँ।

हर रात मैं तिहरे गुँथे बाण नक्षत्र को अस्त होते देखती। नदी की लहरों पर झिलमिलाते प्रकाश बिन्दुओं को देखती रही। चिताओं की अग्नि को परखती। जब देह जल चुकती और अग्नि की लपटें शान्त हो जातीं, तब एक पल आता है जब तीव्र ध्वनि के साथ कपाल चटकता है, वह तीव्र ध्वनि जल के पार तक सुनाई देती थी। एक बार मुझे ऐसा प्रतीत हुआ जैसे चिता के पास मैंने किसी को देखा, राख की सी रंगत वाली एक स्त्री, उसके नग्न स्तनों पर मुंडमाला पड़ी थी। वह एक विशिष्ट बैंगनी प्रकाश के साथ झिलमिला उठी थी, धैर्य के साथ वह जीवन के उन अवशेषों के समीप खड़ी रही जिन्हें मृतक अपने पीछे छोड़ गया था। उन अवशेषों को वह खा गयी, आनन्दोपभोग में नहीं, अपितु पश्चात्ताप स्वरूप।

16

मैंने नदी में बहता एक शव देखा। मछलियों और कछुओं ने इसे खा लिया था, वह शव जल में सड़कर इतना फूल गया था कि ऐसा सोचना भी कठिन था कि वह कभी जीता-जागता मानव शरीर रहा होगा। इस क्षत-विक्षत शव को देख कर मुझे अत्यन्त भला सा लग रहा था, एक सन्तोष का भाव मेरे मन में उपजा। अपनी कल्पना में मैंने उसे जीवित करके देखा, चलते-फिरते, आनन्द भोगते। ''सब इन्द्रियों का वृथा अभिमान है,'' मैंने स्वयं से कहा, ''जीवन पल-पल जी जाने वाली मृत्यु मात्र है।'' इन विचारों के मन में आते ही एक वैराग्य भाव सा मुझ पर छा गया, किन्तु इसी वैराग्य भाव के प्रति मेरे दार्शनिक भाई ने मुझे आगाह किया था। ''श्मशान वैराग्य अध्यात्म का सर्वाधिक सुगम मगर सर्वाधिक मिथ्या रूप है,'' उसने मुझे बताया था, उस स्त्री को जो कभी मैं थी, ''यह और कुछ नहीं, मात्र कायरता है। सच्चे अर्थ में वैराग्य आसक्ति से उपजता है।'' मैं समझ न सकी थी कि इस कथन में उसकी व्याकरणशास्त्री की बुद्धि की सुशिष्ट युक्ति थी अथवा इसमें कुछ गूढ़ अर्थ निहित था। जीवन में मेरी आसक्ति पूर्णतया लुप्त हो चुकी थी। यह स्वयं से पराजित हो गयी थी।

अन्ततः साहस जुटा कर मैंने वानर शिशु को छोड़ दिया। पर उसे मुझसे स्नेह हो गया था, जाने के लिए वह उत्सुक नहीं था। मैं उसे केला छील कर छिलका पकड़े बैठे देखती रही। अपने निष्कपट उदास नेत्रों से वह मुझे अपने कंठ में बँधी रस्सी खोलते देखता रहा। वह समझ नहीं पा रहा था कि अब वह मुक्त है। उसके मुँह के सामने मैंने रस्सी हिलाई, किन्तु वह तब भी रस्सी और अपनी मुक्ति में कोई सूत्र न पा सका। मैंने पुनः रस्सी उसके कंठ में बाँध दी, किन्तु उसे वृक्ष से नहीं बाँधा। मुझे विश्वास था कि थोड़ी-बहुत देर में वह समझ जायेगा कि वह

बन्धनहीन है, मुक्त है।

अगले दिन मैंने उस वानर-शिशु को मृत पाया। किसी सियार या तेंदुए ने रात में उसे अपना आखेट बना लिया था। वानर भागा नहीं था, बन्धन के भ्रम से वह स्वयं को मुक्त नहीं कर पाया था। रक्त में सना उसका शव वृक्ष के समीप पड़ा था, पीड़ा की अधिकता में उसके दाँत भिंच गये थे।

बिछोह का पल आ गया था। मैं जानती थी कि मुझे उससे प्रेम था, किन्तु यह भी जानती थी कि साथ रहने का हमारा समय पूरा हो गया है। उस रात नीरकस मेरी विकलता को समझ रहा था। उसने सोचा कि वानर शिशु की मृत्यु के कारण मैं विकल हो रही हूँ। उसने मेरे मस्तक को सहलाया। उसका व्यवहार अत्यन्त स्नेह और उदारता भरा था। वह उद्यान से अँजुरी भर चमेली के श्वेत पुष्प तोड़ मेरे लिए लाया। "ये पुष्प मुझे तुम्हारा स्मरण कराते हैं, यदुरि," उसने कहा। चाँदनी ने चुपके से आ कर अँधेरे कक्ष को जगमगा दिया था। गवाक्ष में खड़ी उसकी देह की आकृति मुझे स्पष्ट दिख रही थी। उसके तन से अनवरत शक्ति चुआती रहती थी, नेत्र उद्दाम आवेश से चमकते रहते। क्या प्रेमाग्नि में जलाना, मगर स्वयं उससे अछूते रह पाना सम्भव है? मैंने सुना था कि मायावी, माँ काली के भक्त जलते अंगारों पर चल लेते हैं। माँ का आशीर्वाद पा क्या हम साधारण नश्वर प्राणी भी ऐसा कर सकते हैं?

"मुझे कन्दहार जाना है," उसने कहा, "और फिर सम्भवतः मैं तुम्हें फ़ारस ले जाऊँ। तुम्हारे रूप के सामने फ़ारस की रूपसियाँ फीकी पड़ जाएँगी।"

मैं मौन थी। संसार अत्यन्त विशाल स्थान है, किसी की भी कल्पना से अधिक विशाल। पता नहीं कन्दहार देखने की मेरी इच्छा थी या नहीं।

"फ़ारस में हम अत्यन्त मधुर अनार खाएँगे," नीरकस कहता जा रहा था, "पर्सफ़ोन द्वारा खाये अनारों से भी अधिक मधुर और लाल।" मेरे नेत्रों के समक्ष हमारे पहाड़ों में होने वाले खट्टे पीले अनार और माँ के घर के पीछे लगा दाड़िम वृक्ष कौंध गया। एक समय था जब अनार खाने के लिए मैं कन्दहार, फ़ारस और सम्भवतः अफ़रीद तक जाने के लिए कुछ भी दाँव पर लगाने को उद्यत हो जाती, किन्तु अनुभव अर्जित करने की मेरी लालसा अब क्षीण पड़ चुकी थी। व्यक्ति रात-दिन यात्रा भले ही कर ले, किन्तु जिस स्थान से वह यात्रा आरम्भ करता है, वही स्थान वस्तुतः उसका अपना होता है। मेरा मित्र, कुन्दन मछुआरा मेरे

मन की स्थिति समझ जाता।

अपरिचित व्यक्तियों के स्वरों और गन्ध के बीच उस कक्ष में लेटे हुए अचानक मेरा मन उस परित्यक्त मन्दिर में जाने को उतावला हो उठा, उसकी गुप्त राहदारी में जहाँ दीपक की लौ थरथराती है, जहाँ एक बार शक्तिशालिनी तेजस्वी देवी के स्वरूप ने मेरे भयों को शान्त किया था।

मेरे नेत्र भर आये। मेरे मुख को सहलाते हुए नीरकस ने उन्हें महसूस किया। ''मुझे जाना ही होगा, यदुरि!'' उसने हौले से कहा। ''कोई दूसरा चारा नहीं है। आवश्यकता की महादेवी का मुझे आदेश है, उनकी अवज्ञा करना तो नियति के भी बस में नहीं है!''

इस पुरुष से मुझे प्रेम था। कोई मुझसे पूछता, तो पता नहीं उसको इसका विश्वास दिलाने के लिए मेरे पास शब्द होते या नहीं, पर अपने स्वयं के मन में मुझे सन्देह नहीं था कि मैं उसे प्रेम करती हूँ। एक कोमल और स्नेहपूर्ण तन्तु हमें बाँधे हुए था। उसने मेरे मस्तिष्क और इच्छाओं को कुछ अंश तक समझा था, जिसे अन्य कोई नहीं समझ सका था। उस अभागी दोपहर को नदी के किनारे मैं बिल्कुल वृथा ही तो अपने जाने समझे जीवन को नहीं छोड़ आयी थी। फिर भी मैं उसकी नहीं थी। मैं किसी की नहीं थी। और यदि मैं अपनी भूल की यन्त्रणा भोग रही थी, तो इसमें निहित पीड़ा का उपहास उड़ाते हुए मैं इसे सहन करूँगी।

यवन ने मेरे अधरों का चुम्बन लिया। मैं प्रसन्नता से मुस्करा दी, यद्यपि अभी भी मेरी पलकों की कोर भीगी थीं। इस संसार में हम सभी प्रेम करने से भय करते हैं, आशंकारहित हो किसी पर पूर्ण विश्वास कर पाना सरल नहीं है। नीरकस ने अपनी मित्र हिप्पोलिटस से प्रेम किया, जिसे उसने खो दिया। उसने मुझसे प्रेम किया, मैं जानती थी कि उसे मुझसे प्रेम है, और अब, वह मुझे भी खो देने वाला है।

17

आँख खुली तो अभी अँधेरा ही था। भोर की पहली किरण फूटने ही वाली थी। चन्द्रमा भाग खड़ा हुआ था, किन्तु हल्के मद्धम प्रकाश के सहारे मैं बाहर आ गयी। सावधानी से बिना टकराये, बिना नीरकस को जगाये। वह शान्ति से सो रहा था, उसके केशों के घूँघर मस्तक पर लुढ़क आये थे, उसकी श्वास शिशु के समान सधी थीं। जाते समय उसका चुम्बन लेने की हूक मन में उठी, किन्तु मैंने स्वयं पर नियन्त्रण कर लिया।

बाहर उद्यान में ओस का वितान चमक रहा था। पंछियों के कलरव ने दिवस के आगमन की सूचना दे दी थी। हरियल और कोकिला के तीखे प्रातः राग को मैंने पहचान लिये। उनकी स्मृति पहाड़ों में स्थित मेरे घर से जुड़ी है। अश्विन अपने रथ पर सवार हो आकाश में नवदिवस की यात्रा आरम्भ कर चुके थे। अपनी त्वचा पर मैंने सूर्य की प्रथम किरणों की ऊष्मा महसूस की। मैं मुक्त हो गयी थी, पुनर्जीवित हो गयी थी। एक बार पुनः सब सम्भव प्रतीत होने लगा था। यह अनुपयुक्त तो था, किन्तु मैं गुनगुना रही थी, प्रातःकाल की संस्तुति में मैं वेद ऋचा गुनगुनाने लगी। मैं बहुत मद्धम स्वर में गा रही थी, क्योंकि यह ऋचा मैं अपनी पुत्री को ही सुना रही थी। मैं शक्तिशाली स्त्री थी। मैं माँ थी। उपवन पार करके नदी के साथ चलती पगडंडी पर आगे बढ़ती गयी। अकेले चलते हुए मुझे तनिक भय नहीं लगा।

मार्ग में एक और हाथी मुझे मिला। मृगहस्ति, भुजाधारी पशु नीम के वृक्ष की शाखा तोड़ रहा था। इसकी दक्ष सूँड ने पत्ते भरी कोमल शाखा को ध्वज की भाँति उठा रखा था। मैं वहीं खड़ी हो कर आह्लादपूर्वक उसे देखने लगी, उसकी झुर्रीदार स्लेटी मांसल देह, लहराती छोटी-सी पूँछ, भले से विवेकी नेत्र। उसका रक्षक महावत नीम

की नन्ही दातुन चबाता उसके समीप ही खड़ा था। उसकी भी झुर्रीदार त्वचा और भले से नेत्र थे।

अपना सम्पूर्ण साहस बटोर आगे बढ़ कर मैंने मृगहस्तिन की सूँड को थपथपा दिया। महावत ने मुझे टोका नहीं।

''कहाँ जा रही हो, पुत्री?'' उसने नम्र स्वर में पूछा।

''मैं नदी पार काशी नगरी जाना चाहती हूँ,'' मैंने प्रत्युत्तर दिया। इन दोनों के सान्निध्य में मैं स्वयं को सुरक्षित महसूस कर रही थी, उनका प्रेम सच्चा और सुरक्षित प्रतीत हुआ। ''नदी पार कैसे करूँ?''

''भले घर की स्त्री हो, और निश्चय ही गृह से अत्यन्त दूर चली आयी हो,'' उसने कहा। यह प्रश्न नहीं, कथन था। ''कौन-सा दुर्भाग्य तुम्हें यहाँ ले आया है?''

''क्या केवल दुर्भाग्य ही मुझे काशी ला सकता है?'' उत्तर में मैं पूछ बैठी, ''क्या केवल दुख ही मनुष्य को अपने आरम्भ स्थल से आगे ले जा सकता है? क्या उत्सुकता, यात्रा का आनन्द इसका कारण नहीं हो सकता?''

''स्त्री खूँटे से बँधी गाय के समान होती है, पुत्री,'' उसने कहा ''उसकी स्वतन्त्रता कर्तव्य की डोरी है जो उसे उसकी गृहस्थी से बाँधे रखती है।'' मैं सुन नहीं रही थी। मृगहस्तिन नीचे झुक रहा था, घुटने मोड़ कर, शावक के समान धरती पर बैठते हुए! महावत ने थैले में से एक गन्ना निकाला, जिसे उसका पशु तुरन्त चट कर गया।

''मैं खिलाऊँ?'' मैंने पूछा। महावत ने एक और गन्ना निकाल कर मुझे थमा दिया। मैंने उसे हाथी की ओर बढ़ा दिया। हाथी ने अपनी लम्बी दक्ष सूँड से इसे कोमलतापूर्वक ग्रहण कर लिया।

''हथिनी अपने शिशु को अठारह माह गर्भ में ढोती है, मैंने ऐसा सुना है,'' मैंने कहा।

''और मनुष्य, वह तो अपनी सन्तानों को जीवन भर ढोता है,'' महावत ने उत्तर दिया।

मैं हाथी को नीम की हरी शाख के पत्ते चबाते देखती रही। नदी हमारे सामने बह रही थी, प्रातःकाल की नवकिरणों के प्रकाश में इसका जल रुपहला हरा सा प्रतीत हो रहा था। वायु अभी से दिन के गर्म होने की घोषणा कर रही थी।

''शीघ्र ही पुरवैया चलने लगेगी, और गर्मी कम हो जायेगी,'' महावत ने जैसे मेरे विचारों को पढ़ते हुए कहा, ''और फिर वर्षाऋतु आ जायेगी।''

मेरे स्मृति-पटल पर पहाड़ों की वर्षा कौंध गयी, कैसे प्रचंड वायु वृक्षों पर तीव्र थपेड़े मारती थी और कभी-कभी तो घरों की छतें भी टपकने लगती थीं।

"तुम्हारा नाम क्या है, पुत्री?" पुरुष ने प्रश्न किया।

"शकुन्तला," मैंने उत्तर दिया।

"मेरे हाथी पर बैठ जाओ, पुत्री," उसने कहा। "मैं तुम्हें नौका-घाट तक ले जाऊँगा। वहाँ से तुम काशी जा सकती हो।" हम एक मुड़वाँ सीढ़ी पर चढ़ कर हौदे में जा बैठे। मैं महावत के पीछे बैठ गयी, पशु अपने आगे के पैरों पर झुकता हुआ खड़ा हो गया और आगे बढ़ा। उसकी गति में एक परिचित-सा आश्वासन था।

धरती बहुत दूर प्रतीत हो रही थी। मुझे धरती पर परिश्रम में रत चींटियों और अपने बिलों में दुबके रहने वाले सर्पों का ध्यान आया। कितनी दूर थे वे। सम्भवतः ऐसे भी पशु होंगे जिनके सम्मुख हाथी चींटी समान लगे! संसार कैसे-कैसे विचित्र आश्चर्यों से भरा पड़ा है! कितना कुछ देखने को अभी शेष है!

महावत के हाथ में अंकुश था, जिसकी सहायता से अत्यन्त सुघड़ता से वह इस भीमकाय पशु को संचालित कर रहा था। हाथी अश्व से तीव्र गति से चलता है, यद्यपि प्रतीत तो धीमे हुआ। शीघ्र ही हम नदी के घाट पर पहुँच गये, जहाँ अनेक नौकाएँ बँधी थीं। लहरों पर डोलती हुई वे जैसे बुला रही थीं। एक नौका में एक नन्ही-सी बालिका बैठी थी, जिसने सम्भवतः अभी दो बसन्त भी नहीं देखे होंगे। उसकी आँखों में अंजन लगा था, वह अपना नन्हा हाथ गंगा में डाल जल में छपाके मार रही थी। नौका की तली में थोड़ा-सा पानी भरा हुआ था। अगर ये रिसने लगी, तो नौका डूब जायेगी, साथ ही यह भी। मैं नौका में उसके पास जा बैठी।

महावत ने अपनी थैली में से एक निषक निकाल कर केवट को दिया। उसकी इस उदारता के लिए मैंने उसे धन्यवाद देना चाहा, किन्तु कुछ न कहा। मैं जान गयी थी कि इस विशाल संसार में भ्रमण करते यात्री और घुमक्कड़ परस्पर इस प्रकार के छोटे-मोटे उपकार करते रहते हैं।

नदी पार करना आह्लादकारी अनुभव था। यद्यपि धरती पर वायु नहीं चल रही थी, किन्तु नदी पर मन्द, शीतल पवन थी। पवन के झोंके मेरे केशों को बिखेर गये, जैसे स्नेहमयी माँ ने उनमें अँगुलियाँ फिरा दी हों। बालिका अभी भी नौका में थी, वह नौका के अग्रिम भाग में बैठी थी। जल को काट कर नदी में आगे बढ़ते हुए भी उसका हाथ जल में ही था। उसकी देखादेखी मैंने भी अपना हाथ जल में डाल

दिया। आह, कितना शीतल जल था, कितना सुखद! बालिका मुझे देख कर मुस्कुरा दी।

नौका में दो अन्य यात्री भी थे। एक मलिन सा साधु और ब्रह्मचारी शिष्य की भाँति श्वेत परिधान धारी नवदीक्षित। वे उत्तेजनापूर्ण वादविवाद में लीन थे। दोनों जन विद्वान शिरोमणि मंडन मिश्र की चर्चा कर रहे थे, जिन्होंने शंकराचार्य और वेदान्तियों के मत का अनुकरण कर लिया था।

''जब प्रथमतः शंकराचार्य मंडन मिश्र से भेंट करने गये, तो उन्होंने पाया कि प्रयाग स्थित उनके आवास के बाहर बैठे तोते भी शुद्ध संस्कृत में वार्तालाप कर रहे थे!'' साधु ने कहा। ''विश्वास कर सकोगे कि उनकी चर्चा का विषय गूढ़ दर्शन था!—क्या वेद स्वयं में अकाट्य हैं? —क्या कर्म चिन्तन-मनन से श्रेष्ठ है? संसार यथार्थ है या मिथ्या? इस प्रकार के गूढ़ प्रश्न वे विद्वान तोते परस्पर एक-दूसरे से कर रहे थे।''

''मैंने भी सुना है ये,'' नवदीक्षित ने उत्तर दिया, ''और अत्यन्त शुद्ध और काव्यात्मक भाषा में। मेरी अपनी संस्कृत उनके सम्मुख धराशायी हो जाए।'' वह मूर्खों की भाँति मुस्कराया, बात करते हुए वह अपने श्वेत परिधान को फटकारता था।

''शंकराचार्य ने मंडन मिश्र को शास्त्रार्थ के लिए आमन्त्रित कर लिया, जिसमें पराजित होने वाले को विजयी के मत को अपनाना था,'' साधु कह रहा था। ''मंडन की पत्नी भारती को शास्त्रार्थ का संचालक बनाया गया।''

''स्त्री संचालक?'' नवदीक्षित ने अविश्वासपूर्वक पूछा, आश्चर्य से उसका मुँह खुला रह गया था। ''क्या मैं इस पर विश्वास करूँ?''

''इससे क्या अन्तर पड़ता है?'' साधु ने इतिहास से उदाहरण देते हुए कहा। ''याज्ञवल्क्य ने गार्गी से शास्त्रार्थ किया था, और जनक का भी सुलभ से लम्बा तर्क-वितर्क हुआ था। यदि ऐसे महान सन्त स्त्रियों की बुद्धि की महत्ता को स्वीकार कर सकते हैं, तो तुम्हें कैसी हिचक है?''

''मैं तो स्त्रियों से कुछ और ही बातें सीखना चाहूँगा!'' ब्रह्मचारी ने उत्कंठा से कहा।

''शंकराचार्य ने भी यही किया था!'' साधु ने जोड़ा। ''भारती ने शंकराचार्य से काम शास्त्र और इच्छाओं के सन्दर्भ में प्रश्न किये। देखा जाए, तो दैहिक ज्ञान भी पारम्परिक ज्ञान की चौंसठ शाखाओं का एक अंग है।'' नवदीक्षित ब्रह्मचारी के केशहीन सिर के रोएँ तक लज्जा से गड़ गये। साधु ने उसे आश्वस्त करने का प्रयास किया।

''वस्तुतः शंकराचार्य ने राजा अमरुक की देह में प्रविष्ट हो

कर काम शास्त्र के व्यावहारिक ज्ञान में पांडित्य प्राप्त किया," उसने बताया। "मैंने सुना है उस राजा की सौ पत्नियाँ थीं। फिर भी मात्र तीन दिवस और तीन रात्रियों में शंकराचार्य ने काम शास्त्र के दर्शन पर ग्रन्थ लिख डाला!"

"वे सदैव से तीक्ष्ण विद्यार्थी रहे हैं," ब्रह्मचारी ने परिहास किया। दोनों ठठा कर हँस पड़े, जिसका तात्पर्य था कि उनकी चर्चा समाप्त हो गयी है।

किन्तु इस कथा का एक अंश मैं नहीं समझ पायी थी। "मंडन मिश्र की पत्नी का क्या हुआ?" मैं पूछ बैठी। "उस विदुषी नारी भारती का क्या हुआ?"

"आचार्य ने उनकी एकनिष्ठ विद्वत्ता और त्याग की अतीव प्रशंसा की," मलिन साधु ने हतप्रभ हो मुझे देख कर उत्तर दिया। "शंकराचार्य सरीखे महात्मा से शास्त्रार्थ में पराजित होना भी स्वयं में अत्यन्त गौरव का विषय है।"

"तब वे उनके मत में सम्मिलित क्यों नहीं हुईं?" मैंने पुनः प्रश्न किया। "उन्होंने तो अपने पति से अधिक विद्वत्ता से तर्क किया था।"

"हम वेदान्ती अधम बौद्धों की भाँति नहीं हैं कि कोई भी, स्त्री तक, आकर भिक्षु बन जाए!" साधु को क्रोध आ गया था।

पराजित हो मैं अपने गर्भ में पल रही सन्तान के विषय में सोचने लगी। वह नौका में मेरे समीप बैठी फूल जैसी मुस्कुराती बालिका के समान प्रिय होगी? मैं मन ही मन अपनी पुत्री से बातें करने लगी, उसको नदी दिखाई, इसकी लहरों के विषय में बताया। मेरे कल्पना-नेत्र से वह जल को देख सकती थी, मेरी त्वचा के माध्यम से इस निर्मल प्रवाह का अनुभव कर सकती थी। हमने एक साथ यात्रा के आनन्द और रोमांच का अनुभव किया। "तुम्हारे उत्पन्न होने के पश्चात मैं तुम्हें क्या कह कर पुकारूँगी।" मैंने विचार किया। "तुम्हारी नियति के अनुरूप बहते हुए तुम्हें गंगा पुकारूँगी।"

हम दूसरे तट पर पहुँच गये थे। विचित्र बात थी, पर मुझे यहाँ आकर तनिक रोमांच अनुभव न हुआ। चौड़े-चौड़े पाषाण सोपान नदी के तट से ऊपर जाते थे। निचले सोपान तो लहरों से धुल-धुल कर ठंडे थे, किन्तु ऊपर चढ़ते ही तप्त पाषाण सोपानों ने मेरे पाँव जला दिये। वातावरण में नदी, मछलियों और जलीय वनस्पति, नौका की गीली लकड़ी के साथ ही, मेरे समीप से निकलते मल्लाह की मलिन देह गन्ध भी घुल गयी थी। उथले जल में गेंदे के पुष्पों की एक माला एकाकी

तैर रही थी, किनारे और नदी के तीव्र बहाव के बीच फँसी हुई। लहरों पर एक मिट्टी का दीपक हिचकोले खा रहा था। यह दृश्य मेरे मानस में अंकित हो गया, और अपनी महत्ता और आवश्यकता से कहीं अधिक तीव्रता और आग्रह के साथ वहीं घर कर गया।

शंखों और घड़ियालों के स्वर के बीच मुझे घंटों का स्वर भी सुनाई दे रहा था, ऐसी उच्च आक्रामक घनघनाहट मैंने पहले कभी न सुनी थी। प्रतीत होता था जैसे संसार भर के घंटे एक साथ एक ही समय बज उठे हों। पहाड़ों के मन्दिरों की घंटियाँ स्त्री-पुरुषों के स्पर्श के साथ ही पवन के झोंकों से भी बज उठती हैं। उनकी ध्वनि बालकों की हँसी के समान आह्लादपूर्ण और सहज होती है, जबकि इस महान नगर के इन घंटों के स्वर में दम्भ और अहंभाव गूँज रहा था। वे अनिष्टसूचक, बल्कि किसी सीमा तक धमकीभरे प्रतीत हुए। घंटे बिना थमे अनवरत बज रहे थे। लगता था जैसे किसी उच्चतर व्यक्ति के समक्ष उपस्थित होने का आदेश दिया जा रहा हो। घंटों के इस स्वर से मुझे भय के साथ ही अपने तुच्छ होने का अहसास भी हो रहा था।

यकायक मुझे सृजन का ध्यान आ गया, वे कहाँ होंगे, क्या कर रहे होंगे। मैंने नीरकस के विषय में भी सोचने का प्रयत्न किया, अब तक तो वह मेरे लोप हो जाने को जान गया होगा। दोनों ही पुरुष मुझे छाया के समान लगे, लगता ही नहीं था कि उनका कहीं कोई अस्तित्व है, कि कभी मेरा जीवन उनके जीवन से जुड़ा था। इस जनसमूह के बीच अब मैं नितान्त अकेली थी, न किसी की पत्नी, न भोग्या और न ही किसी की भगिनी। मैं थी और मेरी अनजायी पुत्री, पास-पास, गुँथे हुए, साथ-साथ और अकेले।

घंटों के स्वर ने मुझे आतंकित कर दिया था। उनकी गहरी भयानक गूँज नकार रही थी। मैं सोपान चढ़ कर ऊपर न जा सकी। इस पवित्र नगरी में प्रवेश करने, आश्रय खोजने का साहस मुझमें नहीं था। वहीं बैठ कर मैं नदी के दूसरे किनारे को देखने लगी, जिसे मैं छोड़ आयी थी। लहरों के आ-आ कर सोपान से टकराने में एक विचित्र सा आग्रह था, लगा जैसे वे मुझे धकेल रही हों, मुझसे कुछ कहना चाह रही हों। मैंने सुनने का प्रयास किया, उनकी बात को समझना चाहा, किन्तु लहरों के टकराने की ध्वनि सान्त्वना देने की अपेक्षा उपहासपूर्ण हास्य करती प्रतीत हुई।

मैं सदैव तो वहीं बैठी रह नहीं सकती थी, अतः कुछ क्षण पश्चात मैं सीढ़ियाँ चढ़ने लगी। मेरी साँस फूल गयी, प्रथम बार मैंने अपने गर्भस्थ

शिशु के भार को अनुभव किया। घाट पर अन्य लोग भी दिखने लगे थे, स्त्री, पुरुष, बच्चे, इतने सारे लोग एक साथ मैंने कभी न देखे थे। सीढ़ियों के ऊपर पहुँच कर मैंने देखा कि नदी पर भी नगर के समान ही हलचल थी। यह काशी का ही विस्तार था, या सम्भवतः इसके विपरीत बात रही होगी, नदी के आसपास नगर विभिन्न भँवरों, धाराओं और शान्त सरोवरों के रूप में प्रवाहित था। उलझी जटाओं वाले साधु एक पाँव पर हंस-मुद्रा में खड़े उदित होते सूर्य को अर्घ्य अर्पित कर रहे थे। हर आयु की स्त्रियाँ कांसे के कलशों में जल भर रही थीं। धरती पर जहाँ-तहाँ बिखरे अर्घ्य में अर्पित अक्षत और अनाज के दानों को कौवे और चिड़ियाँ चुग रहे थे। तभी एक अत्यन्त लम्बे, सिर से पाँव तक पूर्णतया नग्न युवक को देख मैं भय से ठिठक गयी। वह नीरकस व सृजन से भी अधिक लम्बा था। लम्बे केश उसके स्कन्धों पर झूल रहे थे और उसकी मांसल बलिष्ठ देह पर राख पुती थी। वह अत्यन्त गौरवर्ण का था, उसके तन पर स्थित काले रोम एकदम अलग दिखाई पड़ रहे थे। टाँगों के मध्य से झाँकता उसका लिंग जैसे सारे संसार के दर्शन के लिए था : उत्तेजित, आवेशित, ज्यों ध्वजदंड या लकड़ी से निर्मित अंग हो।

मैं अचकचा गयी, मैंने तुरन्त दृष्टि फेर ली, किन्तु वह निरन्तर मुझे घूरता ही रहा, अंजन लगे उसके नेत्र क्रोध और घृणा से धधक रहे थे। जैसे कह रहे हों, "तू स्त्री है। मुझे लुभाने का प्रयास न कर, अपनी कामुक मुद्राओं से मुझे दूषित मत कर।" अपनी दृष्टि से उसने मुझे लज्जित करने का प्रयास किया, और अचानक ही इसके प्रत्युत्तर में बिना चेतावनी दिये मेरे भीतर न जाने कहाँ से प्रचंड क्रोधावेग उमड़ आया।

मैंने सीधे उन धधकते नेत्रों में झाँका, बिना किसी लज्जा के, बिना भय के। वह मुझे बिना किसी दोष के अथवा जो मैं नहीं हूँ उसके लिए धिक्कार नहीं सकता। एकबारगी सोचा कि मैं भी निर्वस्त्र हो कर उसकी भाँति निर्लज्जता से अपने उन्नत वक्ष और बढ़े गर्भ को प्रदर्शित करती उस पाषाण-चौक पर नग्न फिरूँ। उसने ये सोच भी कैसे लिया कि वह अपनी घृणाभरी दृष्टि से मुझे लज्जित कर सकता है? उसके नेत्रों में घृणा का स्थान क्रोध ने और फिर आश्चर्य ने ले लिया, फिर मैं आगे बढ़ गयी।

मैं उस चौक पर यूँ ही निरुद्देश्य नहीं फिर सकती थी। काशी में प्रत्येक व्यक्ति व्यस्त और सप्रयोजन जान पड़ता था, जैसे उन्हें ज्ञात हो कि उन्हें क्या करना है, कहाँ जाना है। मैंने भी उन्हीं के समान दिखने

का प्रयास किया, मानो इस महान नगरी की गतिविधियों में मेरा भी कोई निश्चित स्थान व उद्देश्य है।

एक साधारण, बिना साज-सज्जा वाले मन्दिर के प्रांगण में विशाल पीपल वृक्ष की छाया में एक व्यास श्रोताओं को पवित्र पुराणों की कथा सुना रहे थे। ''शास्त्रों के रहस्य उद्घाटित करना किसी माँ के वक्ष को अनावृत करने के सदृश है,'' वे कह रहे थे। ''उन्हें भली प्रकार ढक कर सुरक्षित रखना चाहिए, उन्हें केवल किसी भक्त, शिष्य या ज्येष्ठ पुत्र के समक्ष ही अनावृत किया जाना चाहिए।''

मैंने अधीरता से सुना। मेरी जैसी स्थिति थी, उसमें नीचे बैठना असहज तो था, किन्तु इस भीड़ भरे व्यस्त नगर में निरुद्देश्य फिरने जितना थकाऊ नहीं था।

''स्त्रियों और शूद्रों को ब्राह्मण द्वारा ही पुराणों का श्रवण करना चाहिए,'' व्यास कह रहे थे, ''उन्हें कभी भी स्वयं उनका वाचन करने का प्रयास नहीं करना चाहिए।''

अपनी महत्ता जताते हुए उन्होंने ऐसे कंठ खँखारा, जैसे हम नश्वर जीव इसके उत्तरदायी हों। उन्होंने श्रोताओं पर दृष्टि डाली और पुनः कहना आरम्भ किया। ''तो ये जान लें कि जो जन्मा है, उसकी मृत्यु अनिवार्य है, और मृतक के लिए पुनर्जन्म। परमेश्वर विष्णु ब्रह्मांड के रक्षक हैं। उनके ही आदेश से ब्रह्मा ने सृष्टि रची, उनके ही आदेश से शिव ने इसका विनाश किया। भगवान विष्णु की ही इच्छा से सम्पूर्ण प्राणिमात्र की उत्पत्ति होती है, विभिन्न गर्भों में, फिर वे मनुष्य हों या पशु, भले हों या बुरे, योग्य हों या अयोग्य। आप पूछेंगे कि सृष्टि के रचयिता भगवान विष्णु स्वयं क्यों जन्म-मृत्यु के इस अन्तहीन चक्र में फँसे? युगों-युगों तक उन्होंने कच्छप, वराह, सिंह, वामन योनियों में जन्म लिया। क्यों उन्होंने वैकुंठ के सुख त्यागे, स्वर्ग का परित्याग कर गर्भ में वास किया, उल्टे लटके रहे, स्त्री देह के उच्छिष्ट, मल-मूत्र में रहे, वही खाया-पिया, कीटों से त्रस्त रहे और जठराग्नि में जले?''

मैंने अपने गर्भ में स्थित शिशु को महसूस किया, उदर को सहला कर उसकी असहजता को सान्त्वना देने की चेष्टा की। व्यास कहते जा रहे थे, ''प्रभु विष्णु यह बताने हमारे मध्य आये कि यह सब माया मात्र है। सब सुख, दुख, ये सब छलावा हैं। एक बार देवर्षि नारद भगवान विष्णु का आशीर्वाद लेने गये। ''हे प्रभु, कृपया माया की व्याख्या करें,'' उन्होंने कहा, ''मुझे माया की प्रकृति का ज्ञान दें।'' प्रभु नारद को एक सरोवर

पर ले गये, उनसे उसमें स्नान करने का आग्रह किया। सरोवर का जल माया के सम्भ्रम की शक्ति से प्रेरित था। नारद स्त्री रूप में परिवर्तित हो गये, अपने वास्तविक रूप का उन्हें कुछ भान न रहा। अतुल सौन्दर्य सम्पदा से सम्पन्न स्त्री बने देवर्षि से कान्यकुब्ज के राजा तालध्वज ने प्रणय निवेदन किया। सौभाग्यसुन्दरी नाम वाली इस स्त्री ने राजा से विवाह कर लिया और आमोद-प्रमोद में लिप्त हो गयी। बारह वर्ष तक उसने नृप के सान्निध्य में आनन्दोपभोग किया। वह पूर्व में अर्जित अपना सम्पूर्ण शास्त्र-ज्ञान, सांसारिक माया का ज्ञान सब भूल चुकी थी। अब वह केवल प्रेम में ही जीती थी और कामसुखों में लिप्त हो गयी थी। तालध्वज को उसने बारह पुत्र दिये और सब प्रकार से गृहस्थ धर्म का उसने निर्वाह किया।''

''आरम्भ में तो अपने पुत्रों के रुग्ण होने या स्वामी के स्वास्थ्य को लेकर वह चिन्तित होती। फिर समय व्यतीत होने के साथ, पुत्रों-पुत्रवधुओं के मध्य होने वाली कलह से वह दुखी रहने लगी। कान्यकुब्ज राज्य पर शत्रुओं ने आक्रमण कर दिया, उसके पुत्र-पौत्रादि उसके नेत्रों के समक्ष निर्दयता से मार दिये गये। जब वह विषाद से भरी चिताओं की धधकती अग्नि से उठते धुएँ को देख रही थी, तभी एक वृद्ध ब्राह्मण का वेश धर कर भगवान विष्णु उसके समीप आये। उन्होंने उसे समझाया कि जो कुछ हुआ, वह मात्र महामाया द्वारा रचित मायाजाल था।

"ब्राह्मण तालध्वज और सौभाग्यसुन्दरी को पुण्यतीर्थ नामक तीर्थस्थान पर ले गया। दुखी महिषी ने जल में प्रवेश किया और स्वयं को पुनः देवर्षि नारद के रूप में परिवर्तित पाया। उसे घोर आश्चर्य हो रहा था, उसके स्वामी तालध्वज भी उसी के समान आश्चर्य के गहन सागर में गोते लगा रहे थे! नारद ने नये सिरे से सांसारिक बन्धनों और चंचला देवी महामाया के छल को जान लिया था! इसलिए, हे सज्जनो, इन मिथ्या सांसारिक छलों से स्वयं को दूर रखें। अपने कर्तव्य का पालन करें। अपने कर्म करें। लालसाओं के मार्ग पर न चलें।''

असुविधाजनक स्थिति में बैठे रहने के कारण मेरे पाँव सुन्न पड़ गये थे, और इस कथा ने मुझे हताश ही किया था। व्यास की भयंकर नैतिक कथाएँ अभी समाप्त नहीं हुई थीं, यद्यपि उनके श्रोतागण कुछ असहज होने लगे थे। मैं पीपल वृक्ष की छाया से उठ कर उपस्थित जनों के बीच मार्ग बनाती बाहर निकल आयी।

एक विशाल मन्दिर के प्रवेशद्वार के आसपास स्त्रियों और बालकों का भारी जमावड़ा लगा था। मन्दिर के शिखर स्वर्णमंडित थे और नभ

में दूर तक चमक रहे थे। सबके पीछे-पीछे मैं भी मन्दिर में प्रविष्ट हो गयी। किसी देवता की पूजा हो रही थी, किन्तु धूप-बत्ती की गन्ध और प्रार्थनाओं की ध्वनि के बाद भी जनसमूह की धकापेल में मैं समझ ही न सकी कि किस देवता की पूजा का आयोजन है। मुझे याद आया नीरकस एक विचित्र-सा अनुष्ठान करता था। सुस्वादु लाल मदिरा का पान करने और उसके नशे में डूबने से पहले वह एक तर्षण अर्पित किया करता था। "मेरे पवित्र और व्ययशील फ़ारसी मित्र मदिर ढालते हैं और अज्ञात देवताओं के नाम अर्पित करते हैं," वह मुझे समझाता था, "तभी वे स्वयं पीते हैं!"

अज्ञात की पूजा करने के बीच श्रद्धालुओं के धक्कों के साथ मैं गिरती-पड़ती जा रही थी, तभी मैंने पाया मेरे हाथों में फलों और अनाज से भरा बेलपत्र है और मेरे मस्तक पर सिन्दूर पुता है। मन्दिर के आँगन में कुछ तीर्थयात्री खड़े हुए दक्षिणी भित्ति पर उकेरे हुए चित्र देखने में रत थे, जिनमें सम्भवतः कोई कथा निहित थी। पहले चित्र में लोग मर रहे थे : अन्तिम श्वास लेती युवा स्त्रियाँ, विलाप करते सम्बन्धियों के समक्ष पड़ा शान्त वृद्ध, शान्त न किये जा सकने योग्य माता-पिता की गोद में पड़े बालकों के शव। अगला चित्र यमलोक का था जहाँ देहमुक्त हुई आत्माएँ लहरों के थपेड़े खाती तैर कर दूसरे किनारे पर पहुँचने के प्रयास में थीं। वैतरणी पार करने में शिव के नन्दी पवित्रात्माओं की सहायता कर रहे थे, भय से आक्रान्त आत्माओं ने नन्दी की पूँछ पकड़ रखी थी। दुष्टों पर घड़ियाल आक्रमण कर रहे थे, उनको खाने से पहले चीरफाड़ कर रहे थे। भय बढ़ता जा रहा था, समीप ही स्थित अन्य चित्र में नर्क के विभिन्न रूप दर्शाए गये थे। मृतात्माओं का वीभत्स सा दिखने वाला रक्षक दुष्कर्म करने वालों को एक बड़े पात्र में तल रहा था, उन्हें घुमा-घुमा कर भून रहा था। व्यभिचारियों को गर्म किये गये लौह-स्तम्भ पर बाँधा हुआ था।

तीर्थयात्री, तीन पुरुष और एक वृद्धा स्त्री, जो सम्भवतः उनकी माँ थीं, वे इन चित्रों के विषय में चर्चा करने लगे। वे भयभीत प्रतीत हुए, मानो धर्म के न्याय से घबरा गये हों। "मैंने जीवन में कभी कुछ नहीं चुराया," पुरुषों में सबसे बड़े ने आत्मरक्षा में कहा। उसके भाई शंकित दिखे।

स्वर्ग या नर्क में मेरा विश्वास तो नहीं हैं, किन्तु इन चित्रों ने मुझे असहज कर दिया था। मैंने फल और अनाज का प्रसाद ग्रहण किया और जल की खोज में दृष्टि घुमायी। कहीं कोई घड़ा या सरोवर न दिखने पर

मैं पुनः नदी किनारे उतर गयी। हाथों की अंजुरी बना कर मैंने जी भर के जल पी अपनी तृष्णा शान्त की। मेरी शक्ति और साहस पुनर्ज्जीवित हो गये। मैं नगर के निरीक्षण के लिए चल दी।

इस कोलाहल और आनन्द भरे नगर की सीमा पर बने परकोटे पंचकोसी को अलग करते हैं। यहाँ अपेक्षाकृत अधिक शान्ति थी, लोग भी कम थे। अन्य स्थानों की भाँति इधर भी सीढ़ियाँ सर्वत्र व्याप्त दोपहर के सूर्य की किरणों से सुनहरी नदी पर ले जाती थीं।

मैं बहुत कुछ देख, सुन, सूँघ व अनुभव कर चुकी थी। मैं इसे आत्मसात करना और समझना चाहती थी। एक रथ मेरे समीप से निकला, जिसके भीतर विराजमान एक अत्यन्त रूपवती एक युवती अहंभाव से दीप्त नेत्रों से अपने चारों ओर चलते तुच्छ मानवों को दम्भपूर्ण उदासीनता से देख रही थी। एक वृद्ध संन्यासी निकले। वे शान्त और मननशील थे। मैं उनके साथ चलना चाहती थी, उनके विचार सुनना चाहती थी, किन्तु वास्तविकता यह थी कि मैं ऐसा नहीं कर सकती थी। मैं स्त्री थी, वह भी पतिता।

"जागो। उठो, नवजीवन आरम्भ करो," भिकुनी ने कहा था। मैं बौद्धमठ में तो जा सकती हूँ। बौद्ध संघ सम्भवतः मुझ जैसी स्त्री पर कुछ दया दिखा सके। मेरे स्वामी सृजन की माँ भी तो शाक्य भिकुनी बन गयी थीं। अपने केश मुँडवा वे भिक्षा ग्रहण करती थीं। सम्भवतः मैं भी उनके मार्ग का अनुसरण कर सकती हूँ।

18

सँकरी घुमावदार गली के नुक्कड़ पर तीन गाय झुंड बनाये खड़ी थीं। उनकी उष्ण पशु गन्ध ने मुझे घर का स्मरण करा दिया। दास्यु और उसके बछड़ा मेरे नेत्रों के सामने साकार हो गये। क्या उन्होंने मुझे स्मरण किया अथवा मेरी कमी अनुभव की होगी? इस विचार के साथ ही पहाड़ों के ताज़ा मक्खन और थक्केदार दही का स्वाद मेरी जिव्हा पर तिर गया। अचानक नेत्रों में शूल से चुभते अश्रुओं के प्रचंड वेग से मैं अन्धी सी हो गयी और लड़खड़ाती हुई गली के बीचोबीच पहुँच गयी। अचानक मैंने स्वयं को न जाने कहाँ से प्रकट हो गये विशालकाय क्रुद्ध साँड़ के सामने खड़ा पाया। उसने आवेश में पाँव पटक कर पूँछ उठाई, क्रोध में उसके नथुने फड़क रहे थे। कहीं दूर से पवित्र मन्त्रोच्चार की ध्वनि गूँज उठी, सम्भवतः संन्यासियों का कोई समूह आ रहा था। साँड़ ने अपना मस्तक मेरे समक्ष झुकाया, मानो क्षमायाचना कर रहा हो, क्षण भर बाद ही सारा नगर मेरी दृष्टि के आगे लहरा गया, सहस्रों सूर्य के सदृश असह्य तीव्र पीड़ा मेरे नेत्रों के समक्ष चमाके मार रही थी।

सर्वत्र रक्त ही रक्त बिखरा पड़ा था : एक क्षत-विक्षत गर्भ, जिसमें मेरा जीवन और मेरी पुत्री थी, अब नष्ट हो गया था। मानो यह जताते हुए कि वह केवल अपनी कर्त्तव्यपूर्ति कर रहा है, सांड़ ने एक बार पुनः अपने सींग मेरे उदर में धँसा दिये। मेरे पेड़ू से रक्त के फुहारे छूट गये, मेरा मुख, हाथ-पाँव सब रक्तमय हो गये।

पथरीली पगडंडी पूर्ववत अपने जीवन-व्यापार में रत रही। एक काषिणी ऊँचे तलवों वाली पादुकाएँ पहने पगडंडी पर लड़खड़ाती सी चली जा रही थी। धूप से बचने के लिए उसने बाँस और रेशम से निर्मित छत्र ले रखा था। उसे मुझसे ठोकर लगी और वह उच्च स्वर

में चीख उठी। मेरी याचक दृष्टि उसके नेत्रों से टकराई। उसने मेरे आगे एक निषक फेंका और शीघ्रता से आगे बढ़ गयी। तीव्र पीड़ा से मेरा उदर फूलता, फिर संकुचित हो जाता। मैंने सभी देवी-देवताओं से सहायता की, मुक्ति की, मृत्यु की गुहार लगाई।

मेरे समक्ष एक छाया-सी उभरी, उसकी श्यामल त्वचा चीवरों से ढकी थी, जैसे मरणासन्न पेड़ पर टँगे सूखे पत्ते। "हे यमराज, मुझे इस पीड़ा से मुक्ति दो।" मैं विक्षिप्त-सी बोल उठी। सकुचाते हुए उसने अपने हाथ में थामा चिमटा बजाया। मैं समझ गयी। वह चांडाल था, जो दूर से ही चिमटा बजा कर अपने आगमन की सूचना देता चलता था, जिससे कि उच्च वर्णीय व्यक्ति उसकी छाया से भी बच जाएँ, अन्यथा वे अशुद्ध हो जाएँगे। मृत्यु की प्रतीक्षा में रत मैं उसकी परछाईं से बच नहीं सकती थी, न ही मैंने अपनी दृष्टि फेरी। चांडाल ने अपने पाँवों में पड़ी इस तिरस्कृत आत्मा से भिक्षा माँगने के लिए अपना टूटा कटोरा आगे नहीं बढ़ाया। वह नीचे बैठा और क्षमा याचना सी करने लगा, फिर उसने हाथ आगे बढ़ाया जैसे स्पर्श करने के लिए, किन्तु उसने छुआ नहीं।

एक झीने कुहासे के पार से मैं संसार को देख रही थी। पथरीली गली में रक्त की लाल धारा दूर तक बह गयी थी। सूर्य के प्रकाश में यह चमक रही थी। इसके पार और पत्थर थे, फिर नदी थी, अद्रवित, उसके भी पार रेत और वन था। एक श्वान उत्सुकता से मुझे तक रहा है : काशी के अवशेषों से निकला मरियल, मलिन सा प्राणी। मेरे दर्द का आभास कर वह मेरे समीप आ कर बैठ गया, मानो मेरा सखा हो। संन्यासियों की शोभायात्रा आ रही थी, यह पांच संन्यासियों का समूह था। उनके कपाल मुंडे और मुख केशरहित चिकने थे। "अहं ब्रह्मास्मि," वे नीरस सी लय में उच्चारण कर रहे थे। 'अहं ब्रह्मास्मि।' मुझे लगा उनमें मैंने अपने भाई गुरेश्वर को देखा। वही था, या नहीं था? मेरे पास से निकलते हुए उसके पीछे-पीछे प्रकाश का एक पारदर्शी सा प्रभामंडल चला गया।

संन्यासी के पग क्षण भर को थमे, उसने पलट कर देखा। मेरे अस्तित्व को उसके शान्त नेत्रों ने देखा, समझा। क्या उसने अपनी बहन को पहचाना होगा, जो बचपन में अनजान भयों से उसके भयभीत हो जाने पर उसे सान्त्वना दिया करती थी? क्या उसने रक्त का लोथड़ा बनी उसे नकार दिया था? उसके नेत्रों में न भय था, न घृणा थी। न दया थी, न पीड़ा। अन्य संन्यासियों ने अपना मन्त्रोच्चार नहीं रोका,

और वह आगे बढ़ कर उनके साथ सम्मिलित हो गया। अपने उद्देश्य के प्रति सजग वे व्यक्ति मुझ जैसी अमंगलकारी दृश्य को छोड़ आगे बढ़ गये। वे ईश्वर के अनुयायी थे, हमारी धरती पर शीघ्रता में रहते हैं।

मेरे नेत्रों के समक्ष छाई धुन्ध गहरी होती और फिर स्पष्ट हो जाती। मैं अतीत के कुछ नाम दोहरा रही थी—गंगा, मुझे स्मरण है, और दास्यु। और सृजन। मैंने नेत्र मूँद लिए, किन्तु निद्रा नहीं आयी, अतः पुनः खोल लिए। मुझे एक श्यामवर्णीय मांसल बलिष्ठ देहयष्टि वाला पुरुष दिखाई दिया, विचारमग्न सा वह अपनी लम्बी मूँछों पर हाथ फेर रहा था। व्यग्र हो मैं सोच में पड़ गयी कि यह मौन शक्तिशाली पुरुष मेरी सहायता के लिए आगे क्यों नहीं बढ़ रहा, कुछ क्षण पश्चात मैंने जाना वह मात्र मेरा भ्रम था। अन्ततः यमराज आ ही गये थे।

उनके साथ उन्हीं का प्रतिरूप, उनकी भगिनी और सहभागी यमी भी खड़ी थी। पीड़ा से मेरे समक्ष स्थित चित्र धुँधला गया, किन्तु अपने मन की दृष्टि से मैं उसे देख रही थी, मृत्युदेव की सहायक और स्वामिनी। पके जम्बू फल की भाँति दमकती कृष्णवर्णा देहयष्टि थी उसकी। रक्त में डूबी जिह्वा उसके चमकते मुख से बाहर लटक रही थी, क्षुधा अथवा लोलुपतावश नहीं, अपितु अपराह्न की धूप से क्लान्त श्वान की भाँति। मेरी अभिरक्षिका बन वह हाथ थाम मुझे उस निर्जन आश्रय का द्वार पार करवा कर उन दुर्भाग्यपूर्ण सीढ़ियों से ले जाने आयी थी।

उसने मेरे मस्तक को सहलाया, उसके हिमशीतल हाथों को मैंने कस कर थाम लिया था, जैसे वह मेरी माँ हो, मेरी रक्षिका हो, जो वह निश्चय ही थी भी। तीव्रता से बहते रक्त के बीच उसने हाथ डाल कर मेरी देह के मांस को टटोल डाला, देह रूपी वाहन के प्राण तत्त्व मेरी पवित्र आत्मा को खोज रही थी वह, मेरे गर्भ के घाव को उसने गहराई तक छेद दिया था। यमी मेरे शिशु को अपने साथ ले गयी, उसके जाते ही एक अन्य मानवाकृति द्वार पर आ खड़ी हुई। मेरे मस्तक को उसने अपनी स्नेहवत्सल उँगलियों से सहलाया।

मृत्यु की छवि से हट एक बार पुनः मेरे नेत्रों में जीवन लहरा गया। उन सज्जन हाथों वाले मुख को पहचानने के लिए मैंने अपनी दृष्टि सहेजी। वह भगवा वस्त्रधारी बौद्ध भिकुनी थी, मुँडे सिर और पाषाण से भावहीन मुख वाली। वह मेरे समीप बैठ गयी थी, उसकी बाँहों ने मेरे सिर को अपनी गोद में रख लिया था। उसने मेरा हाथ थामा और नाड़ी टटोल कर कान पर लगा लिया। अचानक मुझे भी वह सुनाई

देने लगा था, मेरी प्राण शक्ति की धकधक, जैसे कोई पर्वतीय सोता बह रहा हो। उसने एकाग्रता से सुना।

"मुझे तीसरी गुप्त नाड़ी तृतिका सुनाई दे रही है," उसने अपने समीप उकड़ू बैठी एक अन्य श्यामवर्णा आकृति से हौले से कहा, भगवा वस्त्रधारी एक और भिकुनी, जिसके हाथ रक्त से सन गये थे। "यह अतिथि नाड़ी है, जिसके द्वारा जीवन तत्त्वों के सन्तुलन को मापते हैं। इसकी अतिथि नाड़ी में मृत्यु विराज गयी है।"

उन्होंने एक छोटे से पीतल के पात्र से मेरे मुख में जल उड़ेला, किन्तु मेरे मुख में जंग और रक्त का स्वाद भरा था, मैं जल नहीं पी सकी। जल होंठों के किनारे से बाहर बह गया। दोनों स्त्रियों ने मुझे उठाया और लकड़ी के पच्चीकारी किये द्वार, जिसके पीछे मैंने आश्रय लिया था, उससे मुझे बाहर ले आयीं। उन्होंने मुझे उठाया और फिर मैंने स्वयं को पुआल बिछे लोबान से सुगन्धित हथठेले में पाया। दोनों ने मिल कर मुझे धकेला। आगे बढ़ते हुए मैंने देखा रुपहले रंगों में चमकती-दमकती नदी मेरे सामने फैली पड़ी थी। नदी की लहरों पर हिचकोले खाते मिट्टी के दीए तैरते हैं, लहरों ने उनकी लौ बुझा दी है। मेरे विचार, मेरी कल्पना अस्वाभाविक स्पष्टता से धुल-पुँछ गये थे। मैंने अपने सामने फैली नदी को देखा, लहरों की तली में मानव शरीर के मांस को नोच-नोच कर खाती मछलियाँ हैं, सड़े फूल हैं, कभी सुगन्धित, पूर्ण विकसित गेंदे के पुष्पों की सड़ी मालाएँ हैं।

हम एक भवन में पहुँच गये थे, वहाँ एक अँधेरे, शान्त स्थान पर एक वृद्धा शीघ्रता से बाहर आयी और उसने मेरे घाव पर कोई प्रलेप लगा दिया। इस प्रलेप से मिट्टी और चन्दन की गन्ध आ रही थी, मुझे राहत मिली। मुझे फिर बाहर ले जाया गया, जहाँ नीम के वृक्षों की गहन शाखाओं के नीचे हथठेला खड़ा था।

किसी ने मुझे चादर से ढाँप दिया था, अत्यधिक प्रयोग के कारण चादर अत्यन्त नर्म थी। मुझे निद्रा ने जकड़ लिया, जब जागी तो ठेले को एक घोड़ा गाड़ी से बाँध दिया गया था और हम पथरीले रास्ते पर हिचकोले खाते आगे बढ़ रहे थे। मेरे घाव में अभी भी दुखन थी, किन्तु पीड़ा फैल गयी थी। पीड़ा पूरी देह में उतर गयी थी, पीठ में, वक्ष में, सूखे मुँह में जिसमें जंग और रक्त का स्वाद भरा था।

फिर मैं एक शीतल कक्ष में थी जिसमें पुआल और घास की अनेक शय्याएँ थीं। सायंकाल था, स्तम्भों वाले प्रवेश-द्वारों के पार से मुझे तोतों का उछाह भरा कोलाहल सुनाई दे रहा था, वायु का एक

हल्का-सा झोंका आया।

कक्ष के अन्तिम छोर पर गौतम बुद्ध और उनके अनुयायियों का एक विशाल भित्ति-चित्र था। घी के दीयों के प्रकाश से यह दमक रहा था। स्वर्ण से उकेरे बुद्ध के नेत्र मेरे समक्ष प्रकाशपुंज की भाँति तैर रहे थे, वे क्षमादान का आश्वासन और उद्धार का वचन देते प्रतीत हुए। जब नेत्र अँधेरे के अभ्यस्त हुए, तो मेरी दृष्टि दीपकों के समक्ष झुकी भिकुनियों की पंक्ति पर पड़ी। उनकी प्रार्थना की गुनगुनाहट मेरे अचेत मस्तिष्क में शब्द रूप में अनूदित हो गयी थी।

बुद्धम् शरणम् गच्छामि
धम्मम् शरणम् गच्छामि
संघम् शरणम् गच्छामि

सहृदय हाथों ने मुझे दलिया खिलाया। मैंने कृतज्ञता और सन्तुष्टि से खाया, जीवन-मरण के लिए समभाव से तैयार थी मैं। स्वप्न में मैं अपने स्वामी सृजन को देख रही थी। जवाँकुसुम के कुंज में वे हमारी पुत्री को अपनी भुजाओं में लिए थे। प्रातःकाल भावहीन मुख वाली मेरी रक्षिका मुझे बाहर ले गयी। सूर्य के प्रकाश में उसने मेरे नेत्रों की जाँच की, मेरी नाड़ी देखी और असन्तुष्ट सी दिखी। मेरे उदर पर लगा प्रलेप सूख कर संकुचित हो गया था, उसके नीचे टीसें मारती धीमी सी पीड़ा अभी भी थी।

आकाश नीरकस के नेत्रों की भाँति कभी स्लेटी, तो कभी नीला हो जाता था। बादलों के बीच दूर कहीं एक काली पतंग उड़ रही थी। सम्भवतः एक बार पुनः यह माघ माह ही था, जिस माह मेरा विवाह हुआ था। भूरी काली धारियों वाली एक गिलहरी मेरे निकट चली आयी थी और सतर्क नेत्रों से मेरा निरीक्षण कर रही थी। एक मैना मिट्टी में अनाज के दाने खोज रही थी। एक विशाल काला कौआ कूदा और मेरे सिर पर आ कर बैठ गया। मेरी मृत्यु का क्षण आ गया था।

19

मौत से रू-ब-रू होना उतना कठिन नहीं है, जितना लोग समझते हैं। विशेष बात तो यह है कि इतना समय ही नहीं होता है। सब कुछ इतनी शीघ्रता से घट जाता है, इतना अचानक कि भय के लिए स्थान ही शेष नहीं रहता। समय विस्तृत हो कर भी संकुचित हो जाता है। यह वृथा हो जाता है, जैसे शेष सब कुछ वृथा हो जाता है। इस अन्तिम पल में पीड़ा नहीं रहती—पीड़ा की अतिशयता से निबटने की देह की अपनी युक्ति होती है—मात्र आत्मार्पण का, दायित्वों से मुक्त होने का आह्लादकारी अनुभव शेष रह जाता है। फिर भी मैं अड़ी रही।

अपने आसपास मुझे प्रार्थनाचक्रों की शान्त गूँज, "ओम मनि पद्मेहम" का मन्त्रोच्चार सुनाई दे रहा था। विवेक मृत्यु को अंगीकार करने, अपनी नियति को स्वीकार करने में ही है। किन्तु जब अपने सिरहाने मैंने कौवे की काँव-काँव सुनी, और संक्रांति की काली पतंग की धुँधली छवि मेरे नेत्रों के समक्ष आयी, उस क्षण मैं समझ गयी थी कि मैं अभी समर्पण नहीं कर सकती।

मुझे घर जाना है सृजन के पास। मैंने उनसे पलायन नहीं किया था। मैं स्वयं के ही एक अंश की खोज में निकली थी, किन्तु यह मुझे धोखा दे गया था। एक जीवन के मूल्य पर दूसरे को नहीं चाहा था मैंने।

मेरी रक्षिका भिकुनी का भावहीन चेहरा मेरी बुझती दृष्टि के सामने अस्वाभाविक रूप से विशाल हो साकार हो गया। वह चेहरा निरभ्र नहीं था, यद्यपि वह उदार थी। उसका चेहरा नियन्त्रित था, मांसपेशियाँ तनी हुई थीं, मस्तिष्क दृढ़ अटल था। मैं समझ नहीं पायी कि उसे अपनी इच्छा बताऊँ अथवा नहीं। किन्तु घर वापसी का क्या मार्ग है, कौन दिशा है? बोलने का प्रयास किया, तो बोल न सकी, मेरी वाणी मूक हो चुकी थी।

भिकुनी ने मेरे सूखे अधरों पर गीला कपड़ा रखा। "बहन, मृत्यु से पूर्व बुद्ध को अंगीकार कर लो," उसने मन्द स्वर में कहा, "संसार को

त्याग कर उनकी शरण में आ जाओ!"

हमारे ऊपर काले बादल घिर आये थे। दूर कहीं बिजली कड़की, आकाश में विद्युत रेखा कौंध गयी। वर्षा की तपती बूँदें मेरे सूखे मुख पर पड़ीं। नम मिट्टी की कृतज्ञतापूर्ण गन्ध मेरी नासिका में समा गयी। मुझे पुनः भीतर ले जाया गया, उस प्रकाशहीन कक्ष में ले जाकर उन्होंने मुझे एक शैया पर लिटा दिया। भिकुनी ने दक्षता से मेरी देह के ढेर को सीधा किया। उसका मुख अन्धकार की ओर था।

रात भर वह मेरे निकट बैठी रही थी, भिकुनी जिसका नाम तक मैं कभी न जान सकूँगी। वह सौम्यता से फुसफुसा कर बात करती थी, घरघराते से स्वर में जैसे साँस उखड़ रही हो। "मेरी बात सुनो, बहन," उसने कहा। "संसार ने तुम्हें त्याग दिया है, और अब समय आ गया है कि तुम भी इसे त्याग दो। नियति ही तुम्हें पृथ्वी के इस सर्वाधिक पवित्र मृग अभयारण्य में ले आयी है। नियति चक्र की अपनी युक्तियाँ हैं। मोक्ष प्रदान करने के अतिरिक्त तुम्हें यहाँ लाने के पीछे उसका और क्या प्रयोजन हो सकता है? मोक्ष प्रदान करने के लिए बुद्ध ने तुम्हारा उसी प्रकार चयन किया है, जिस प्रकार कौवा रोटी के टुकड़े को उठाता है!"

यह उपमा मुझे अटपटी सी जान पड़ी, किन्तु विरोध करने की शक्ति मेरे भीतर नहीं थी। "तुम मृग अभयारण्य के मठ में हो," वह कह रही थी, "जब तुम स्वस्थ हो जाओगी, तो हम उपवनों में, प्रायश्चित्त कुंजों में विचरण करेंगे। इनके चारों ओर परकोटा है जो बाहरी क्रूर संसार से हमारी रक्षा करता है। साथ-साथ हम दो तल्ला प्रासादों और जालियों में विचरण करेंगे, मैं तुम्हें मठ-विहार दिखाऊँगी। मुझे विश्वास है कि तुमने कभी इतनी भव्यता नहीं देखी होगी। पूर्णतया स्वर्ण से निर्मित है यह, हाँ, नींव और सोपान में अवश्य पाषाण का उपयोग हुआ है। विहार के चारों ओर अलिंदों की सैकड़ों पंक्तियाँ हैं, प्रत्येक में स्वर्णजटित बौद्ध प्रतिमाएँ अधिष्ठित हैं। विहार में प्रविष्ट होते ही तुम्हें शाक्यमुनि की विशालकाय प्रतिमा दिखेगी! कांस्य की बनी, किन्तु जब देखोगी तो सजीव सी प्रतीत होगी!

"जब तुम स्वस्थ हो जाओगी, बहन, तो हम विहार के आसपास भ्रमण करेंगे। पश्चिम में पवित्र जलकुंड है, जिसमें शाक्यमुनि स्नान किया करते थे। उससे थोड़ा आगे एक और जलकुंड है, जिसमें वे अपना कमंडल धोया करते थे, और उत्तर में कुछ आगे तीसरा जलकुंड है, उसमें वे अपने वस्त्रादि धोते थे। इन पवित्र जलकुंडों के जल से निश्चय ही तुम्हारी समस्त पीड़ा दूर हो जायेगी।"

उसके इस एकाकी वार्तालाप के बीच मैं निद्रा सागर में डूबती-उतराती रही। स्वप्न में मुझे वही पुराना मन्दिर और उसका गुप्त मार्ग दिखाई

दिया। एकबारगी तो मुझे लगा कि मैंने उस मैली-कुचैली सी बुढ़िया के नेत्र देखे, जिससे एक बार मन्दिर में मेरी भेंट हुई थी, किन्तु यह तो भिकुनी ही थी। अभी तक वह मृग अभयारण्य के मठ के विषय में ही बता रही थी। ''वहाँ तथागत की एक प्रतिमा है,'' घरघराता स्वर मेरे कानों में पड़ा, ''यह उपवन के केन्द्रीय भाग में एक पीठिका पर स्थित है, मानो वे हमारे ऊपर विचरण कर रहे हों।''

मैंने आँखें खोलने का प्रयास किया। अँधेरे कक्ष में वह मुझे अपने समीप बैठी दिखाई दी। घी के दीपकों के प्रकाश में भित्ति पर उकेरे हुए बुद्ध की प्रशान्त दृष्टि मुझे तक रही थी। उनकी शान्त दृष्टि से मैंने आँख बचायी। मेरी साँसें टूटने लगी थीं, मैं साँस नहीं ले पा रही थी, ऐसा प्रतीत होता था सीने में पत्थर रौल रहे हैं।

भिकुनी अपनी सहायिका की ओर मुड़ी, जो मेरे समीप ही मौन बैठी थी। ''साँस की ये गति देखो,'' उसने हौले से कहा। ''ऐसी लम्बी खोखली हौंकनी को श्वान श्वास कहते हैं। यह अन्त समय निकट होने की सूचक है।'' उसने मेरा सिर बाँहों में ले लिया, जैसे उस द्वार के पीछे मृतप्राय पड़ी देख कर उसने मुझे अपनी बाँहों के आश्रय में ले लिया था। ''बुद्ध को अंगीकार करो,'' उसने कहा। ''वही एकमात्र सत्य है।''

उस क्षण में भी मेरे भीतर का अड़ियलपन जग उठा था। उसके स्वर ने मुझे आहत कर दिया था। मैं किसी के धमकाने में नहीं आने वाली, मात्र उसको प्रसन्न करने के लिए मैं बौद्ध धर्म को स्वीकार नहीं करूँगी। अपनी डूबती हुई शक्ति को बटोर कर धीरे से मैंने अपना मुख घुमा लिया, उसके तिरस्कार भरे नेत्रों से परे। मुझे श्वास लेने में अत्यन्त कठिनाई हो रही थी। मेरी मृत्यु को सुगम बनाने के लिए भिकुनी और उसकी सहायिका ने मेरे वक्ष पर एक चौरस पत्थर रख दिया।

पुनः मैंने उसे देखा, मृत्यु की देवी यमी को, जिसने अत्यन्त उत्कंठा से मुझे खोज लिया था। अपनी आत्मा को छीनने को उत्सुक भिकुनी से बचकर मैं उसकी भुजाओं में जा गिरी।

स्मृति का आहार करने वाली, आशाओं और स्वप्नों के अवशेषों को भोज बनाने वाली, मुंडमाला से आवृत्त नग्न स्तनद्वय वाली काली भले ही निर्मम प्रतीत हो, किन्तु वास्तव में मृत्यु की यह देवी अत्यन्त निर्मलमना है। उसके समीप पीड़ा नहीं है, न ही कोई आशा-आकांक्षा है। मगर वह भी मुझे सान्त्वना न दे सकी, मैंने उसे देने ही न दी। वह मुझे तभी पा सकेगी, जब मैं नदी के बहाव के विपरीत यात्रा पूरी कर चुकूँगी, जैसे वर्षाकाल की चढ़ी नदियों में महशीर मछली प्रजनन के लिए जाती है। मैं मुक्ति नहीं चाहती थी, बस भूल नहीं पा रही थी।

कर्म के नियम तीन स्तरों पर कार्य करते हैं : हमारे विचार-क्षेत्र में, हमारे कार्यों के परिणामों में, और हमारी नियति निर्धारण में। दैव के इन तीन स्तरों में बस एक में ही यह निर्दिष्ट था कि मैं घर को लौट जाऊँगी। लौ बुझने के समान ही मैंने काशी में प्राण त्यागे थे, यह वरदान ही है। किन्तु मैंने ऐसा नहीं चाहा था।

इस मृत्यु में कड़वाहट थी, पराजय थी, तिरस्कार था—मैंने इसे नकार दिया। इस तट से मैं तिरस्कृत नहीं जाऊँगी। मैं छुप जाऊँगी, भाग जाऊँगी, उस धरती पर लौट जाऊँगी जहाँ का कण-कण, एक-एक पत्थर, तोते, नदी किनारे मछलियाँ पकड़ता धैर्यवान मछुआरा—सब मुझे पहचानते हैं।

मुझे देर न लगी, गति धीमी करने के लिए देह तो थी नहीं मेरे पास। चाँदी की पैंजनियों से मेरे पाँव नहीं बँधे थे, पिंजर में आवागमन करती श्वास भी नहीं थी। बहुत शीघ्र मैंने सजग रहना सीख लिया, क्योंकि गंगा अपनी नियति से भागती दुष्टात्माओं से भरी पड़ी थी।

मार्ग में मुझे सड़े मानव एवं पशु शव खाता एक सियार दिखा। मेरे समान वह भी पलायिता आत्मा था, होनी से शरण खोजता। कपटी आँखों और धूर्त मुस्कराहट ओढ़े यह जीव नदी के किनारे छुपा हुआ था। मेरी झिलमिलाती आत्मा को देख वह इसे पकड़ने के लिए लपका। अपनी सुचिक्कण केशयुक्त त्वचा से इसने मुझे लुभाना चाहा, ताकि अपने कर्मों का भार उतार सके। वह नदी तट पर जा छिपा, उसने अपनी पशु दुर्बुद्धि की हर युक्ति का प्रयोग किया, किन्तु मैं अपनी यात्रा पर अनवरत बढ़ती गयी, दृढ़ निश्चय और अटल प्रयोजन के साथ।

पलायन करती आत्मा चकाचौंध भरी होती है, जो इसे देख सकते हैं, उन्हें यह चमकती, दमकती, झिलमिलाती दिखाई देती है। मृत्यु देव के सहयोगी प्रकोपों ने तितली की भाँति इसे उड़ते देखा, तो इसका पीछा करने लगे। किन्तु श्मशान घाट की देवी, इच्छाओं की भक्षिका, लालसा, भय, आधिपत्य और कातर याचनाओं की अभ्यस्त काली मेरी इस संघर्षरत आत्मा के साहस को देख कर द्रवित हो उठीं और इसे सुरक्षित मार्ग का वरदान दे दिया।

नदी के विपरीत चलते हुए मेरी आत्मा ने उन मैदानों और वनों को पार किया, जहाँ कभी मैं और नीरकस काम-क्रीड़ारत हुए थे, उन शिलाओं से निकली जहाँ अश्व को निकट बाँध कर हम बैठे थे और हमने विश्राम किया था। फिर, गंगद्वार के निकट जहाँ गंगा पर्वतों को त्याग संसार में उतरती है, वहाँ मेरा आत्मा रूप उस शिला पर पहुँचा, जहाँ मैंने अपने अजन्मे शिशु की सुरक्षा के लिए दुग्धाभिषेक किया था। इस स्थान पर मेरा आत्मविश्वास डगमगा गया। क्या यही वह स्थान था, जब मैं अपने कर्त्तव्यमार्ग से विचलित हुई थी? आत्मविश्वास डिगते ही मेरी शक्ति क्षीण पड़ने लगी।

अमरत्वदायिनी गंगा।

20

नदी में स्थित पवित्र शिला से शकुन्तला के लुप्त हो जाने पर सृजन दुख और चिन्ता से उद्विग्न हो उठे। प्रत्येक दिशा में उन्होंने हरकारे भेजे, भोलेभाले ग्रामवासियों ने अपनी सामर्थ्य के अनुरूप वन छान मारे। विपणन मार्ग पर जाने वाले व्यापारियों से सृजन ने विनती की, भ्रमणशील वैद्यकों से सहायता माँगी, मुर्गियों की हत्या करवा उनकी अन्तड़ियों से शगुन निकलवाए, किन्तु अपनी प्रिय पत्नी शकुन्तला का उन्हें कहीं से कोई समाचार न मिला। फिर नदी के बायें तट पर सियारों का खाया, सड़ा, क्षत-विक्षत एक शव मिला, जिसकी पहचान असम्भव थी। इससे सम्बन्धित कुछ बातों से आभास हुआ कि सम्भवतः वह किसी युवा स्त्री का रहा होगा। अतः नदी तट पर ही पूरी आनुष्ठानिक रीति से इसका अन्तिम संस्कार कर दिया गया। ग्राम-पुरोहित ने अन्तिम संस्कार करवाया और चुपके से सृजन की पत्नी और उस सुन्दर युवती के लिए कुछेक अश्रु बहाये।

अपनी इस युवा पत्नी की मृत्यु पर सृजन ने जितना शोक किया, विलाप किया और जितनी उसकी कामना की, उतना अपनी पूर्व पत्नियों में किसी के लिए नहीं किया था। अहंकारी कमलिनी ने उन्हें समुचित सान्त्वना दी। जो हुआ, उसके लिए उस दासी ने पूरी तरह स्वयं को दोषी ठहराया, स्वीकार किया कि अपनी स्वामिनी के प्रति कर्त्तव्यपालन में उससे चूक हुई। हरसम्भव प्रकार से उसने सृजन को दिलासा दिया और समय बीतने के साथ वह सृजन की पत्नी बन बैठी। किन्तु सृजन ने उसे शकुन्तला के वस्त्राभूषण छूने भी नहीं दिये। उन्होंने उसकी सारी वस्तुओं को स्वयं शकुन्तला के लकड़ी के सन्दूक में सहेज कर रख दिया था। जब उन्हें उसकी

याद सताती, अपनी उस उड़ गयी चिड़िया की याद, तो वे प्रायः उसे खोल कर देख लिया करते थे।

इस सबके बाद भी सृजन एक व्यावहारिक पुरुष थे, अतः कमलिनी के साथ वे उसी शयनकक्ष में रहते थे, जिसमें उससे पूर्व अपनी अन्य पत्नियों के साथ रहे थे।

८८

सँकरी घुमावदार गली के नुक्कड़ पर तीन गाय झुंड बनाये खड़ी थीं। उनकी उष्ण पशुगन्ध ने मुझे घर का स्मरण करा दिया। दास्यु और उसका बछड़ा मेरे नेत्रों के सामने साकार हो गये। क्या उन्होंने मुझे स्मरण किया होगा अथवा मेरी कमी अनुभव की होगी? इस विचार के साथ ही पहाड़ों के ताज़ा मक्खन और थक्केदार दही का स्वाद मेरी जिह्वा पर तिर गया।

दूर कहीं से मन्त्रोच्चार की ध्वनि उभरी, संन्यासियों की एक शोभायात्रा आती दिखाई दी। उनमें सबसे लम्बे संन्यासी में उसे गुरेश्वर की सी छवि प्रतीत हुई, वही सकुचाहटभरी उदारता, अपूर्ण सा अलगाव। क्या यह वही है? वे अभी भी दूर हैं। वह समझ नहीं पाती कि संन्यासियों की ओर बढ़े अथवा छुप जाए। उनके पीछे कहीं से एक आक्रामक साँड़ दौड़ा चला आता है, उनको छिटका कर अलग करता, मन्त्रोच्चार को शान्त करता। एकनिष्ठ उद्देश्य से वह शकुन्तला पर आक्रमण कर देता है। उसका गर्भ अनार की भाँति फट जाता है, पथरीली पगडंडी पर रक्त की बूँदें बिखर गयीं।

एक संन्यासी उसकी ओर दौड़ा। अपने भगवा वस्त्र को फटकार कर उसने क्रुद्ध पशु को दूर किया। इस दंड से शान्त हो वह शिव का वाहन दूर चला गया। तीनों गाय, नियति की मूक त्रिधारा सी मन्दिर के बाहर पड़ी भेंटों और प्रसाद के अवशिष्ट खाती रहीं।

एक काषिणी ऊँचे तलवों वाली पादुकाएँ पहने पगडंडी पर लड़खड़ाती-सी चली जा रही थी। धूप से बचने के लिए उसने बाँस और रेशम से निर्मित छत्र ले रखा था। शकुन्तला की याचक दृष्टि उसके नेत्रों से टकराई। 'मेरी पुत्री को बचा लो,' वह कह रही थी, यह मौन स्वर काषिणी को खींच लाया। स्त्री पगडंडी पर बहते रक्त को पार कर

शकुन्तला के समीप आ कर बैठ गयी। सतर्क हाथों ने उसके गर्भ को जाँचा, रक्त के ढेर में जीवन के चिह्न खोजे।

''अपना वस्त्र दीजिए,'' काषिणी ने आदेशात्मक स्वर में संन्यासी से कहा। विनीत भाव से उसने अपना वही भगवा वस्त्र काषिणी को सौंप दिया, जिससे उसने शिव के बैल को भगाया था। काषिणी ने मरणासन्न स्त्री के उदर पर वस्त्र बाँध दिया। क्षणांश में वस्त्र पर माणिक की सी गहरी लाल बूँदें झलक आयीं।

शकुन्तला पीड़ा से दोहरी हो रही थी। गहन पीड़ा से वह कराह रही थी, छटपटा रही थी। शिशु को गर्भ से निकालती काषिणी की उँगलियों में धारण की रत्नजड़ी अँगूठियों ने उसके घाव को और छील दिया था। जीवन का रुदन गूँज उठा, शिशु का कोमल रुदन।

''वह जीवित है,'' भयाक्रान्त स्वर में संन्यासी कह उठा, ''शिव की कृपा से बालक जीवित है!'' उसने बालक को लेने के लिए बाँहें फैला दीं।

''एक शिशु और है,'' काषिणी ने कहा। ''इसके गर्भ में एक जीवन और है!'' शकुन्तला को अपनी पुत्री की आशा थी, उसकी प्रतीक्षा थी। संन्यासियों के मन्त्रोच्चार के साथ ही शिशु के रुदन का स्वर भी दूर होता गया। ''ईश्वर के अनुगामी तुम्हारे पुत्र को साथ ले गये हैं,'' काषिणी ने कहा। ''यह तुम्हारा सौभाग्य है कि वह उनके आश्रय में है।''

शेष बचे जीवन के भार को अपनी देह से निकालने के प्रयास में शकुन्तला के अधरों पर रक्त झिलमिला उठा। काषिणी ने उसे सान्त्वना दी, उसका मस्तक सहलाया। अपनी पुत्री का, उसके साथ अकेले जीवन बिताने का स्वप्न देखती शकुन्तला मुस्कुरा दी। उसका मस्तिष्क भटकता हुआ निर्जन परित्यक्त मन्दिर में उसे ले गया, उसके गर्भगृह में जहाँ थरथराती-सी दीये की लौ है, पाषाण-योनि पर पुष्प अर्पित हैं।

वह काषिणी की रत्नजड़ित उँगलियों को शिशु को निकालते अनुभव करती है। वह धैर्य से शिशु आगमन की सूचना देते रुदन को सुनने की प्रतीक्षा करती है, किन्तु कुछ सुनाई नहीं देता। समय विस्तृत होता है, संकुचित होता है। शिव, स्मृहर्त्ता, स्मृति-विनाशक। वे शकुन्तला के ऊपर झुकते हैं, उसके कान में तारक मन्त्र पढ़ते हैं। वह उनके वाहन, बैल के क्रुद्ध नेत्र देखती है, उसके सींग शिव के मस्तक पर विराजे चन्द्रमा की भाँति चमक रहे हैं। मृत्यु-छाया उसे घेर लेती हैं।

यह उसे नदी की कलकल सुनाई दे रही है, अथवा शिव का डमरू, समय की ताल है अथवा उसके रक्त का प्रवाह, अथवा उसकी टूटती साँसों की लय है? वह अपनी पुत्री को पकड़ने का यत्न करती है,

काषिणी उसे रोकती है। "इस संसार में हमारे लिए स्थान नहीं है," वह हौले से कहती है।

सूर्य अभी आधा ही चढ़ा है, दोपहर ठहर गयी है। एक श्वेत प्रकाश मुझ पर छा जाता है। उदार हाथ पीतल के पात्र से जल उड़ेल रहे हैं, किन्तु मेरे मुख में रक्त और ज़ंग का ही स्वाद है, मैं जल नहीं पी पाती। नदी असहज हो रही है। मेरे भीतर एक क्रोध फन उठाता है, घृणा, स्पष्टता और उत्साह का मिलाजुला भाव। यह अर्थहीन था, मैं जान गयी थी कि मैंने अपना जीवन निश्चित मार्ग की जगह अन्य प्रकार से जीना चाहा। संसार सदैव अपने मार्ग पर चलता है, किन्तु कम से कम मैंने अपने मार्ग को खोजा तो। यही तारक था, शिव का मुक्तिदायक मन्त्र।

सम्भवतः मैं सो गयी थी, क्योंकि जब दुबारा आँख खोली, तो मेरे समक्ष तारे जगमगा रहे थे। मैंने चिरपरिचित त्रिकोणीय वाण को देखा। ओरायन नक्षत्र, नीरकस कहता था। उसने कहा था जब श्वान नक्षत्र ऊपर उठता है, तो एजिप्टस नदी के पास की धरती को बाढ़ निगल लेती है।

संसार बहुत विशाल है, किन्तु यहाँ, नदी के किनारे, रात्रि की मन्द बयार मेरे मस्तक को शान्त करती है, लहरों की ध्वनि मेरा आलिंगन करती है।

उषा ने आकाश में अपना कपटजाल फैला दिया है। ब्रह्ममुहूर्त है, जब विधाता सारे संसारों को सन्तुलन में रखते हैं। मैं आने वाले वर्षों की झलक देखती हूँ, वे प्रातः की श्वास की भाँति थे, मेरे कानों में एक फुसफुसाहट के समान, एक आमन्त्रण देते से। तभी मन्दिर के घंटे अनवरत रूप से बजने लगे।

लम्बे अन्तराल के पश्चात मुझे अपनी माँ का ध्यान आया, वे कभी किसी बात से नहीं डरती थीं। उनका मुख मेरे स्मृति-पटल पर साकार हो गया, चिन्तित, सतर्क, जब मैं शिलाजीत की खोज में पहाड़ी पर चढ़ रही थी, क्या उनके नेत्रों में अश्रु थे?

"मेरे लिए रोओ मत," मैंने धीमे से कहा, प्रत्यक्षतः किसी से नहीं। मैं अपनी पुत्री के लिए नहीं रोऊँगी, अपने अश्रु व्यर्थ नहीं करूँगी। मैंने अपना जीवन भी वृथा नहीं किया। मैंने जीवन जिया।

मन्द पवन की भाँति मैं स्वयं को तैरते, ऊपर और ऊपर आकाश की ऊँचाइयों में एक काली पतंग के समकक्ष उड़ते देखती रही।

❑❑